Jason et la Toison d'or
ou le Voyage des Argonautes

VALERIUS FLACCUS

Jason et la Toison d'or
ou le Voyage des Argonautes

Traduit du latin et annoté
par Roland Duflot

Deuxième édition revue et corrigée

© *Éditions Florilia 2008 pour la première édition,
2021 pour la deuxième édition revue et corrigée.*

ISBN : 978-2-9554905-1-8

Dépôt légal : Bibliothèque Nationale de France,
19 février 2021.

Titre original : *Argonautica*.

Toute reproduction ou traduction, même partielle, par tous procédés, en tous pays, faite sans autorisation préalable est illégale et expose le contrevenant à des poursuites judiciaires.

À ma mère
À ma grand-mère
Qui m'attendent
Dans la lumière
Le vent, les parfums
Des collines

Avant-propos

Au commencement il y eut l'ambition d'Ino, épouse du roi de Thèbes Athamas. Afin de réserver le pouvoir à ses deux fils Léarque et Mélicerte, elle résolut de se débarrasser des enfants que le roi avait eus de sa première épouse Néphélé : Phrixus et Hellé, un garçon et une fille. Ino employa la ruse. Elle fit stériliser les semences, et ce fut la famine. L'oracle d'Apollon à Delphes fut consulté. Ino corrompit les messagers, qui donnèrent une fausse réponse : il fallait sacrifier à Zeus, le roi des dieux, les enfants de Néphélé.

Phrixus et Hellé furent conduits à l'autel pour y être immolés. Au moment de la mise à mort, leur mère Néphélé les sauva grâce à un bélier extraordinaire, don du dieu Hermès, qui les emporta dans une longue course vers l'Orient. Ce bélier, qui pouvait voler et nager, avait la particularité de posséder une toison en laine d'or. Au cours du voyage, Hellé, épuisée, se noya aux portes de l'Asie dans le détroit des Dardanelles. Phrixus, lui, parvint à traverser la mer Noire jusqu'en Colchide, un territoire situé entre les côtes orientales de la mer et les contreforts du Caucase, à l'emplacement de la Géorgie actuelle. Phrixus fut accueilli avec bienveillance par le roi du pays, Éétès, un fils du Soleil, qui lui donna sa fille aînée Chalciopé en mariage. En commémoration de ses épreuves, Phrixus sacrifia le bélier à Zeus. Éétès voua la toison d'or à Mars, le dieu de la guerre, et l'objet votif fut fixé en haut d'un arbre, dans le bois sacré du dieu et confié à la garde d'un dragon.

C'est ainsi que Jason, une génération plus tard, entreprit sa grande expédition, une des premières navigations au long cours restée dans la mémoire de l'humanité sous forme de récit légendaire. Jason n'a pas pris lui-même la décision de quitter son pays. Son père Éson était un roi de Thessalie. Il avait été chassé du trône par son demi-frère Pélias. Devenu adulte, Jason, en tant que fils du roi, réclama le trône d'Iolcos, la ville royale. Pélias rusa pour l'éloigner et provoquer sa mort : il lui répondit qu'il lui laisserait le pouvoir, à condition de rapporter la toison du bélier merveilleux.

Le récit du long voyage de Jason et de ses compagnons sur le navire Argo forme la matière narrative d'un mythe touffu, animé par de nombreux personnages : les cinquante Argonautes, les rois et les peuples rencontrés en mer Égée et sur les rivages de la mer Noire, les magiciennes Circé et Médée, etc. On y croise même d'autres légendes héroïques, comme celles d'Héraclès ou de Cadmos, premier roi de Thèbes. Le nœud du mythe est constitué par les épreuves humainement irréalisables que Jason doit accomplir en Colchide pour obtenir la toison. Elles lui sont imposées par le roi de Colchide, Éétès. Le mauvais destin s'acharne sur Jason ; c'est la deuxième fois qu'un roi souhaite sa mort. Médée, fille cadette d'Éétès, prêtresse de la déesse Hécate, et adonnée aux pratiques occultes, va mettre en échec cette mort programmée. L'amour de l'étrangère sera plus fort que la mort et va réussir à briser – en apparence – la trajectoire inéluctable du destin. Mais ce n'est qu'espoir éphémère, que répit malheureux, car cette vie usurpée, soumise par sa durée même à une sorte de renforcement négatif et d'aggravation de la condamnation originelle, va être bien plus terrible et tragique que si elle avait pris fin au temps de l'effort héroïque de Jason, victime de la haine de rois envieux, sournois et retors.

Quelle est la signification du mythe de Jason ? Il existe de nombreuses interprétations, telles celles qui le rattachent à des rituels de végétation très anciens ou à un rite solaire tout aussi ancien, la Colchide étant vue comme le domaine du dieu Soleil, où l'on imaginait qu'il se reposait pendant la nuit. On peut penser aussi à un mythe d'initiation évoquant le passage de l'enfance à l'âge adulte et racontant les épreuves grâce auxquelles un jeune prince montre son ingéniosité et sa force avant d'accéder au pouvoir. Cet aspect initiatique était sans doute présent dès la formation de la légende, qui faisait de Jason un héros fondateur de dynastie et l'époux d'une déesse, en relation avec les explorations maritimes des Grecs de l'époque mycénienne.

Un tel récit se prêtait particulièrement bien aux développements narratifs et aux reprises littéraires. Les poètes de l'Antiquité ont su exploiter ses potentialités romanesques. En s'attachant à l'exploration psychologique des personnages, ils ont contribué à la dégradation de leurs qualités héroïques et de leur dimension épique. Jason tend alors à se rapprocher d'une humanité ordinaire, Médée perd sa stature de déesse pour devenir une magicienne dotée de puissants pouvoirs. Ce rapetissement des personnages leur a donné un aspect plus familier, et avive l'intérêt que nous pouvons porter aujourd'hui à ce mythe. Jason acquiert de ce fait une réalité complexe et ambiguë, Médée connaît la passion amoureuse, la haine et un déchaînement de fureur qui la pousse à tuer ses enfants.

À la fin du Ier siècle après J.-C., l'écrivain latin Valerius Flaccus dépeint Jason comme un chef courageux, mais en proie au doute, à la peur, à l'erreur, perdant parfois espoir et capable de parjure. En composant son épopée des *Argonautiques*, il avait à sa disposition l'œuvre du poète alexandrin Apollonios de Rhodes. Loin de suivre pas à pas son modèle, Valerius Flaccus retranche, ajoute, bouleverse l'économie du récit d'Apollonios. Car il fut un écrivain engagé dans l'évolution littéraire de son temps et il n'a pas hésité à introduire dans ses *Argonautiques* des innovations narratives. Ainsi le livre VI, qui raconte la guerre fratricide entre Éétès et Persès, est entièrement original : Valerius Flaccus insère dans la légende de Jason une "petite *Iliade*", où il mêle habilement l'analyse psychologique de Médée qui tombe amoureuse de Jason et le récit des combats qui ont lieu sous les murs de la ville.

Les commentaires de l'œuvre ont souvent privilégié les deux derniers livres, VII et VIII. Il est vrai que le livre VII nous donne à voir Jason affrontant les taureaux « souffleurs de feu », les redoutables Spartes et le dragon qui ne dort jamais. Ces deux livres dépeignent avec finesse les hésitations, les repentirs et l'emprise progressive de la passion amoureuse sur Médée. Cependant les livres précédents, consacrés à la relation du voyage et aux aventures vécues par les Argonautes, nous paraissent devoir susciter un intérêt non moindre. Bien que chargés d'allusions à Homère et à Virgile, ils sont écrits dans un style vivant et elliptique, comportent des images originales, des expressions condensées à l'extrême : la référence à ces grands devanciers est intégrée à un style très personnel qui fait œuvre nouvelle et régénère l'épopée, une des plus anciennes formes de littérature. Car l'épopée est une création des sociétés aristocratiques de l'Âge du Bronze, qui exalte les valeurs religieuses et guerrières, encore en usage de nos jours, et qui témoigne aussi de comportements qui nous paraissent étranges : les hommes, si forts et vantards soient-ils, n'éprouvent aucune honte à douter, à supplier, à montrer leur désarroi, leur tristesse et à pleurer. Et les femmes peuvent diriger un sanctuaire, gouverner un royaume et faire la guerre.

Caius Valerius Flaccus a écrit son épopée durant les années 70 - 90 après J.-C. Contemporain de la prise de Jérusalem et de l'éruption du Vésuve de 79, il a vécu sous les empereurs Vespasien, Titus et Domitien. Il appartenait au collège des prêtres chargés de consulter les *Livres Sibyllins* du temple d'Apollon Palatin à Rome. Son œuvre conservée, les *Argonautiques*, nous est parvenue incomplète. On ignore si son inachèvement est dû à la mort de l'écrivain ou aux aléas de la transmission des manuscrits.

J'ai effectué ma traduction d'après le texte latin établi par M. Gauthier Liberman, publié aux éditions des Belles Lettres en 1997 et 2002.

Livre premier

Les premières pistes tracées sur les mers par d'intrépides fils de dieux, voilà ce que je chante, et l'audace de la nef prophétique cherchant le Phase scythe, qui parvint à franchir un joug de récifs vagabonds et que le firmament finit par accueillir parmi ses feux[1]. Si le trépied de la Sibylle cuméenne, ma confidente, est déposé dans une demeure pure, si mon front est digne du laurier verdoyant, inspire-moi, Phébus[2] ! Et toi, qu'un plus grand renom honore depuis que tu frayas les voies de la haute mer (car l'océan calédonien porta tes voiles, lui qui jadis ne put souffrir les chefs phrygiens, descendants d'Énée), élève-moi – tu le peux – au-dessus des peuples et de la terre porteuse de nuages, sois favorable, ô Vénérable, à celui qui chante la geste des héros du vieux temps[3]. Ton fils, Père auguste, met sous nos yeux les ruines de l'Idumée, il nous dépeint son frère, noirci par la

---

1. Le navire Argo, construit avec l'aide de la déesse Pallas Athéna, avait une partie de l'étrave façonnée dans un chêne oraculaire de la forêt de Dodone. De retour en Thessalie, l'Argo fut vouée à Athéna et transformée en constellation. Le Phase est un fleuve de Colchide (l'actuel Rioni, en Géorgie) qui a sa source dans le Caucase et se jette dans la mer Noire. Le « joug de récifs vagabonds » désigne deux îlots rocheux nommés Cyanées, qui selon la légende se heurtaient à la sortie du Bosphore et empêchaient toute intrusion dans la mer Noire.
2. Le poète faisait partie d'un collège de prêtres chargés des Livres Sibyllins, recueils d'oracles proférés par la Sibylle de Cumes. Elle prophétisait sur un trépied, sous l'emprise du dieu Phébus Apollon. Le laurier est emblématique de ce dieu.

poussière de Solyme, mettant le feu partout, et attaquant les tours furieusement[4]. Il instituera pour toi un culte divin, érigera le sanctuaire de ta famille, quand tu rayonneras, toi, son père, astre nouveau, de toutes les parties du ciel[5]. Car la Petite Ourse, ne sera plus le meilleur guide aux carènes de Tyr, les timoniers de Grèce n'observeront plus la Grande Ourse, quand tu les éclaireras : sous ta conduite, la Grèce, Sidon, le Nil confieront leurs nefs aux flots[6]. Puisses-tu maintenant seconder mon poème de ta sereine majesté, puisse mon chant, grâce à toi, se propager au milieu des Latins !

Depuis ses jeunes années, Pélias régnait en maître sur l'Hémonie, opprimant son peuple d'une terreur sans fin[7]. Roi fortuné, il possédait les fleuves qui se ruent vers la mer d'Ionie, le mont Othrys, l'Hémus, et ses gens labouraient les vallées de l'Olympe. Mais il vivait dans l'angoisse, car il redoutait le rejeton de son frère et les présages des dieux. Ce neveu, les devins l'annoncent, provoquera sa perte, les sacrifices révèlent la même menace effrayante. Qui plus est, son renom lui porte ombrage et sa valeur lui déplaît. Voulant

---

3. Adresse à l'empereur Vespasien, avec une allusion à ses campagnes militaires en Écosse (Calédonie). Les « chefs phrygiens, descendants d'Énée » désignent César et Claude, qui firent avant Vespasien des excursions armées dans la même contrée, que le poète présente comme moins réussies.
4. Domitien, le fils cadet de Vespasien, aurait écrit un poème célébrant la guerre victorieuse que Titus, son frère aîné, mena en Judée (Idumée). Titus assiégea et prit Jérusalem (Solyme) en 70 après J.-C.
5. Annonce de l'apothéose céleste de l'empereur Vespasien, divinisé à sa mort.
6. Sidon est, comme Tyr, une ville importante de Phénicie. Le terme désigne ici les marins phéniciens, comme le Nil les marins égyptiens.
7. « L'Hémonie » est une appellation de la Thessalie.

mettre fin à sa peur, il cherche à supprimer le jeune fils d'Éson[8] ; il réfléchit aux expédients aptes à le faire mourir. Mais il ne voit ni guerre ni monstre parmi les villes grecques. Alcide portait déjà sur lui la dépouille du lion de Cléones à la gueule béante ; depuis longtemps l'Arcadie ne craignait plus le reptile de Lerne et les cornes des deux taureaux avaient été rompues[9]. Il considère alors avec satisfaction les dangers de la mer, le grand océan semé d'embûches. D'un air paisible et doux, il regarde son neveu et prend la parole, donnant un aspect de bon aloi à sa perfidie : « Cette expédition, plus belle que les exploits de nos ancêtres, accepte-la pour moi, corps et âme. Tu as entendu dire comment Phrixus, parent de notre Créthée[10], a fui les autels paternels, comment le féroce Éétès[11], qui habite en Scythie près du Phase gelé (honte, hélas, du grand Soleil !) l'immola parmi les vins de l'hospitalité et la solennité d'une tablée stupéfaite, sans nul souci de moi ni des dieux[12]. Cette histoire n'est pas qu'un bruit qui court : le jeune homme en personne, gémissant d'un accueil si atroce, je le vois

---

8. Jason.
9. Hercule (Alcide), petit-fils d'Alcée, avait tué un lion monstrueux qui ravageait les environs de Némée et de Cléones, villes d'Argolide. Une hydre à neuf (ou cent) têtes, localisée dans les marais de Lerne, fut tuée par Hercule. Les deux taureaux sont peut-être le Minotaure, tué par Thésée, et le taureau de Crète, amant de Pasiphaé, capturé par Hercule.
10. Créthée, grand-père de Jason, avait adopté Pélias, fils de sa femme Tyro et de Neptune. Phrixus était le fils d'Athamas, frère de Créthée.
11. Fils du Soleil, roi de Colchide, Éétès accueillit chez lui Phrixus, qui fuyait la jalousie d'Ino, sa marâtre ; parti de Grèce, il avait traversé les mers sur le dos d'un bélier à laine d'or avec sa sœur Hellé. Celle-ci se noya dans le détroit des Dardanelles et devint une divinité marine.
12. C'est un mensonge de Pélias : Phrixus fut bien reçu chez Éétès, qui lui donna sa fille Chalciopé en mariage ; il mourut de vieillesse en Colchide.

apparaître pendant qu'un sommeil tardif alourdit mes membres fatigués. Par d'incessantes lamentations, son ombre lacérée, mais aussi Hellé, déité de la vaste mer, me réveillent. Si j'avais encore ma vigueur d'autrefois, déjà la Colchide aurait payé ses crimes, et la tête du roi ainsi que ses armes, tu les verrais ici. Les années ont émoussé mon ardeur, mon fils n'a pas assez d'expérience pour commander, faire l'épreuve de la guerre et de la mer. Mais toi, tu as le sens des responsabilités, tu as de la détermination ; va, fleuron de nos guerriers, rapporte au sanctuaire grec la toison du bélier de Néphélé[13], juge-toi digne d'affronter ces périls. » C'est ainsi qu'il cherche à influencer le jeune homme. Il allait presque lui ordonner de partir, mais il retint sa langue : il savait que les roches Cyanées se percutent dans les eaux de la Scythie. Il ne dit mot du dragon gigantesque qui détient la toison, que la fille du roi faisait sortir de son gîte sacré grâce à des incantations et des sacrifices (la guivre brandit des langues plusieurs fois fendues), lui donnant du miel qu'un breuvage secret teintait de bleu[14].

Bientôt le piège sournois devint flagrant : Pélias n'avait cure de la toison, c'était par haine qu'il envoyait Jason sur la mer immense. Mais par quel moyen, pour satisfaire le roi, se rendrait-il en Colchide ? Il voudrait avoir les ailes de Persée ou le char attelé de dragons, à ce qu'on dit, de celui qui fut le premier à éventrer avec un soc la terre ignorante des travaux de Cérès, remplaçant le gland par l'épi d'or[15]. Ah ! que faire ? Aura-t-il recours au peuple inconstant, hostile au vieux

13. Néphélé, première femme d'Athamas, était la mère de Phrixus et d'Hellé.
14. Médée, deuxième fille d'Éétès, s'occupait de nourrir le dragon qui gardait la toison d'or consacrée au dieu Mars.

tyran, aux nobles depuis longtemps émus par le sort d'Éson ? Ou bien comptant sur l'aide de Junon et de Pallas aux armes retentissantes, doit-il espérer mieux, obéir et prendre la mer ? Ne pourrait-il, un jour, devenir célèbre pour avoir dompté l'océan ? Toi seule tu embrases les âmes et les cœurs, ô Gloire ! Il te voit, fleur à peine éclose, immarcescible, debout sur la rive du Phase, conviant près de toi la jeunesse. À la fin, sa foi envers les dieux affermit son esprit indécis et son cœur en désarroi. Tendant pieusement vers le ciel la paume de ses mains : « Reine toute puissante[16], dit-il, quand Jupiter en colère lançait dans l'air noir les eaux sombres de l'orage, je t'ai fait traverser l'Énipée, ce fleuve grossi par une averse drue. Je t'ai portée saine et sauve sur la terre ferme, sans me douter de rien. Mais un coup de tonnerre, appel de ton époux, te réclama, et je pris peur en te voyant disparaître. Accorde-moi de parvenir jusqu'en Scythie, jusqu'au Phase ! Et toi, Pallas, insoumise au mariage, emporte-moi ! Cette toison merveilleuse, je la vouerai à vos temples ; un bélier, dont on aura doré les cornes, sera brûlé en sacrifice et le sang de brebis blanches comme neige coulera sur vos autels. »

Les déesses ont entendu sa prière. Dans une chute rapide à travers les airs, elles prennent des routes divergentes. Lestement, sur les murs de Thespies, Athéna descend, vole chez son cher Argus. Elle lui

---

15. Triptolème répandit chez les hommes l'agriculture, à l'époque où ils vivaient de cueillette. Cérès est la déesse de l'agriculture, qui préside aux moissons.
16. Jason invoque Junon, en lui rappelant le service qu'il lui a rendu : quittant le mont Pélion, en Thessalie, où le centaure Chiron l'avait éduqué, Jason rencontra une vieille femme devant un fleuve tumultueux, qu'elle n'arrivait pas à franchir. Il la prit sur ses épaules et la fit traverser : c'était Junon, sous une fausse apparence.

ordonne de bâtir un vaisseau, d'abattre des chênes à coups de hache. Et déjà elle l'accompagne dans l'ombre des forêts du Pélion[17]. Junon, de son côté, par les cités d'Argolide et de Macédoine, répand la nouvelle que le fils d'Éson prépare une expédition jamais tentée, que déjà la nef est prête, que fière de ses avirons, elle n'attend plus que ceux qu'elle ramènera au pays, devenus des héros à la gloire immortelle. Une multitude de princes brûle d'ardeur : il y a ceux déjà célèbres pour leurs exploits guerriers et ceux, plus jeunes, qui n'ont pas pu se distinguer et veulent mettre leur valeur à l'épreuve. Quant à ceux qui se consacrent aux labours et à l'inoffensive charrue, ils voient apparaître en plein jour dans les bois, sur les chemins, des Faunes, des Nymphes, des Fleuves aux longues cornes[18], qui les incitent à partir en célébrant hautement le navire.

Sans tarder, le Tirynthien[19] accourt spontanément d'Argos l'Inachienne[20]. Hylas, un jeune homme, porte ses flèches brûlantes du poison d'Arcadie ainsi que son arc, qui semble léger à ses épaules parce qu'il est plein d'entrain. Il aimerait tenir aussi la massue, mais son bras n'est pas assez fort pour en supporter le poids. Junon enrage, elle ne veut pas de ces deux-là : « Si seulement l'élite de la jeunesse grecque ne s'élançait pas toute entière dans cette entreprise nouvelle ! Si

---

17. Montagne boisée à l'est de la Thessalie, qui fait face à la mer Égée. Thespies est une ville de Béotie.
18. Les dieux fleuves étaient représentés munis de cornes, attribut de puissance.
19. Il s'agit d'Hercule, fils du roi de Tirynthe en Argolide.
20. Inachus, dieu fleuve d'Argolide, est considéré comme le fondateur de la cité d'Argos. Les armes d'Hercule sont la massue et l'arc, avec des flèches trempées dans le sang empoisonné de l'hydre de Lerne.

l'ordre était venu de mon cher Eurysthée[21] ! La pluie, les ténèbres et le trident cruel, je les aurais déjà déchaînés, moi, et aussi la foudre de Jupiter, malgré lui. Même aujourd'hui, je ne veux pas d'Hercule, ni comme allié, ni comme soutien du vaisseau. Il est infamant pour moi d'accepter sa protection, d'être redevable de quoi que ce soit à cet arrogant associé ! »

Elle dit, et tourne son regard vers les flots d'Hémonie[22]. Elle voit une foule d'hommes rassemblés qui s'affairent. De tous côtés, on a transporté des troncs d'arbres ; le son de l'adroite bipenne s'élève des rivages. Argus est en train d'équarrir des pins avec la fine lame d'une scie. Les flancs s'assemblent, les ais flexibles s'amollissent sous l'effet d'un feu modéré, puis, les rames étant prêtes, Pallas cherche des vergues pour tenir les voiles au mât. Lorsque le navire eut pris forme, vaste édifice capable de soutenir les assauts de la mer, que la cire amollie eut obturé les fissures cachées, Argus ajoute des figurations peintes, aux motifs variés. Ici, sur le dos d'un poisson tyrrhénien[23], Thétis est entraînée contre son espérance vers le lit de Pélée ; le dauphin file sur les plaines marines. La déesse est assise, se voile les yeux de sa robe, et soupire de chagrin : Achille ne pourra pas naître plus grand que Jupiter[24]. Panopée et sa sœur Doto l'accompagnent, et aussi Galatée aux bras nus, qui joue avec les vagues en nageant vers le large : des rives de Sicile, le Cyclope l'appelle. En face, on voit un feu, un lit de vert feuillage, un banquet et des vins, et parmi des

---

21. C'est Eurysthée, roi des cités de Tirynthe et de Mycènes, qui persécuta Hercule en lui imposant les douze "travaux".
22. La mer qui baigne les côtes de la Thessalie (Hémonie) est la mer de Thrace.
23. La scène a lieu en mer Tyrrhénienne.

dieux marins, Pélée auprès de son épouse. Les coupes bues, Chiron fait résonner la lyre[25]. Plus loin c'est le mont Pholoé ; il y a Rhétus, l'esprit égaré par l'abus de Bacchus[26], et voici soudain le combat pour la vierge d'Atrax[27]. Les cratères volent, les tables, les autels des dieux et les coupes, œuvres insignes des anciens. Ici, on reconnaît Pélée, le meilleur à la lance, là, frappant furieusement du glaive, Éson. Monychus ploie sous le poids de Nestor, son vainqueur, qu'il porte malgré lui sur l'échine. Clanis transperce Actor d'une lance enflammée, Nessus, le noir centaure, s'enfuit ; affalé au milieu des tapis, Hippasus fourre sa tête dans un cratère en or, vide.

Tout le monde admire ces peintures, mais le fils d'Éson[28] ne pense pas à s'extasier : « Malheureux, hélas, nos fils et nos pères ! », se dit-il, « c'est donc sur cet esquif qu'on nous envoie, nous, âmes légères, affronter les orages ? Seul mon père va pâtir des aléas de l'océan rageur ? Ne puis-je attirer le jeune Acaste

---

24. Thétis, l'une des cinquante filles de Nérée, le Vieillard de la mer, était courtisée par Jupiter. Quand un oracle annonça que le fils de Thétis serait plus puissant que son père, ils la donnèrent de force en mariage à un mortel, Pélée, fils d'Éaque, roi de Phthie en Thessalie ; elle devint mère d'Achille. Panopée, Doto et Galatée, aimée du Cyclope Polyphème, sont des Néréides, sœurs de Thétis.
25. Chiron était un centaure savant, vivant dans une grotte du mont Pélion en Thessalie. Il fut l'éducateur de plusieurs héros, tels Pélée, Achille, Asclépios, Jason, Palamède, Castor, Pollux...
26. Bacchus étant le dieu du vin, son nom sert ici à désigner le précieux liquide. Rhétus : un centaure. Le mont Pholoé en Thessalie était peuplé de centaures.
27. Hippodamé, de la ville d'Atrax, en Thessalie. Lors de son mariage avec le Lapithe Pirithoos, les centaures s'enivrèrent au point de vouloir s'emparer des femmes et violer la mariée. Il s'ensuivit un combat général.
28. Jason, « l'Ésonide ».

dans les mêmes épreuves, les mêmes périls[29] ? Je veux que Pélias soit forcé de souhaiter au navire qu'il hait une mer sans dangers, et que par ses prières, aux côtés de nos mères, il cherche à apaiser les vagues ! »

Comme il se parlait ainsi, sur la gauche arrive dans le ciel l'aigle de Jupiter : il tient un agneau dans ses serres puissantes. On aperçoit au loin les bergers en alerte, surgissant des étables, jetant des cris et poursuivant le rapace avec leurs chiens qui grognent. Promptement le ravisseur s'empare de l'espace et s'enfuit vers le large, au-dessus de l'abîme marin. Le fils d'Éson comprend le présage et se rend joyeusement au palais de l'arrogant Pélias. Là, le fils du roi accourt vers lui, l'embrasse en le serrant sur son cœur. « Acaste, je ne viens pas faire entendre, comme tu le crois, de viles plaintes. Faire de toi un compagnon, te faire participer à notre expédition, telle est mon intention. Car ni Télamon, ni Canthus et Idas, ni le fils de Tyndare[30] ne sont en rien plus dignes que toi, à mon avis, de la toison d'Hellé. Pense aux nombreux pays, aux espaces immenses que nous allons découvrir ! Nous, les pionniers de toutes les routes tracées en pleine mer ! Aujourd'hui tu trouves peut-être la tâche rude. Mais quand nous reviendrons, joyeux, quand je serai rendu à ma chère Iolcos[31], quelle honte tu éprouveras en écoutant nos aventures, que de soupirs, quand je te parlerai des peuples rencontrés ! »

Le prince ne put en supporter davantage : « C'est d'accord, je suis prêt à te suivre. Ne crois pas, cher cousin, que j'aime l'oisiveté, que je préfère me fier au trône de mon père plutôt qu'à toi, quand l'occasion m'est donnée d'obtenir sous ton commandement les

---

29. Acaste, fils de Pélias, l'oncle de Jason.
30. Il s'agit de Castor.
31. Ville natale de Jason, en Thessalie.

premiers lauriers de la vaillance, quand je peux être le compagnon de ta gloire. Mon père tient beaucoup à moi, il aura peur, il voudra m'empêcher de partir. Je ne lui dirai rien. Quand vous serez prêts, je serai là, au moment où le vaisseau quittera l'avancée des grèves. » Jason accueille avec satisfaction sa détermination et ses promesses, puis tourne hâtivement ses pas du côté du rivage.

Les Minyens[32] rassemblés, sur l'ordre de leur chef et ses indications, chargent le vaisseau sur leurs épaules puis, jambes tendues, buste penché, ils marchent d'un pas rapide et mettent l'Argo à flot. Pour soutenir leurs efforts, les mariniers lancent des cris, Orphée joue de sa lyre suave. Puis ils dressent joyeusement des autels. Pour toi, Neptune[33], l'honneur le plus insigne : pour toi, pour les Zéphyrs et pour Glaucus, Ancée abat sur le rivage un bœuf orné de bandelettes bleues, et pour Thétis une génisse. Personne n'est plus adroit que lui pour rompre avec la hache tueuse les grasses nuques des bêtes. Versant trois fois des libations au Père de la mer, le fils d'Éson lui fait cette prière : « Ô toi qui d'un mouvement de tête ébranles les royaumes écumants, toi dont la mer salée embrasse toute terre, pardonne-moi. Je sais que seul parmi les mortels, je fais l'essai de routes interdites et que je mérite la tempête. Mais c'est contre mon gré ; je n'ai pas l'intention d'entasser des montagnes ni de voler la foudre aux cimes de l'Olympe[34]. Ne cède pas aux vœux de Pélias : il a tramé

---

32. Autre appellation des Argonautes.
33. Le dieu "père" de la mer.
34. Allusion au combat des géants Otos et Éphialtès contre les dieux olympiens. Ils entassèrent les montagnes du Pélion, de l'Ossa et de l'Olympe, afin d'atteindre le ciel des dieux.

cette dure mission en Colchide pour me perdre et endeuiller les miens. Un jour mon bras... Si tu voulais accueillir, sans soulever les flots, ma personne et cette coque bondée de princes ! » Ayant parlé ainsi, il place dans les flammes une généreuse offrande.

Le feu lutta dans les lourdes entrailles, fit jaillir sa crinière de flammes et dévora les viscères grésillants du taureau. Sur le rivage Mopsus le Voyant, inspiré par le dieu, prend un aspect effrayant ; les cheveux hérissés, il fait tournoyer une bandelette et une branche de laurier. Enfin il retrouve la voix, cette voix qui terrifie les hommes. Alors on fait silence pour écouter l'oracle : « Hélas, que vois-je ? Neptune ! Notre audacieuse entreprise l'a mis en colère, il convoque les divinités de la mer, immense assemblée ! Ils sont tous mécontents, ils l'exhortent à défendre la loi de l'océan. Junon, oui, embrasse, étreins la poitrine de ton frère ! Et toi Pallas[35], n'abandonne pas notre vaisseau : écarte maintenant les menaces de ton oncle ! Ça y est ! Ils ont cédé ! Ils acceptent la nef sur la mer. À combien de périls je me vois échapper ! Pourquoi le bel Hylas couvre-t-il soudain de roseaux ses cheveux ? D'où vient ce vase sur son dos, et sur ses membres de neige, ces habits sombres ? Qui t'a fait ces blessures, Pollux ? Ah ! Quel feu violent jaillit du mufle enflé des taureaux ! Ils poussent, les casques, et de tous les sillons germent des javelines et voici des épaules ! Quel combat j'entrevois pour avoir la toison ! Qui est donc cette femme qui fend les airs sur des serpents ailés, éclaboussée de sang ? Qui frappe-t-elle de son épée ? Protège ces enfants, malheureux fils d'Éson ! Je vois aussi une chambre nuptiale en feu. »

---

35. La déesse Athéna.

Ainsi Mopsus épouvantait les Minyens et leur chef par ses propos obscurs. Mais Idmon, fils de Phébus[36], prophétise sans terrifier les hommes ; rempli de l'esprit, de la paix d'Apollon (son père lui accorda le don de saisir les présages des dieux, soit en examinant les flammes et les viscères lisses, soit en interrogeant le vol infaillible des oiseaux qui sillonnent le ciel), prédit à Mopsus et à ses compagnons : « Voici ce qu'Apollon le Clairvoyant et les premières flammes me dévoilent : il y aura, c'est vrai, de très rudes épreuves ; mais nous les surmonterons toutes, courageusement. Prenez confiance en vous, nobles cœurs, et ne tardez plus, allez embrasser vos parents. » Idmon pleurait, car la flamme lui avait révélé qu'il ne reverrait pas Argos[37].

Aussitôt le fils d'Éson ajoute : « Vous connaissez maintenant les desseins des dieux, compagnons ; ils nous montrent un bel avenir pour notre entreprise hors du commun. Alors, rassemblez vos forces, votre énergie, cette vaillance dont vos pères faisaient preuve. Il ne m'appartient pas de mettre en doute la piété du tyran ni de présumer une perfidie. Car c'est un dieu, oui, un dieu qui, sous un présage favorable, nous ordonne ce voyage. C'est Jupiter lui-même ! Il veut, dans l'univers qu'il gouverne, inaugurer des relations nouvelles entre les hommes, il veut que tous participent à de si grands efforts. Embarquez-vous, héros, avec moi ; triomphez de dangers que vous évoquerez avec plaisir et dont le souvenir rejaillira sur tous nos descendants ! Mais la nuit qui vient, compagnons, passons-la dans la joie sur la plage en douces causeries et divertissements. » Ils approuvent. Les voici qui s'étendent sur des lits d'algue souple[38].

36. Le dieu Apollon.
37. Sa ville d'origine.
38. Ils s'allongent pour manger.

Hercule sur son lit attire les regards. Les serviteurs ôtent les viandes des broches et emplissent les corbeilles de pain.

Descendu en hâte de la montagne, Chiron au loin montre à son père Achille qui l'appelle à grands cris[39]. Quand l'enfant vit Pélée se lever aux accents de sa voix et lui tendre les bras en marchant d'un bon pas, il se jeta contre son père chéri et le serra longtemps dans ses bras. Les coupes écumantes de vin fort ne l'intéressent pas, ni même les figures ciselées dans leur métal antique : il regarde ébahi les héros, boit leurs mots sonnant haut, considère de près le lion d'Hercule. Pélée, heureux, ravit des baisers à son fils qu'il étreint, et lève les yeux au ciel : « Je ne peux vouloir, ô dieux, une traversée paisible et des vents favorables, si vous ne préservez pas cet enfant ! Toi Chiron, veille sur son éducation. Qu'il t'admire en t'écoutant parler de clairons, de combats, que sous ton autorité il porte à la chasse des armes adaptées à son âge et qu'il apprenne vite à manier ma lance. » Alors une même ardeur s'empare de l'équipage : ils sont déterminés à se hasarder en haute mer. Ils promettent d'enlever la lointaine toison et de ramener l'Argo, la poupe ornée d'or.

Le soleil déclinait. Au cours du banquet, le jour sombra dans les ondes marines. Des feux se répandent sur le rivage courbe, mais nul navigateur n'est là pour s'en servir de repères. Alors le chantre thrace, aux doux sons de la lyre, prolonge la soirée[40]. Il dépeint Phrixus se tenant immobile, les tempes ceintes de

---

39. Achille est le fils de Pélée, un des Argonautes. Chiron, un centaure vivant sur le mont Pélion, l'a élevé.
40. Orphée, poète et musicien, était originaire de Thrace. C'est un Argonaute.

bandelettes ; on le voit dissimulé dans un nuage échapper au sacrifice inique et laisser Athamas avec Léarque, fils d'Ino[41]. Il évoque la monture à laine d'or portant le jeune homme sur les flots étonnés, et sa sœur Hellé, assise, se tenant aux cornes. L'Aurore s'était levée sept fois, sept fois la Lune avait parcouru le ciel nocturne, quand ils virent se séparer Sestos et Abydos, villes jumelles qui de loin sur la mer paraissent se confondre[42]. C'est là qu'Hellé, destinée à l'éternité, abandonne son frère, le petit-fils d'Éole[43]. En vain, hélas, avait-elle échappé à sa marâtre inhumaine ! Elle s'efforce, de ses mains fatiguées, d'agripper la toison mouillée du bélier, mais l'onde retient ses vêtements trempés et lourds, ses mains glissent de l'or lustré. Quelle douleur, Phrixus, quand tu te retournas, emporté par le courant rapide ! Tu vis la malheureuse ouvrant la bouche pour crier, tu vis ses mains sous l'eau et ses cheveux épars flottant sur la mer !

Enfin, on délaisse le vin et les divertissements. Il n'y a plus de bruit. Tous s'assoupissent, mais Jason est incapable de dormir. Éson, l'air accablé, et Alcimède veillent ; ils le contemplent, ils lui tiennent les mains et s'emplissent de son image[44]. Jason leur parle paisiblement et rassure leur cœur troublé. Ses parents s'endormirent enfin profondément, et Jason vit briller le protecteur de la nef couronnée[45], qui l'encouragea

---

41. La scène évoque le sacrifice de Phrixus et de sa sœur Hellé.
42. Sestos et Abydos sont deux villes qui se font face, chacune étant située sur une côte du détroit de l'Hellespont (Dardanelles). Avec l'éloignement, elles semblent ne former qu'une seule ville.
43. Athamas, père de Phrixus et d'Hellé, était le fils du roi Éole, fondateur du peuple éolien.
44. Alcimède est la mère de Jason.
45. En l'honneur du dieu tutélaire d'un navire, on plaçait une couronne de feuillages à la poupe.

par ces mots : « Tu vois un chêne de Dodone, serviteur de Jupiter chaonien. Je m'engage avec toi sur les plaines marines ; la Saturnienne n'a pu m'arracher à la forêt prophétique qu'en me promettant l'immortalité céleste[46]. Allons, il est temps de partir, coupe court aux délais. Même si le ciel changeant apporte des nuages pendant que nous voguons sur l'immensité, oublie dès maintenant tes craintes, fie-toi à moi et aux dieux. » Jason, effrayé malgré ce présage favorable, se lève de son lit. À cet instant la vivifiante Aurore, ridant la mer d'un soleil neuf, lui offre le spectacle de tous les Argonautes : ils courent çà et là sur le pont, les uns apprêtent les antennes dans les hauteurs du mât, d'autres essayent les rames sur le marbre de l'onde. Du haut de la proue, Argus enroule le câble.

Les sanglots des mères s'amplifient, le cœur résolu des pères faiblit. Ils sont en pleurs, ils retiennent leurs enfants en de longs embrassements. Mais Alcimède domine de la voix toutes les lamentations. Hors de sens, elle couvre les hurlements des femmes à la façon dont la trompette de Mars triomphe de la flûte idéenne[47] : « Mon fils, tu pars t'exposer à des épreuves imméritées. On nous sépare ! Je n'étais pas préparée à un tel coup du sort. Ce que je redoutais pour toi, c'étaient les guerres qu'on mène sur terre ! Mes prières, à d'autres dieux je dois les adresser ! Si les destins te ramènent à moi, si la mer peut être apaisée par des mères angoissées, alors je peux supporter la vie

---

46. Une poutre de l'Argo provenait d'un chêne de la forêt de Dodone en Chaonie (nord de l'Épire) consacrée à Jupiter. Cette forêt avait la particularité de rendre des oracles lorsque le vent soufflait dans les feuillages. La Saturnienne est Junon, fille de Saturne. De retour en Grèce, le navire Argo fut divinisé et devint une constellation.
47. Le clairon utilisé dans les batailles est opposé à la flûte de buis, instrument des fêtes et cérémonies en l'honneur de Cybèle sur le mont Ida en Phrygie.

et une longue anxiété. Mais si la Fortune nous prépare autre chose, aie pitié d'un père et d'une mère, ô Mort bienveillante, maintenant que la peur seule nous tient, sans la douleur du deuil ! Pauvre de moi, les Colchidiens et le bélier qui emmena Phrixus, pourquoi les aurais-je redoutés ? Quels tristes jours je prévois, quelles dures insomnies assaillies de tourments ! Combien de fois, en écoutant le rauque raclement des vagues sur le sable, je défaillirai, effrayée par la mer et le ciel de Scythie ! Pour augurer de ton sort, mon fils, je ne me fierai pas au beau temps de chez nous, je n'en tiendrai aucun compte. Je t'en prie, embrasse-moi, murmure à mon oreille des mots que je n'oublierai pas, et de ta douce main, dès maintenant, ferme-moi les paupières. » C'est ainsi qu'Alcimède s'afflige ; Éson, plus ferme, réveille son courage : « Si j'avais encore ma force d'autrefois, du temps où je contenais Pholus qui me menaçait avec un vase orné de figurines, tandis que je brandissais moi-même une coupe d'or aussi massive[48] ! J'aurais été le premier à poser mes armes dans un vaisseau garni d'airain, heureux de l'entraîner à grands coups d'aviron. Mais les prières d'un père ne sont pas restées vaines, les dieux tout-puissants ont entendu mes vœux. Je vois ici tant de princes prêts à s'embarquer, et toi, tu es leur chef ! Oui, ils étaient de cette trempe, les hommes que je commandais, que je suivais autrefois ! Je suis impatient maintenant de ce jour — et je prie Jupiter de me l'accorder —, ce jour où je t'accueillerai, vainqueur du roi et de l'océan scythes, les épaules flamboyantes de la toison ravie, où mes

---

48. Pholus est un centaure. Éson, invité par Pirithoos à son mariage, se battit contre les centaures ivres, qui voulaient s'en prendre aux femmes.

actions s'effaceront derrière celles de ta jeunesse. » Il se tut. Jason soutint sa mère qui s'affaissait sur lui et serra le vieillard contre sa large poitrine.

Il fallut embarquer. Le troisième appel de la triste trompette défit les étreintes, qui retardaient le Zéphyr[49] et la nef. Chacun s'attribue une rame, un banc. Sur le bord gauche, Télamon sera chef de nage. Alcide[50], plus grand que lui, prend place sur l'autre bord. Le reste des hommes se répartit derrière eux : le rapide Astérion, qu'à peine sorti du ventre maternel, son père Cométès de Pérésies baigna dans un double fleuve, en ce lieu où l'Énipée, plus lent, éprouve les forces de l'Apidan[51] ; du même côté Talaüs pèse sur la rame, et l'aviron de Léodocos touche le dos de son frère – la noble Argos[52] les envoya tous deux. Il y a encore Idmon, qui vient de la même ville, en dépit de présages funestes ; mais pour un brave il est honteux de craindre l'avenir. Là aussi le fils de Naubolus, Iphitus, raidit son corps contre les ondes tortes ; plus loin, un fils de Neptune brise la nappe des flots paternels, cet Euphémus qui règne sur Psamathé aux flots sonores et le Ténare toujours béant[53]. Voici, venus du doux rivage de Pella, Deucalion, infaillible au javelot, et Amphion, renommé dans le combat de près – des jumeaux tellement ressemblants que leur mère Hypso ne put ou ne voulut les distinguer. Puis Clyménus, dont le puissant aviron heurte la poitrine, et son frère Iphiclus entraînent le

---

49. Vent d'Ouest.
50. Hercule, fils d'Alcée.
51. Ce sont deux fleuves de Thessalie qui se jettent au même endroit dans le fleuve Pénée ; Pérésies est un village thessalien.
52. Ville du Péloponnèse.
53. Cap au sud du Péloponnèse, où se trouvait une entrée des Enfers. Psamathé est sans doute une cité côtière près du cap Ténare.

vaisseau, et aussi Nauplius qui bientôt, par un cruel flambeau, lancera les Grecs contre les rocs du cap Caphérée ; Oïlée, qui pleurera son fils, foudroyé d'une autre main que celle de Jupiter – son corps crépitera sur les flots de l'Eubée[54] ; Céphée, qui seconda le fils d'Amphitryon suant aux portes de Tégée sous le fardeau du monstre de l'Érymanthe[55] ; Amphidamas, dont le frère Lycurgue a déjà montré sa valeur au combat, préféra voir la toison de Phrixus entre les mains d'Ancée[56] ; Eurytion, le cou caché sous une chevelure que son père, au retour de l'Argo, rasera sur les autels d'Aonie[57]. Toi aussi, Nestor, la renommée de la nef thessalienne t'attire sur les ondes, toi qui verras un jour sans t'étonner les voiles mycéniennes blanchir la plaine marine et mille timoniers debout sur leurs navires[58]. Pélée non plus, fort du soutien de ses beaux-parents et de son épouse divine, ne s'est pas dérobé : du haut de la proue, la pointe de ta pique étincelle, fils

---

54. L'expédition des Argonautes ayant eu lieu une génération avant la guerre de Troie, le poète peut faire des allusions anticipées à des épisodes de cette guerre. Palamède, fils de l'Argonaute Nauplius, prit part au siège de Troie et fut lapidé injustement par les Grecs. Nauplius vengea son fils en allumant de nuit un grand feu sur le cap Caphérée, au sud de l'île d'Eubée, alors que la flotte grecque rentrait en Grèce. Les navires se jetèrent sur les écueils. Ajax, fils d'Oïlée, sera foudroyé par Athéna.
55. Amphitryon est le père humain d'Hercule. Céphée était roi de Tégée, cité d'Arcadie, où Hercule se rendit après avoir capturé un sanglier monstrueux vivant sur l'Érymanthe, une montagne voisine de la ville. Ce fut le troisième de ses "travaux", après le lion de Némée et l'hydre de Lerne.
56. Lycurgue, roi d'Acardie, frère de Céphée et d'Amphidamas, envoie son fils Ancée sur l'Argo.
57. Autre appellation de la Béotie. On consacrait la chevelure des jeunes guerriers à un dieu fleuve, en échange de sa protection.
58. Nestor, roi de Pylos en Messénie, vécut très âgé ; il participera à l'expédition contre Troie, évoquée par l'image des « voiles mycéniennes ».

d'Éaque ! Elle dépasse d'autant les autres lances qu'elle surpassait, en haut sur la montagne, les frênes du Pélion. Le fils d'Actor aussi laisse son rejeton dans l'antre de Chiron[59], afin que, compagnon de son cher Achille, il s'exerce avec lui à faire sonner les cordes de la lyre, qu'avec lui le jeune garçon lance des javelots légers, qu'il apprenne à monter à cheval sur le dos de son maître placide. Voici Mopsus le Voyant, digne de son père Apollon : un manteau blanc tombe autour de ses cothurnes pourpres et bat le bout de ses pieds. Son casque est entouré de bandelettes et porte en guise d'aigrette un laurier du Pénée[60].

Du côté d'Hercule se tiennent Tydée et Périclymène, fils de Nélée, dont Méthoné la petite, Élis fertile en chevaux et Aulone traversée par un fleuve virent les gantelets briser les visages adverses[61]. Toi aussi, fils de Poias, toi qui verras deux fois Lemnos, tu vogues vers la Colchide de Phrixus ; aujourd'hui célèbre pour la lance de ton père, un jour tu décocheras les flèches d'Hercule[62]. Près de lui se trouve Boutès, qui doit sa prospérité aux terroirs de l'Attique, car il élève d'innombrables abeilles et se sent fier d'assombrir le

---

59. Le fils d'Actor, c'est l'Argonaute Ménétius, lui-même père de Patrocle qui fut l'ami d'Achille. Patrocle et Achille furent éduqués par le centaure Chiron. Achille est le fils de Pélée.
60. Grand fleuve de Thessalie, dans la plaine de Tempé.
61. Périclymène, fils de Nélée et petit-fils de Neptune, est présenté par le poète comme un champion de pugilat. Élis et Aulone sont des villes d'Élide, Méthoné, une ville de Messénie.
62. Philoctète s'arrêtera à deux reprises sur l'île de Lemnos, la première fois, lors d'une escale des Argonautes, la deuxième fois, au cours du voyage pour se rendre au siège de Troie. En effet, piqué par un serpent, et sa blessure devenant putride, il fut abandonné par les Grecs à Lemnos, avec l'arc qu'Hercule lui avait donné avant de mourir.

jour par un épais brouillard d'insectes, quand il ouvre ses ruches pleines de miel et qu'il laisse échapper les reines vers le délectable Hymette[63]. Tu le suis, Phalérus, et tu portes des armes où figure ton infortune : un serpent, ayant glissé d'un arbre au feuillage éployé, enroule son échine luisante trois ou quatre fois autour de ton corps d'enfant. Non loin se tient ton père, tendant anxieusement un arc mal assuré. Ceux-ci portent des armes ornées d'autres moments terribles : Éribotès, et celui que la renommée appela justement « fils de Lyée[64] », Phlias – comme son père, du haut de sa tête il laisse s'épandre une longue chevelure. Elle n'a pas peur, la mère d'Ancée, de confier aux vagues ce fils qu'elle porta, enceinte du roi de la mer[65]. Avec la même confiance, Erginus, fils de Neptune, s'engage sur la plaine liquide, car il connaît les pièges de la mer, les astres de la nuit étincelante et quel vent Éole[66] envoie de ses cavernes closes. Tiphys ne craindra pas de lui laisser le navire et l'observation du ciel, quand il sera fatigué de fixer l'Ourse continûment. Pollux, l'alerte Laconien, porte ses cuirs de taureau hérissés du plomb qui ouvre les chairs[67]. Il lance çà et là ses poings dans le vide afin que la nef de Pagases voie le descendant d'Œbalus égayer le rivage d'un jeu sans danger[68]. Plus adroit à dompter les chevaux avec un mors thessalien, Castor, pendant qu'il est à la recherche du bélier qui porta Hellé apeurée, a

63. Montagne de l'Attique, près d'Athènes, renommée pour son miel.
64. Autre nom du dieu Bacchus-Dionysos.
65. Deuxième Argonaute du nom d'Ancée. Celui-ci est fils de Neptune.
66. Le dieu qui règne sur les vents.
67. Il s'agit de cestes, courroies garnies de plomb, dont les pugilistes s'entouraient les mains. Pollux : frère de Castor, fils de Jupiter et de Léda.
68. Pollux était le petit-fils d'Œbalus, roi de Sparte. La « nef de Pagases » désigne l'Argo, partie du port de Pagases en Thessalie.

laissé son coursier Cyllarus s'engraisser de l'herbe d'Amyclées[69]. Sur les deux frères frémit la pourpre flamboyante de la teinture du Ténare, vêtements admirables que leur mère avait confectionnés dans une même étoffe. Deux fois elle avait figuré le Taygète et ses forêts chevelues, deux fois elle avait fait couler l'Eurotas au moyen de fils d'or. On y voit chacun d'eux sur un coursier blanc comme neige ; le pan de vêtement qui couvre leur poitrine montre le cygne père en train de s'envoler[70]. Mais voici que s'ouvre la fibule qui attachait ton manteau, Méléagre, laissant paraître de robustes épaules, ainsi qu'un torse large et fort en rien inférieur à celui d'Hercule. Là se trouve une troupe nombreuse, les fils du Cyllénien[71] : Éthalidès, infaillible quand il décoche des flèches fulgurantes à la détente de l'arc ; Eurytus, habile à se frayer au glaive un passage dans les rangs ennemis ; Échion, messager comme son père, transmet aux peuples les paroles du chef[72]. Quant à toi, Iphis, l'Argo reviendra sans l'aide de tes bras. La nef, hélas, accablée de chagrin, abandonnera tes cendres dans les sables scythiques, pleurant de voir ta rame rester immobile à ton banc. Admète, ce sont les plaines de Phères qui t'envoient ; un illustre berger les avaient enchantées, car c'est là que le dieu de Délos a expié sa faute : d'un arc coléreux, il avait abattu Stéropès[73]. Combien de fois sa sœur pleura en le rencontrant esclave dans ses bois familiers, en le voyant chercher la fraîcheur d'un chêne

---

69. Amyclées est une cité voisine de Sparte.
70. La mère de Castor et Pollux, Léda, s'était unie à Jupiter métamorphosé en cygne pour la circonstance.
71. Il s'agit du dieu Mercure (Hermès), né en Arcadie sur le mont Cyllène.
72. Échion est le messager des Argonautes. Son père Hermès a la charge de faire connaître les volontés des dieux.

de l'Ossa ou souiller ses pauvres cheveux dans l'eau boueuse du lac Bœbée[74] ! Il se lève à son banc, Canthus, et de sa rame creuse les ondes de Nérée[75]. Une pique barbare l'enverra rouler dans la poussière d'Éa[76]. Aujourd'hui on voit à côté de lui le glorieux bouclier ciselé qui appartint à son père Abas : l'Euripe, fuyant les sables de Chalcis, y fend de ses ondes le revêtement d'or, et toi, Neptune, dressé au centre, venant de Géreste qui abonde en huîtres, tu diriges bride haute un attelage de fauves marins[77]. Quant à toi, Polyphème, à ton retour sur la nef de Pallas, tu trouveras à l'entrée de ta ville la dépouille de ton père sur un bûcher en feu : les serviteurs auront longtemps sursis aux pieux devoirs, espérant jusqu'au bout ta venue[78]. Enfin Idas, d'une rame plus courte, frappe les flots bleus ; il a pris place en dernier, sur un banc éloigné.

Mais son frère Lyncée, qu'Aréné enfanta, est assigné à une charge importante, parce qu'il peut percer la terre du regard et, scrutant ses profondeurs, surprendre le Styx caché. En haute mer, il signalera les côtes au timonier, désignera les astres à l'équipage, et

---

73. Apollon, né sur l'île de Délos, fut puni par Jupiter pour avoir tué le Cyclope Stéropès, forgeur de foudre. Il fut condamné à se mettre au service d'Admète, roi de Phères en Thessalie, pendant une année. La sœur d'Apollon est Diane Artémis, déesse de la chasse et des lieux sauvages.
74. Lac marécageux au sud de la Thessalie.
75. Divinité marine primordiale, père des Néréides.
76. Ville de Colchide où règne le roi Éétès.
77. Le cap Géreste se trouve sur la côte sud de l'Eubée. Chalcis est une ville côtière de l'Eubée, donnant sur le détroit de l'Euripe.
78. On brûlait les morts sur un bûcher funéraire. L'Argonaute Polyphème, un Thessalien, est à distinguer du Cyclope de Sicile du même nom.

quand Jupiter aura noirci l'éther, il pourra voir au travers des nuages. Les enfants d'Orithye l'Athénienne, Zétès et son frère, restent eux aussi disponibles afin de régler les trémulants cordages[79]. Orphée l'Odryse non plus ne peine pas sur les bancs des rameurs[80] ni ne remue la mer à coups d'aviron : son chant aide les rames à mener leur cadence sans se heurter en tous sens à la surface du gouffre. Le fils d'Éson dispense aussi Iphiclus des travaux de la mer et des fatigues des jeunes. Envoyé par la ville de Phylacé, il était affaibli par l'âge et ne pouvait prendre part aux besognes ; il donnera des conseils judicieux et encouragera les hommes en faisant l'éloge de leurs valeureux aïeux. Argus, c'est à toi que revient l'entretien de ton propre navire. Toi qui es savant, la cité de Thespies t'envoie par la faveur de Pallas. Voici ton lot : veiller à ce que la nef, en aucun endroit, ne laisse passer l'eau furtivement, réparer avec de la poix ou de la cire molle les fissures causées par les vagues. Toujours en éveil, Tiphys, le fils d'Hagnias, gardera les yeux fixés sur l'astre d'Arcadie[81], bienfaisant mortel qui donna cette utilité aux étoiles, de rendre possibles les voyages en mer.

Voici que, triomphant et content de sa ruse, Jason distingue Acaste qui s'élance par des chemins de traverse sur la pente du mont, hérissé de lances et brillant des lueurs d'un écu. Dès qu'Acaste eut sauté dans la nef parmi hommes et boucliers, le fils d'Éson trancha promptement les amarres. Comme le preste

---

79. Orithye, fille du roi d'Athènes Érechtée, fut enlevée par Borée, le vent du nord. Elle enfanta Calaïs et Zétès, tous deux munis d'ailes et capables de voler.
80. Orphée, originaire de Thrace, est qualifié d' « Odryse », nom d'un peuple thrace.
81. La Grande Ourse.

chasseur fuit les fourrés et la tanière vide, pressant son cheval qui a peur pour son maître et serrant contre lui de jeunes tigres capturés grâce à une ruse craintive, pendant que leur mère cruelle, ayant laissé ses petits, chasse en face sur l'Amanus[82], de même file la nef lancée sur les ondes. Debout sur la grève, les mères suivent des yeux les voiles lumineuses et les boucliers éblouissants de soleil, jusqu'à ce que l'horizon ait dépassé le mât et l'air immensurable ôté le navire à la vue.

Alors, de sa citadelle céleste, le Souverain des dieux, qui observe cette entreprise extraordinaire et voit s'élever sur la mer un ouvrage imposant, éprouve de la joie ; car la quiétude du règne paternel ne lui convient pas[83]. Tous les dieux se réjouissent des temps nouveaux du monde, même les Parques, qui voient s'accroître les occasions de mort[84]. Mais le Soleil, père apeuré par le péril qui menace son fils de Scythie[85], laisse parler son cœur : « Très haut Créateur, pour qui ma lumière accomplit des tours sans fin et déroule les ans, est-ce bien là ta volonté ? Est-ce avec ton approbation que des Grecs naviguent en ce moment sur les mers ? M'est-il permis de donner cours à de justes reproches ? Craintif et prévoyant, j'ai voulu empêcher que des hommes portent envie à mon fils : je n'ai pas choisi pour lui un pays regorgeant de richesses

---

82. Montagne à la frontière de la Syrie et de la Cilicie.
83. Sous le règne de Saturne, père de Jupiter, le monde connaissait un bonheur inaltérable, les hommes vivaient dans la paix et l'oisiveté, trouvant leur subsistance sans effort.
84. Les Parques, divinités du destin, dévident et coupent le fil de la vie des êtres mortels. L'accession des hommes à la navigation, qui engendrera des naufrages et des guerres, augmente les causes de décès.
85. Éétès, roi de Colchide.

ni l'immense étendue d'une région opulente. Que les Troyens, les Libyens et la maison de ton Pélops possèdent les régions les plus fertiles ! Sur des terres âpres que tu couvres d'un froid affreux, au bord de fleuves gelés, nous nous sommes fixés. Et même, il abandonnerait ce pays, mon fils, pour se retirer plus loin sans honneur. Mais à ce jour, ce qu'on rencontre au-delà, c'est une contrée raidie de brumes, impropre aux cultures, qui repousse mes rayons. En quoi des terres détestables, en quoi le Phase barbare font-ils ombrage à d'autres fleuves, et mes enfants à des peuples lointains ? De quoi se plaignent les Minyens ? Est-ce que la toison grecque, Éétès l'a enlevée de force ? Au contraire, il a refusé de rallier ses troupes à Phrixus qui fuyait et de porter la vengeance jusqu'aux autels d'Ino[86]; il l'a retenu chez lui en partageant son royaume, il lui a donné sa fille en mariage. Aujourd'hui il a des petits-enfants d'origine grecque ; les Grecs sont pour lui comme des gendres, des alliés par le sang. Détourne ce navire et ses courses, Père, n'ouvre pas la mer aux mortels, si je dois en souffrir : la forêt du Pô, témoin de mon deuil passé, et mes filles qui pleurent devant leur frère foudroyé, cela suffit à ma douleur[87]. » À ces mots, le dieu des combats[88] frémit, il approuve : il voit sa toison suspendue en offrande, il la voit assaillie, mais Pallas et Junon, mécontentes, manifestèrent leur désaccord.

---

86. Ino : la marâtre de Phrixus et d'Hellé, qui avait voulu les sacrifier aux dieux.
87. Allusion à la mort de Phaéton, fils du Soleil. Il voulut un jour conduire le quadrige de son père. Comme il était sur le point d'embraser ciel et terre, Jupiter le foudroya. Il tomba avec son attelage dans l'Éridan, fleuve légendaire assimilé au Pô. Ses sœurs, les Héliades, le pleurèrent si longtemps au bord du fleuve qu'elles furent transformées en peupliers.
88. Le dieu Mars, nommé aussi Gradivus.

Alors le Père souverain leur adressa ces mots : « Ce qui arrive aujourd'hui, je l'ai décidé de longue date. Cela suit un ordre assigné, intangible depuis les premiers jours du monde. Aucun être de mon sang n'existait sur la terre quand je réglais les destins ; il me fut donc possible d'être équitable en fixant la suite des souverains à travers les âges. Je vais vous retracer les décisions de ma prudence. Depuis longtemps la région qui descend de l'immense Levant jusqu'à la mer d'Hellé et jusqu'au Tanaïs[89] est prodigue en chevaux et florissante en hommes. Personne n'a encore eu l'audace de s'attaquer à ces terres avec un courage égal à la vaillance de leurs habitants, de se gagner un renom en y portant la guerre : le destin le voulait, j'ai préservé ces lieux. Mais il est proche, le jour fatal ; j'abandonne l'Asie qui chancelle, et c'est le tour des Grecs aujourd'hui. Ainsi mes chênes prophétiques, mes oracles et les âmes des Anciens ont envoyé ces hommes sur la mer. Une voie est tracée pour toi, Bellone, par les ondes et les tempêtes[90]. Et il n'y aura pas que le vol de la toison ou la douleur trop vive du rapt d'une jeune fille pour provoquer l'indignation ; car plus tard – ma décision est irrévocable – viendra de l'Ida phrygien un berger qui rendra aux Grecs méfait pour méfait, leur apportant une même souffrance, une même colère[91]. Quelles armées alors sortiront des vaisseaux grecs, combien d'hivers Mycènes pleurera devant Troie ! Que de grands chefs, de fils de dieux,

---

89. Ancien nom du Don, fleuve qui se jette dans la mer d'Azov. La mer d'Hellé : l'Hellespont.
90. Bellone : déesse de la guerre.
91. Allusion à la fuite de Médée séduite par Jason, délit des Grecs qui leur sera rendu par l'enlèvement de la Grecque Hélène par le Troyen Pâris (le « berger » venu de la montagne de l'Ida en Phrygie), prétexte de la guerre de Troie. Mycènes (ville d'Argolide) désigne l'armée des Grecs.

quels héros succomberont ! L'Asie s'effondrera devant la force du destin. Puis ce sera la fin des Danaens[92]. Je favoriserai d'autres peuples après eux. Que soient ouverts aux Grecs montagnes, forêts, lacs, et toutes les passes de l'océan ! Pour tous l'espérance et la crainte ! Seul maître de déplacer frontières et souverainetés, je déciderai quel peuple aura le règne le plus long, et à qui je laisserai délibérément le pouvoir sur toutes les nations[93]. » Là-dessus, il porte son regard sur la mer Égée couleur d'azur et voit le puissant Hercule et les fils de Léda[94] : « Héros ! Toujours plus haut, visez les astres ! Moi-même, ce n'est qu'après ma guerre contre le féroce Japet et mes labeurs de Phlégra que je suis devenu le maître de l'univers[95]. Rude et difficile sera la route qui vous élèvera jusqu'au ciel. Ainsi mon cher Liber fut contraint de parcourir le monde, et Apollon de vivre sur la terre, avant de revenir chez eux[96]. » Il se tut, et lança dans les airs une lueur de feu qui enflamma les nues d'un immense sillon. S'approchant du navire, le feu se ramifia en un double rayon, atteignit les deux frères, toucha leur front avec douceur en diffusant une vive lumière, inoffensive, qu'un jour imploreront les marins en péril[97].

---

92. Autre appellation des Grecs.
93. Allusion à la suprématie de l'empire romain.
94. Les frères Castor et Pollux. Leur père officiel était Tyndare, roi de Sparte. Pollux était tenu pour fils de Jupiter.
95. Rappel des combats des Titans et des Géants contre les dieux olympiens, dont la victoire assura le règne sur le monde. Phlégra, où ces combats eurent lieu, est le nom d'une presqu'île de Chalcidique en mer Égée.
96. Apollon vécut berger chez le roi Admète et Liber (Bacchus), rendu fou par Junon, erra sur la terre et fit la conquête de l'Inde.
97. Phénomène du feu Saint-Elme. À leur mort, Castor et Pollux devinrent des divinités protectrices des marins.

Cependant Borée, fou de rage, de la cime du Pangée a guetté les voiles lâchées au milieu de la mer[98]. Sur-le-champ il s'élance furieusement vers l'Éolie et les cavernes tyrrhéniennes[99]. Les forêts gémissent sous les ailes lestes du dieu, les blés s'affaissent, l'océan s'assombrit. Dans la mer de Sicile, du côté où le Pélore[100] s'infléchit, se trouve un îlot rocheux assailli par les vagues ; il dresse sa masse dans les airs aussi haut qu'il s'enfonce dans les eaux infernales. Il y a là tout près un autre site non moins imposant par ses rocs et ses grottes. Le premier rocher est le domaine d'Acamas et de Pyracmon qui vit nu[101]. L'autre île abrite les nuages, les vents et la tempête naufrageuse. De ce lieu ils ont accès aux terres et au vaste abîme marin ; autrefois ils s'employaient à mêler les flots stériles à la voûte du ciel (car Éole n'était pas encore leur maître, à l'époque où l'Océan intrus s'immisçait entre Calpé et la Libye, où l'Œnotrie en pleurs perdait ses terres de Sicile, où les eaux se glissaient jusqu'au cœur des montagnes[102]), lorsqu'un jour, du haut de l'éther, le Tout-puissant tonna sur les Vents pris de peur et leur donna un roi, que la horde sauvage fut sommée de respecter : une structure en fer sous la montagne et des rochers renforcés par des murs subjuguent ces furieux. Quand leur roi ne parvient plus à refréner leurs gueules hurlantes, il ouvre volontairement les portes et la clôture : en les laissant

---

98. Borée (ou Aquilon) est le vent du nord. Le mont Pangée se trouve en Thrace.
99. L'Éolie : domaine des îles Éoliennes dans la mer tyrrhénienne, entre Italie et Sicile, où résident les Vents.
100. Le Pélore : promontoire de Sicile.
101. Deux Cyclopes siciliens.
102. Dérive des continents. Calpé désigne les côtes de Gibraltar, la Libye les côtes d'Afrique du Nord, et l'Œnotrie celles de l'Italie du Sud.

sortir, il calme leurs ardeurs féroces. Borée vient l'avertir du départ de l'Argo ; il chasse le dieu des Vents de son siège élevé : « Éole, du haut du Pangée, quel sacrilège ai-je vu ! De jeunes Grecs ont construit à coups de hache un bâtiment étrange et filent sur la mer, ils domptent joyeusement la plaine marine grâce à une voile immense, et je n'ai plus le pouvoir de soulever les flots hors de leur lit de sable, comme autrefois, avant d'être empêché, séquestré ! C'est de ma faiblesse que ces hommes tirent leur force, leur confiance dans un assemblage de bois, parce qu'ils voient Borée sous la coupe d'un roi ! Laisse-moi submerger ces Grecs et leur navire insensé ! Tant pis pour mes enfants[103]. Mets un terme à des menaces de mortels, tant qu'ils sont encore proches des côtes, et que l'invention de la voile ne s'est pas répandue. »

À ces mots, les Vents à l'intérieur se mettent à gronder et réclament la mer. Alors Éole, d'une puissante rafale, pousse l'épaisse porte. Tels des coursiers thraces, le Zéphyr, le Notus aux ailes de nuit, suivi de ses fils les Orages, l'Eurus avec sa chevelure hérissée de bourrasques et souillée de sable blond, fusent allègrement hors de leur prison. Ils entraînent la tempête ; d'un commun mouvement, ils lancent contre les côtes des vagues qui s'incurvent dans un raclement rauque. Ils bouleversent l'empire du trident[104], et aussi l'éther de feu qui s'écroule dans un colossal coup de tonnerre. Sous un ciel de poix, la nuit enserre tout. Les rames s'échappent des mains, le vaisseau vire, se place en travers des lames et reçoit sur le flanc des coups retentissants. Au mât qui vacille, la voilure voltige ; une rafale l'arrache brusquement. Quel

---

103. Calaïs et Zétès, fils de Borée, participent à l'expédition.
104. La mer, royaume de Neptune, le dieu armé du trident.

effroi saisit les Minyens affolés, quand la noirceur du ciel étincela, quand des feux éblouissants s'abattirent sur le navire épouvanté et que l'antenne, s'abaissant à bâbord, souleva de sa pointe l'onde qui se creusait ! Ils ne savent pas, ne comprennent pas que c'est une tempête, que les Vents ont été lâchés : ils pensent que c'est l'état habituel de la mer. « Voilà pourquoi nos pères craignaient de profaner d'une voile les ondes interdites, se disent-ils dans leur détresse. À peine avons-nous quitté le rivage que l'Égée – avec quelle violence – se soulève ! Est-ce que la mer où se percutent les roches Cyanées ressemble à cela ? Le sort nous réserve peut-être – malheur à nous ! – une mer encore plus funeste ? Abandonnez, habitants de la terre, l'espoir de l'océan, détournez-vous des flots sacrés ! » Ils répètent ces mots, déplorant de périr sans combattre. Le fils d'Amphitryon[105] regarde désespérément son carquois et sa massue inutiles ; d'autres, terrifiés, échangent d'ultimes paroles, se serrent les mains, tous sont accablés devant un tel désastre. Soudain la coque se fend : la nef par une large brèche avale l'eau de mer. Tantôt l'Eurus la bat, la fait virer de tous côtés, tantôt le Notus criard la retire aux Zéphyrs. Partout les eaux bouillonnent, quand tout-à-coup Neptune, tenant une pique à trois pointes, élève sa tête céruléenne au-dessus de l'abîme. « Les larmes de Pallas et de ma sœur Junon m'ont ému, dit-il, ce navire est sauvé. Qu'elles voguent à volonté, les carènes de Pharos et de Tyr, comme si c'était naturel[106]! Que de voiles bientôt le Notus[107] emportera, que de bruyantes clameurs résonneront sur les mers ! Ni mon cher

---

105. Amphitryon était le père mortel d'Hercule.
106. Pharos, ou l'île du Phare, face à la ville d'Alexandrie, désigne ici les marins égyptiens, et Tyr, les marins de Phénicie.
107. Un vent du sud.

Orion, ni le féroce Taureau et ses Pléiades ne seront la cause de cette nouvelle façon de mourir[108]. Argo, c'est toi qui prépares aux malheureux mortels de funestes destins et c'est avec raison, Tiphys, qu'aucune mère ne te souhaitera le paisible Élysée, où vivent les Ombres des justes[109]. »

Sur ces mots, le Vénérable assagit l'océan et ses rives houleuses. Il fait partir les Vents : accompagnés d'un noir crachin, de lourds embruns appendus à leurs ailes et au loin d'une averse, ils s'en retournent tous vers leur gîte d'Éolie. Un jour pur resplendit, un arc libère le ciel, et les nuées reviennent aux sommets des montagnes. Le navire à présent se dresse sur une onde paisible. Du fond du gouffre, Thétis et Nérée, maintenant beau-père[110], le soutiennent de leurs bras puissants. Alors Jason se couvre les épaules d'un habit consacré et prend une coupe en or de son père. Salmonée, en retour d'hospitalité, l'avait donnée à Éson contre un carquois ; c'était avant le temps où, pris de folie, il tentait d'imiter les foudres quadrifides de Jupiter, rivalisant avec le dieu qui s'abat sur l'Athos ou le Rhodope, incendiant les hautes forêts de Pise consternée et les campagnes infortunées de l'Élide[111]. De cette coupe, Jason verse des libations dans la mer et dit : « Divinités, qui régnez sur les eaux et la tempête sonore, royaume insondable égal au large ciel, et toi,

---

108. Orion, le Taureau, les Pléiades : constellations hivernales, qui brillent pendant les mois où le mauvais temps rend la navigation dangereuse.
109. Tiphys est un des pilotes de l'Argo. Élysée : lieu de l'au-delà, où se retrouvent les âmes méritantes.
110. Thétis, fille du dieu marin Nérée, s'était récemment mariée avec l'Argonaute Pélée. Son fils Achille était encore un enfant.
111. Salmonée voulut contrefaire le tonnerre et la foudre. L'Athos et le Rhodope sont des montagnes de Thrace. Pise est une ville d'Élide, dans le Péloponnèse.

dieu puissant, que le sort a rendu maître des flots et de déités au corps double[112], que ces ténèbres aient été fortuites ou, comme la voûte mouvante où vivent les dieux, que l'océan tour à tour doive dormir et se réveiller, ou que l'insolite et soudaine apparition d'un navire avec ses agrès et ses hommes ait provoqué en toi une rude colère, n'ai-je pas à présent suffisamment expié ma faute ? Puisses-tu, ô dieu, m'être à l'avenir plus favorable ! Accorde-moi de ramener ces hommes dans leur pays et d'embrasser le seuil de ma maison natale. Alors partout sur nos terres d'innombrables honneurs nourriront tes autels – ils en sont dignes – et dans chaque ville, tu auras un monument aussi impressionnant que lorsque tu te dresses, terrifiant, sur ton char attelé, ayant de chaque côté un grand Triton qui tient des rênes ondulantes[113]. » Il se tut. Une clameur monte, on lève les bras pour approuver les paroles du chef. Ainsi, lorsque sur les étables et les moissons s'appesantit, terrible, la colère des dieux, que Sirius ravage les champs de Calabre, les paysans, anxieux, se réunissent dans un vieux bois sacré et le prêtre répète aux malheureux de pieuses oraisons[114]. Mais voici qu'ils sentent les Zéphyrs s'approcher doucement : le bois creux glisse avec rapidité, fend les eaux amères, vomit l'écume par son triple éperon d'airain. Tiphys tient la barre, les hommes d'équipage sont assis en silence, à l'écoute des ordres, comme autour du trône de Jupiter Très Haut, les Vents, Pluies, Neiges, Éclairs, Tonnerres et Sources en gésine de fleuves se tiennent attentifs, prêts à lui obéir.

---

112. Jason s'adresse à Neptune, frère de Jupiter.
113. Un Triton est une déité marine dont la partie supérieure est humaine, l'autre partie celle d'un poisson.
114. Sirius, étoile très brillante dans la constellation de la Canicule, était visible durant la sécheresse et les grandes chaleurs de l'été.

Mais soudain une crainte, plus vive que tout autre souci, et le pressentiment d'un malheur tourmentent Jason. C'est qu'il s'est attaqué au fils de Pélias : grâce à une ruse, il a enlevé impitoyablement Acaste à son père. Mais il a laissé les siens sans protection, abandonné Éson à des accusateurs, sans moyen de défense, tandis que lui maintenant est loin, à l'abri. Le roi, c'est sûr, va s'en prendre à ses parents ; et il n'a pas tort de s'inquiéter, c'est ce qui va se produire.

Pélias est dans une rage folle. Du haut de la colline, il voit les voiles qu'il déteste, et il ne sait comment donner cours à son ardente colère. Ni sa volonté, ni son pouvoir ne lui servent à rien. Arrêtés par la mer, ses soldats vitupèrent, les flots amers reflètent les armes et les flambeaux. Ainsi, quand du rivage crétois où l'airain retentit, Dédale eut pris son vol avec son fils muni d'ailes plus courtes – étranges oiseaux s'éloignant de la terre – l'escorte de Minos maugréa vainement, et fatigués de les suivre inutilement du regard, les cavaliers rentrèrent à Gortyne sans avoir décoché une flèche[115]. Mais Pélias s'exaspère : sur le seuil de la chambre d'Acaste, étendu au sol, il presse des lèvres les traces du jeune homme (illusoires vestiges !) puis, cheveux blancs en désordre, il parcourt les lieux que fréquentait son fils : « Peut-être, mon enfant, qu'en ce moment tu penses à ton père affligé, aux plaintes de sa détresse ; tu vois déjà, sans doute, le piège, tu vois autour de toi mille dangers, et la mort implacable. Par où, dans quels pays irais-je te chercher ? Non, cet horrible personnage ne va pas en Scythie, vers les portes du Pont. L'attrait

---

115. Gortyne est la ville de Crète proche du labyrinthe. Scène de la fuite de Dédale et de son fils Icare, prisonniers du labyrinthe de Minos, roi de Crète. Ils s'enfuirent à l'aide d'ailes qu'ils avaient fabriquées.

d'une gloire trompeuse t'a séduit, mon fils, et maintenant il te torture pour tourmenter sans pitié ma vieillesse ! Si de tels engins pouvaient voguer sur les mers, ne t'aurais-je pas moi-même confié des hommes et une flotte ? Ô maison, ô Pénates, vainement vous comptiez sur une descendance ! » Il dit et ajoute aussitôt, pris de fureur vengeresse : « J'ai ici le moyen de te blesser, brigand, de te faire souffrir : un père qui t'est cher. » Dans sa haute demeure, il va et vient fébrilement, il échafaude les crimes les plus noirs : on dirait Lycurgue pourchassant son épouse et ses enfants qui fuient sous de longs portiques, lorsque le fils de Thyoné tourna ses cornes rageuses contre les Bistoniens coupables, et que souffrirent de mille frénésies le malheureux Hémus et les hautes forêts du Rhodope[116].

Pendant ce temps Alcimède[117], anxieuse du sort d'un fils si remarquable, apportait au dieu des Enfers et aux mânes du Styx les présents rituels, espérant que les Ombres invoquées lui en diraient davantage. Éson a les mêmes angoisses et, cachant ses craintes en son cœur, il accompagne sa femme. Dans les fosses, le sang coule : la copieuse offrande au Phlégéthon caché déborde et dessine une mare[118]. Une vieille Thessalienne, en transe, appelle les ancêtres défunts et le petit-fils de la grande Pléioné[119]. À ses incantations surgissait déjà un visage impalpable : c'était

---

116. Les Bistoniens sont un peuple de Thrace. L'Hémus et le Rhodope sont des montagnes de la même région. Lycurgue, roi Thrace, chassa de chez lui le dieu Bacchus, fils de Thyoné. Il en fut frappé de folie, et tua son fils Dryas à la hache en pensant couper un plant de vigne.
117. Épouse d'Éson.
118. Le Phlégéthon (fleuve de feu) : un des fleuves du royaume des morts.

Créthée[120] ; il but du sang et, regardant son fils et sa bru attristés, fit ces révélations : « Dissipe tes craintes, il vole sur la mer, Jason ! À mesure qu'il s'approche, le pays d'Éa[121] est frappé de stupeur devant les prodiges divins qui se multiplient, et des oracles inquiètent les rudes Colchidiens. Quel destin il se forge ! Quel effroi pour les peuples ! Bientôt il reviendra, fier de son butin et de ses femmes scythes. Comme j'aimerais alors pouvoir trouer la lourde glèbe ! Mais Pélias, hors de lui, prépare contre toi un sinistre forfait, il s'attaque à son frère, rempli d'une colère sans nom. Arrache ton âme au monde terrestre, quitte sans plus attendre ton corps chancelant. Viens, tu es mon fils ; déjà la foule pieuse des Silencieux, et mon père Éole[122], qui vague çà et là dans ces campagnes secrètes, te convient dans leurs bosquets. »

À ce moment leur maison résonna d'éclats de voix sinistres : on racontait à travers la cité que le roi levait mille soldats, que déjà il donnait des ordres. Les autels qui flambent, son habit, sa coiffure de feuilles, l'officiante envoie tout à terre. Éson, déconcerté, affolé cherche autour de lui le moyen de faire face. Comme un lion, cerné par des chasseurs qui se tiennent au coude à coude, reste longuement indécis et, gueule ouverte, comprime ses joues et ses yeux, Éson est pris d'embarras. Faut-il se saisir d'un glaive devenu inutile et, en dépit son âge, prendre les armes de ses jeunes

---

119. Mercure guide les âmes dans les Enfers. Il est le petit-fils de la déesse Pléioné, femme d'Atlas et mère des sept Pléiades. La Thessalie était un pays renommé pour ses sorcières et ses pratiques chamaniques.
120. Père d'Éson.
121. La Colchide, dont Éa est la ville du roi Éétès.
122. Un simple mortel, aïeul de Jason, à distinguer du dieu des Vents.

années ? Ou faire appel aux nobles du royaume et au peuple inconstant ? Alcimède l'entoure de ses bras, se serre contre lui : « Je t'accompagnerai dans ton malheur, dit-elle, quoi qu'il arrive. Je ne veux pas fuir mon destin, ni revoir notre fils sans toi. Ma vie s'est arrêtée quand Jason a déployé ses voiles au large sur la mer. Comment supporter une telle souffrance ? » Alcimède pleurait. Déjà Éson cherche quelle fin le délivrera de ces menaces, quelle mort sera digne de lui. C'est un noble trépas, pense-t-il, que Jason, sa maison, le lignage d'Éole, les guerres qu'il a menées attendent de lui. Il a près de lui son second fils, jeune adolescent, auquel il voudrait montrer ce qu'est un grand courage, un acte fort. Il voudrait lui laisser le souvenir d'une mort exemplaire. Alors il reprend la cérémonie. À l'ombre d'un vieux cyprès se tenait un taureau, le poil sale et terne, de couleur rouille, portant des bandelettes sombres autour des cornes et des branches d'if au front. Effrayé par la vue du spectre, il respire malaisément et tente d'échapper à ce lieu. L'officiante thessalienne, suivant l'usage de son peuple barbare, se l'était réservé expressément pour la fin, en offrande à Pluton[123]. Maintenant elle apaise la triple Souveraine[124], supplie avec un dernier feu les contrées du Styx[125], puis récite à l'envers la formule d'imploration. Car, sans cela, le noir portier ne remmène pas les Ombres impalpables : elles restent bloquées au bord de la gorge d'Orcus[126]. Dès qu'il vit que l'animal se trouvait encore

---

123. Le dieu des morts aux Enfers, appelé aussi Dis, le Riche.
124. Hécate, qui préside aux opérations de sorcellerie, est une divinité primitive des trois mondes (les Enfers, la Terre, le Ciel). Elle était représentée parfois avec un corps à trois têtes.
125. Fleuve des Enfers, et par extension le séjour des morts.
126. Démon de la mort, Orcus représente ici le gouffre des enfers. Charon, le « noir portier », fait passer aux âmes le fleuve infernal.

là pour le rite terrifique, Éson résolut de le sacrifier. Touchant les cornes du taureau condamné, il prononça ses dernières paroles : « Vous qui avez suivi la loi de Jupiter, dont la vie sous le soleil fut menée sans mollesse, héros que j'ai connus dans les conseils, dans les combats, dont le renom fut consacré par vos glorieux descendants ; toi, mon père, revenu d'entre les Morts pour nous voir mourir, pour endurer sur terre des douleurs oubliées, guidez-moi vers le séjour de paix ; que la victime qui me devance m'ouvre le seuil de vos demeures. Toi, Vierge, qui désignes les coupables à Jupiter et qui regardes le monde d'un œil juste[127], et vous, déesses de la vengeance, Loi Divine et toi, Punition, antique mère des Furies, glissez-vous dans le palais du roi coupable, avec vos flambeaux impitoyables ! Qu'une indicible épouvante emplisse son cœur cruel ! Qu'il soit persuadé que mon fils, ses armes redoutables et son navire reviendront, et pis encore : que flottes et drapeaux du Pont-Euxin[128] et rois irrités du viol de leurs rivages l'angoissent sans répit, que toujours sur le qui-vive, il se rue vers la mer en appelant aux armes, qu'il ne puisse esquiver ses souffrances par la mort ni échapper à mes malédictions, et qu'en outre il assiste au triomphe des héros, revenant illuminés par l'or de la toison ! Je serais là, je l'insulterai, j'élèverai vers lui, triomphalement, mes mains et mon visage. Dès lors, s'il vous reste une abomination secrète, inouïe, une mort encore inconnue, donnez à sa vieillesse de retors une fin infâme, déshonorante. Voici ma prière : qu'il n'ait pas l'honneur de tomber au combat ni sous l'épée de mon fils. Que ses proches, en qui il a confiance, qui

---

127. Invocation à la déesse Astrée, fille de la Justice.
128. Les peuples vivant sur les bords de la Mer noire.

lui sont chers, le démembrent et le coupent en morceaux, et qu'aucun tombeau ne conserve sa dépouille[129] ! Faites que cela soit la vengeance de mon sang et aussi de toutes les familles, hélas, dont les fils sont partis sur la plaine marine. » Près d'eux se tient l'aînée des Furies[130]. Elle leur tend, de sa main pesante, des coupes fumantes d'un sang noir et toxique. Ils se hâtent d'avaler le poison.

Soudain s'élève une grande clameur. Les exécuteurs des ordres sanguinaires, obéissant au roi, font bruyamment irruption, épées tirées. Ils voient Éson et Alcimède à l'agonie, les yeux éteints, en train de rejeter du sang qui macule leur vêtement. Et toi, naïf enfant, au seuil de ta vie, tout pâle devant tes parents mourants, ils te taillent en pièces et t'envoient auprès des tiens[131]. Non loin, Éson en frissonna d'horreur à l'instant où la vie le quittait. Son Ombre par les airs emporta cette ultime vision.

Sous notre monde et séparée des espaces terrestres se cache la demeure du maître du Tartare[132]. Elle ne s'écroulerait pas avec l'univers, même si Jupiter voulait désagréger sa masse fissurée pour ramener le Tout à son amas premier. Là s'étend le Chaos, à la gueule immensurable, capable d'engouffrer la matière effondrée sous son propre poids ainsi que les décombres du cosmos. Là, deux portes se dressent pour l'éternité. L'une, toujours ouverte (c'est une loi

---

129. Allusion à la mort de Pélias. Médée promit de rajeunir Pélias en le faisant cuire dans un chaudron ; ses propres filles le découpèrent en morceaux pour réaliser l'opération.
130. Divinités terrifiantes qui vivent chez les morts et harcèlent sur terre les criminels.
131. Assassinat de Promachus, jeune frère de Jason.
132. Le séjour des morts, où règne Pluton.

inexorable), accueille les rois et les gens ordinaires. L'autre en revanche, tenter de l'enfoncer et de la franchir est un acte sacrilège. Elle s'ouvre d'elle-même et rarement : il faut que vienne un chef, le torse bardé de glorieuses entailles, dont la maison est garnie de trophées guerriers, ou quelqu'un qui a voué sa vie à l'apaisement des souffrances des autres, qui a cultivé la droiture, éloigné la peur et ignoré l'envie, ou un prêtre, couvert de bandelettes et d'un vêtement pur. Les âmes de cette sorte, Mercure les guide d'un pas alerte en agitant un flambeau. La lumière du dieu éclaire leur chemin au loin jusqu'à ce qu'elles atteignent les bosquets et les lieux enchanteurs où revivent les justes, les champs où, de tout temps, resplendit le soleil, où brille un grand jour pur, où danses, chœurs et chants ne s'arrêtent jamais, où l'on ne connaît plus les désirs toujours recommencés. C'est dans ces lieux aux remparts éternels que Créthée accompagne son fils et sa bru. Il leur montre, par la porte de gauche, quel terrible châtiment attend Pélias, quelle légion de monstres le guette sur le seuil. Ils sont stupéfaits du bruit énorme, de la foule qui se rue, et s'étonnent en voyant les contrées où la douce vertu reçoit en récompense les honneurs souterrains.

Livre deuxième

Pendant ce temps, ignorant ces crimes et le deuil qui l'atteint, Jason fend la haute mer : qu'il apprenne le sort de ses parents, Junon s'y oppose. Car, dans sa colère, il pourrait rebrousser chemin, s'en prendre à Pélias sans réfléchir et contrarier le destin, délaissant son voyage qui plaît aux dieux.

Et déjà les marins voient les frênes du Pélion[1] disparaître sous l'onde, le temple de Diane au cap Tisée s'incline et s'immerge. Maintenant l'île de Sciathos s'est cachée sous les eaux, Sépias est très loin, la plaine de Magnésie semble élever en plein ciel ses chevaux sur l'herbe des pâtis[2]. Ils pensent avoir vu le tombeau de Dolops et le fleuve Amyros s'engageant dans la mer, que son cours tortueux a longtemps recherchée[3]. Ils enroulent les voiles, car un vent venant de ce fleuve les ramenait en arrière, rament avec vigueur, saluent ensuite la ville d'Eurymènes. Le vent du sud revient, s'empare à nouveau des voiles et des ondes, et pour les Minyens qui retrouvent le large, l'Ossa paraît s'élancer dans la nue. Voici, terreur des Dieux, la terre de Palléné, autrefois condamnée à servir de théâtre à leur

---

1. Montagne de Thessalie, de même que l'Ossa.
2. Tisée et Sépias sont des promontoires de la côte de Magnésie, en Thessalie, dont les chevaux étaient réputés. Sciathos est une île proche du cap Sépias.
3. Dolops est un héros qui donna son nom aux Dolopes, peuple de Thessalie.

guerre[4]. Ils voient aux alentours les masses monstrueuses des Géants nés de la Terre, jadis ennemis du ciel : leur mère compatissante les vêtit de rochers, de futaies, de crêtes, et mués en montagnes, les a dressés dans le ciel. Chacun d'eux garde encore sous le roc un pouvoir menaçant, la volonté de se battre, d'inspirer la terreur. Jupiter suscite sur eux des orages et y lance sans cesse la foudre, mais c'est loin de ces monts que règne la plus sombre épouvante : Typhée, bloqué sous le sol sicilien. Comme il fuyait en vomissant d'affreuses flammes, Neptune en personne, à ce qu'on dit, le prit par les cheveux, l'entraîna au large et l'enfonça dans la mer. Mais sa masse ensanglantée ne cessait de refaire surface, et ses jambes serpentines de remuer la mer. Alors le dieu l'emporta jusqu'au détroit de Sicile, et l'écrasa sous l'Etna et ses villes. Furieux, Typhée ronge et ruine l'assise de la montagne. Toute la Trinacrie[5] halète, quand il tente de déplacer la masse qui pèse sur son torse épuisé et qu'il s'affaisse avec un soupir inutile.

Voici que le char d'Hypérion serre de près la borne de la mer ibérique[6]. Dans le ciel déclinant, les rênes des chevaux qui ont gravi l'éther se distendent. L'antique Téthys a levé les mains et redressé son buste, quand le Titan sacré a crevé bruyamment la surface marine. L'heure faisait croître la peur : déjà le ciel prend un autre aspect, montagnes et côtes s'effacent, autour des

---

4. C'est sur la presqu'île de Palléné (nommée aussi Phlégra), en Chalcidique, qu'eut lieu le combat des Géants, fils de la Terre, contre les dieux de l'Olympe.
5. Autre appellation de la Sicile, l'île "aux trois caps".
6. Le dieu Soleil, qu'on désigne parfois du nom de son père, le Titan Hypérion, se déplace sur un quadrige. L'Ibérie est la péninsule ibérique, l'endroit le plus occidental du monde connu à l'époque. Téthys, divinité marine des premiers temps du monde, désigne ici la mer.

Minyens s'amassent d'épaisses ténèbres. La paix de la nature, le silence du monde les effraient, et les astres, et le firmament semé d'éparses crinières d'étoiles ! Comme le voyageur, perdu dans un pays aux routes inconnues, marchant sur un sentier qui disparaît dans la nuit, garde l'œil et l'oreille aux aguets – partout les ténèbres et les ombres démesurées des arbres qui surgissent intensifient sa peur de la nuit – de même les marins tressaillent d'effroi. Mais le fils d'Hagnias veut les rassurer[7] : « Ce n'est pas sans une aide divine que je conduis ce navire. La Tritonienne ne m'a pas seulement montré la route à suivre : souvent elle a daigné guider ce vaisseau elle-même. Rappelez-vous quand le ciel sans lumière s'est soudain hérissé d'une pluie diluvienne. À combien de bourrasques avons-nous résisté ! Combien de fois la cime abrupte d'une dixième vague s'est abattue sans effet ? Allons, courage, compagnons ! La voûte céleste brasille, immuable, et Cynthie[8] s'est levée, limpide — sa corne est fine, nulle rougeur sur son visage — et, signe infaillible, l'orbe parfait du Titan est entré dans les flots au seul souffle de l'Eurus[9]. Outre cela, durant la nuit, les vents pèsent plus fort sur la voile et la mer, le vaisseau va plus vite pendant les heures silencieuses. D'ailleurs la déesse m'indique de ne pas me diriger vers les astres qui puisent de nouvelles forces en plongeant dans la mer, tels le vaste Orion qui tombe à présent, et Persée en train de grésiller dans l'onde courroucée[10].

---

7. Le fils d'Hagnias : Tiphys, le pilote de l'Argo. « La Tritonienne » désigne la déesse Pallas Athéna.
8. Autre nom de la déesse Lune.
9. Le « Titan » désigne le Soleil. Tiphys, en observant l'aspect du soleil couchant et de la lune, prévoit du beau temps. L'Eurus est un vent du sud-est.
10. Les constellations d'Orion et de Persée.

Mon guide, qui jamais ne se cache sous les ondes, qui lui sont inaccessibles, scintille au pôle : c'est le Dragon, déployant deux fois sept astres[11]. » Il leur explique ensuite sur quelles constellations on peut se guider, où se situent Pléioné et les Hyades, où brillent le Glaive et le Bouvier de l'Attique. Enfin ils réparent leurs forces épuisées grâce au don de Cérès[12] et se délassent avec un peu de vin. Bientôt ils cèdent au sommeil. Des étoiles propices guident le vaisseau.

Et déjà, sous la lumière tremblante de l'aurore, la campagne blanchit à l'orient. Les ours féroces quittent les bergeries affolées et gagnent leurs gîtes sûrs. Des rivages s'envolent de rares oiseaux au-dessus de la mer, quand les premiers rayons de Phébus[13] – ses chevaux haletaient – dépassent l'Athos et répandent le jour sur l'étendue des eaux[14]. Les avirons creusent la mer avec ardeur, la vitesse fait trembler la pointe de l'éperon ; déjà Lemnos[15], île chère à Vulcain, apparaît sur les eaux, terre où tu enduras, Maître du feu, diverses épreuves et qui, malgré la folie et le crime de ses femmes, ne te répugne pas : tu te rappelles avec plaisir sa bonté envers toi.

Dès que Jupiter sentit que grandissait l'agitation des habitants du ciel, indignés par son accession au pouvoir suprême, qu'ils allaient rompre le silence et la paix de l'éther, il suspendit d'abord Junon à la voûte

---

11. La constellation du Dragon comprend les deux Ourses, chacune formée de sept étoiles.
12. Cérès étant la déesse des moissons, l'expression désigne une nourriture à base de céréales.
13. Autre nom d'Apollon, dieu qui conduit le char du Soleil.
14. L'Athos est une haute montagne de Chalcidique.
15. Lemnos est une île importante de la mer Égée, au large de la côte phrygienne à l'est, et de la Thrace au nord.

rapide du ciel, lui mettant sous les yeux le terrible Chaos et les châtiments de l'abîme infernal. Puis, du faîte du ciel abrupt, il lança Vulcain qui tentait de briser les chaînes de sa mère effrayée[16]. Nuit et jour il dévala l'espace, tel un cyclone, et percuta bruyamment le sol de Lemnos. Son cri soudain bouleversa la ville[17]. On le trouve appuyé contre un roc, on s'attendrit, on le soigne ; souffrant d'une jambe, il marche d'un pas heurté. Ainsi, depuis que Jupiter a permis son retour dans la cité céleste, Vulcain a de l'attachement pour Lemnos. L'Etna n'est pas plus renommé ni sa demeure de Lipari[18]. C'est aux repas de Lemnos, à ses temples – une fois l'égide achevée et forgées les ailes de la foudre terrifiante – qu'il se rend, le cœur joyeux. Au contraire, l'autel de Vénus reste toujours froid sur l'île, depuis que la déesse a frémi de frayeur devant la juste colère de son mari, quand celui-ci, sans bruit, enchaîna le dieu Mars[19]. C'est pourquoi elle trame une horreur, elle rumine pour Lemnos, qui néglige son culte, un atroce désastre. Car Vénus n'a pas qu'un aspect engageant, comme lorsqu'elle noue ses cheveux avec un délicat fil d'or ou déploie les plis constellés de sa robe. Elle peut être sauvage, monstrueuse, le visage couvert de taches, et son manteau noir, son flambeau crépitant la rendent exactement semblable aux Vierges du Styx[20].

---

16. Vulcain est fils de Jupiter et de Junon.
17. Sans doute Myrina, sur la côte occidentale, capitale de l'île.
18. L'Etna et l'île de Lipari sont les séjours habituels de Vulcain, dieu du feu associé aux phénomènes volcaniques. Il y forge, aidé des Cyclopes, les éclairs, fabrique et cisèle les armes des dieux et des héros.
19. Vulcain surprit sa femme Vénus au lit avec le dieu Mars. Il les fit prisonniers dans un filet de fer.
20. Les Érinyes ou Furies, divinités des Enfers.

Vint le jour de la vengeance. Le chef de Lemnos venait de vaincre les Thraces ; il avait eu l'idée de faire fabriquer des barques en treillis de fins roseaux avec des peaux en guise de bordage ; il ramenait par la mer ses guerriers en joie : leurs bateaux étaient remplis de bétail et de filles. Ils voguaient, portant habits et colliers barbares propres à leur pays, et clamaient sur les eaux : « Ô pays, ô femmes, toujours rongées par de nombreux soucis, nous vous ramenons ces servantes, butin d'une longue guerre ! » La déesse, alertée, se précipite dans le ciel clair, cachée dans un nuage noir, et cherche dans l'ombre le vagabond On-dit. Parce qu'il va fredonnant le vrai comme le faux et qu'il répand la peur, le Père tout-puissant le tient à l'écart des paisibles contrées de l'éther. Il habite, plein de chuchotements, sous la face sombre des nuages. Ce n'est pas un dieu des Enfers ni des Cieux : son domaine, c'est la terre, qu'il harcèle. Au début ses médisances sont méprisées, mais certains les entretiennent, et bientôt il mène tout le monde, bouleverse des villes en remuant les langues. Voilà ce que recherche ardemment la déesse pour soutenir sa ruse criminelle. C'est lui qui la voit le premier. Aussitôt il vole vers elle, impatient. Il prépare sa bouche, réveille ses oreilles. Vénus attise son ardeur, l'enivre de paroles : « Allons, va, jeune homme, jette-toi sur l'île de Lemnos, détruis-moi les familles, comme lorsque tu cours annoncer les batailles, contrefaisant mille trompettes, inventant des armées en marche dans les plaines, faisant haleter des milliers de chevaux ! Raconte que les hommes reviennent, esclaves de la débauche et d'ignobles désirs, qu'ils couchent avec les Thraces, qu'ils les aiment. C'est par là que tu dois commencer. Ensuite, que le dépit exaspère partout ces mères en fureur : alors j'interviendrai et je manœuvrerai ces femmes que tu auras si bien disposées. »

L'autre s'éloigne, et se glisse en jubilant au centre de la ville[21]. La première victime qu'il atteint, près du portail de Codrus, c'est Eurynomé ; elle est inquiète pour son mari et se garde de l'adultère. Épouse fidèle, elle fatigue ses servantes à scruter le rivage, à lui tenir le compte des jours d'une guerre sans fin, à rester éveillées en filant longuement. Le dieu, en larmes, vêtu comme s'il était Néère, les joues contusionnées, lui dit : « J'aurais préféré, ma sœur, ne pas t'annoncer ceci – il eût mieux valu que ceux qui font nos tourments périssent noyés ! Toi, qui de nos jours es si méritante, qui réclames ton mari en priant, en pleurant... eh bien, il est devenu fou, il s'est fait l'esclave de l'amour honteux d'une captive ! Les voici, ils arrivent ; vers ta chambre à coucher une Thrace s'avance. Elle n'a vraiment rien de plus que toi : ni la beauté, ni l'habileté à filer, ni la fidélité. Elle n'est pas l'excellente fille du grand Doryclus, mais, avec ses mains peintes et un menton tatoué, la Barbare plaît. Tu te consoleras sans doute avec un nouveau mari, tu trouveras un foyer sous une meilleure étoile, mais moi... j'imagine tes enfants privés de mère, condamnés à subir une marâtre, et cela me fait mourir. Je vois ses regards noirs sur tes pauvres enfants, je vois les aliments mortels, les boissons empoisonnées ! Tu le sais bien : nous, les femmes, sommes comme les flammes ! Ajoute les dures coutumes des Dahes sanguinaires[22]. Elle approche, ta rivale, endurcie par le lait des bêtes sauvages, par le grand froid ! Moi aussi, on dit que

---

21. Myrina, capitale de l'île.
22. Les Dahes sont un peuple nomade des bords de la mer Caspienne, peut-être confondus ici avec les Daces, peuple thrace.

mon mari va me mettre dehors, qu'une fille à robe rayée, tirée d'une roulotte, va coucher dans mon lit. » Là-dessus, il cesse ses plaintes et la laisse en larmes, transie de désespoir. Il passe à Iphinoé, et les maisons d'Amythaon et d'Olénius, il les remplit des mêmes égarements. Puis par toute la ville, il clame bien haut que leurs maris ont l'intention de les bannir de Lemnos afin de régner sur la ville, eux et leurs Thraces. La douleur monte, et la colère. Au fil des rencontres, chacune rapporte et entend les mêmes médisances, chacune est confortée dans sa croyance. Elles assourdissent les dieux d'appels et de plaintes, ne cessent d'embrasser leur lit, et les portes même, puis pleurent encore, restent à regarder. Elles sortent enfin des maisons, sans même se retourner vers la chambre conjugale, se rassemblent, et dehors sous les étoiles exacerbent leur désespoir, appellent le mauvais sort sur leur mariage et les flambeaux du Styx sur leur odieuse union.

Au milieu des Lemniennes, sous l'apparence de Dryopé en pleurs, Vénus laisse couler ses larmes et, par son ardeur et la violence de ses récriminations, les surexcite : « Ah !, le sort aurait dû nous faire vivre dans des tentes sarmates sous un ciel lugubre et froid, nous faire suivre des chariots ! Si au moins nous avions vu nos maisons s'écrouler dans les flammes et nos dieux renversés – dernières calamités qu'il nous reste à endurer ! Mais il est fou ! Il veut faire de moi une esclave, moi, une femme libre ! Vais-je fuir la ville, abandonner mes enfants ? N'allons-nous pas plutôt armer nos bras d'épées et de torches ? Et pendant que tout repose en silence, pendant qu'ils dorment auprès de leur nouvelle épouse, l'amour ne va-t-il pas nous inspirer quelque acte grandiose ? » Roulant des yeux étincelants, elle arrache brutalement les enfants de son sein. Ça y est, les esprits s'enfièvrent, l'abominable lamentation de Vénus emporte leur cœur vaincu de mère. Et toutes de scruter la mer, de mimer des danses d'accueil, de décorer les autels de feuillages festifs et de se montrer joyeuses quand leurs maris débarquent. On retrouve déjà les maisons et les tables, on prend place sous les hauts portiques ; chaque épouse, remplie de rancœur et de haine, est allongée auprès de son mari[23] ; on croit voir dans la nuit de l'abîme infernal Tisiphone étendue avec Phlégyas et Thésée figés d'effroi, qui se repaît de mets et de boissons infectes – un genre de torture bien à elle – et les enlace de ses reptiles noirs[24].

Vénus, avec un flambeau qu'elle fait tournoyer, enfume l'atmosphère. Prête au combat, elle se jette sur le sol de Lemnos qui en vibre. Son escorte de divinité : nuages d'orages, éclairs qui claquent ; en son honneur Jupiter y ajoute le bruit du tonnerre. Hors de sens, elle crie d'une voix inouïe à travers l'air qui en tremble. L'Athos frémit d'horreur, puis la mer au large, la Thrace immense frémissent et les mères dans leur lit ; et leurs enfants se sont raidis contre elles. Dès que l'amante de Mars a lancé son appel et donné le signal, accourent de leurs repaires gétiques[25] la Peur et la Discorde démente, les noires Colères aux joues livides, la Ruse, la Rage et, dominant le groupe, la Mort avec ses mains décharnées. Alors Vénus – elle prépare un crime encore plus effroyable – imite les râles et les cris

---

23. Ils prennent leur repas sur des lits de table.
24. Tisiphone est une des trois Furies (ou Érinyes), divinités du royaume des morts. Phlégyas, un roi de Béotie, fut châtié aux Enfers pour avoir voulu incendier le temple d'Apollon à Delphes. Thésée, qui avait conçu le projet d'enlever Perséphone, femme du dieu Pluton, maître des Enfers, y fut retenu prisonnier.
25. Les Gètes, peuple du bas Danube, étaient réputés pour être de rudes guerriers.

d'hommes qu'on assassine, surgit dans les maisons avec une tête grimaçante à la main, la poitrine souillée de sang frais, les cheveux hérissés : « Me voilà, c'est fait !, crie-t-elle. Je suis la première à venger mon lit, pour que justice soit faite ! Ne tardez pas, c'est le moment ! » Elle pousse alors dans les chambres celles qu'elle a sous son emprise, elle glisse une épée dans les mains de celles qui hésitent. Comment pourrais-je, moi, décrire de bout en bout ce massacre, ces malemorts d'hommes assassinés ? Hélas, quelles monstruosités surgissent dans mon poème, quelles scènes apparaissent à mes yeux ! Qui arrêtera le cours de mon chant véridique, qui libérera mes nuits de ces visions ? Les Lemniennes entrent dans les chambres, se jettent sur les êtres qu'elles chérissaient naguère. Les unes les exécutent pendant qu'ils dorment, repus et avinés, les autres, tenant de grandes torches et prêtes au corps à corps, les trouvent éveillés, spectateurs du carnage. Mais tenter de fuir et de prendre les armes contre elles, la peur les en empêche, tant la haine de la déesse donnait aux femmes un aspect formidable : leur voix sonne plus haut que celle de l'épouse connue. Ils n'ont pu que se cacher le visage, comme s'ils voyaient une armée d'Euménides ou, étincelant au-dessus d'eux, le glaive de Bellone[26]. Voilà jusqu'où la colère peut mener une sœur, une épouse et, parents plus proches, une fille, une mère : les surprenant sur leurs lits, des femmes traînent, immolent ceux-là que ni les Besses cruels[27] ni les hordes de Gètes ni la fureur des flots n'avaient pu abattre. Là, dans les chambres, le sang et les plaies des hommes qui suffoquent fument ; après une lamentable

---

26. Bellone est la déesse de la guerre. Les Euménides : autre appellation des Érinyes ou Furies.
27. Un peuple de Thrace.

esquive, ils tombent de leur lit, mutilés. Les unes lancent sur les toits des torches fatales, d'autres transforment les maisons en noir brasier. Des hommes cherchent à fuir précipitamment mais, implacable, l'épouse garde la sortie. Devant le glaive, ils retournent dans la fournaise. Certaines pendant ce temps massacrent les femmes thraces, origine de ce désastre, de leur fureur. Leurs plaintes et la clameur barbare de leurs supplications s'élèvent ; leurs voix étrangères emplissent l'espace.

Quel langage digne de ta grande vaillance tiendrais-je à ton égard, Hypsipyle, unique éclat et gloire de ta patrie précipitée[28] ? Célébrée par mes vers, tu resteras dans les mémoires tant que perdureront les Fastes des Latins, les Pénates troyens et le palais d'un si vaste empire[29]. Filles et brus avaient lancé ensemble leur attaque ; toute l'île était à feu et à sang. Hypsipyle (sa main était armée d'une épée) aimait et respectait son père : « Fuis sans tarder cette ville, père, éloigne-toi de moi ! Ce n'est pas un ennemi, ce ne sont pas les Thraces outragés qui occupent nos murs. Ceci est notre ouvrage ; ne cherche pas à savoir qui nous y entraîne. Fuis maintenant, profite de mes hésitations. Cette épée, je t'en prie, mon pauvre père, c'est à toi de la tenir. » Elle le soutient, lui voile le visage et le mène en cachette au temple de Bacchus complice de son acte[30]. Sitôt sur le seuil, elle tend les bras, disant : « Arrache-nous au massacre, dieu puissant, aie pitié une nouvelle fois de tes fidèles. » Et elle fait asseoir son père apeuré à la droite du dieu. Le voilà dissimulé sous le vêtement sacré. Les voix d'un chœur se font entendre, les

---

28. Hypsipyle est la fille du roi de Lemnos, Thoas.
29. Rome et son empire.
30. Le dieu Bacchus-Dionysos est le père de Thoas.

cymbales du culte retentissent ; les tigres, immobiles à l'entrée, feulent. L'Aurore s'élevait sur son char de roses pourpres, et les demeures, recrues du long tumulte nocturne, s'étaient tues ; alors la princesse (les actes généreux rendent le cœur intrépide, une pieuse entreprise affermit la hardiesse) revêt son père des guirlandes, de la chevelure et des habits de Lyée[31], lui fait prendre place au milieu du char et dispose autour de lui cymbales, tambourins et corbeilles contenant des objets terrifiants et secrets. Elle s'entoure les bras et la poitrine du lierre des desservants, agite dans le vide une hampe ornée de pampres, se retourne pour voir comment son père, tête voilée, tient les rênes tressées d'herbes, comment les cornes se dressent sous sa mitre couleur de neige, et si le vase sacré fait croire à la présence de Bacchus[32]. Puis elle poussa les lourds vantaux qui grincèrent, et s'élança à travers la ville en clamant hautement : « Ô Bacchus, quitte ta demeure souillée de sang ! Que la mer te lave du contact des cadavres, permets-moi de ramener dans ton temple tes serpents purifiés ! » Elle passa ainsi au milieu des dangers. Le dieu en vérité lui donnait un aspect redoutable ; elle-même rend sa respiration plus ample comme si elle était en transe. Déjà, loin de la ville en fureur, dans la forêt silencieuse, elle a caché son vieux père, mais la Peur, qui a vu sa hardiesse, et l'Érinye, qui se voit dupée, la tourmentent jour et nuit. Elle n'ose pas représenter une autre procession — une nouvelle cérémonie ne tromperait personne —, ni partir à la dérobée dans les bois où vit son père. Elle doit trouver pour lui un autre moyen de

---

31. Autre nom de Bacchus, signifiant "le libérateur".
32. La hampe est le thyrse, insigne de Bacchus et de ses Bacchantes. Les cornes figurent la puissance du dieu. Hypsipyle simule une cérémonie en l'honneur de Bacchus.

fuir. Alors elle découvrit une barque, usée par les assauts de l'onde rageuse, abandonnée en l'honneur de Thétis et Glaucus[33], et brûlée à longueur de temps par le soleil et les gelées de la nuit. Dans le silence obscur de la profonde nuit, Hypsipyle y emmène hâtivement son père à travers bois. Elle lui dit tristement : « Père, quel pays, quels foyers tu vas quitter, hier si prospères, aujourd'hui déserts ! Horrible désastre, fin d'une nuit cruelle ! Puis-je te confier, père chéri, à cet esquif ? Mais comment te garder près de moi dans un tel danger ? Hélas, je paye aux Furies un meurtre que je n'ai fait que retarder. Écoute ma prière, déesse, qui conduis maintenant au-dessus de la mer ton char dispensateur de sommeil[34]. Je ne demande pour mon père ni peuple, ni terres riches, ni royauté : qu'il puisse seulement quitter la terre de ses aïeux. Mais moi, pourrai-je un jour aller et venir par la ville, heureuse d'avoir sauvé mon père ? Y aura-t-il ici des pleurs et des remords ? » Elle se tut. Lui, inquiet, s'enfuit au loin dans la barque délabrée, jusqu'au pays des Taures, là où se dresse le sanctuaire sauvage de Diane. Tu lui donnes, déesse, une épée, et tu lui remets la charge de ton cruel autel[35], mais ton départ de ces terres de sang est proche ; car déjà le bois d'Égérie t'invite à le rejoindre, et aussi Jupiter sur la colline albaine, et Aricie, ville cruelle envers son prêtre, t'appellent[36]. Hypsipyle se rend sur les hauteurs de la ville, où la

---

33. Divinités marines.
34. Invocation à Diane, déesse de la lune.
35. Le culte de Diane en Tauride (l'actuelle Crimée) exigeait des sacrifices humains.
36. Égérie est une divinité du Latium associée au culte de la Diane des Forêts. Près de la ville d'Albe (Latium), où Jupiter avait un temple, se trouvait la ville d'Aricie. La Diane des Forêts y était honorée ; celui qui se prétendait capable de succéder à son prêtre devait l'assassiner.

troupe terrible des femmes était maintenant rassemblée. Dans une rauque rumeur, elles se tenaient là où siégeaient leurs pères et leurs fils, réformant les lois entre les murs d'une ville vide et donnant à Hypsipyle le trône de son père – elle le mérite, disaient-elles. Voilà comment son affection filiale trouva sa récompense.

Voici qu'elles remarquent au loin une nef de guerriers qui, à coups d'avirons vigoureux, se dirigent vers Lemnos. Soudain troublée, la reine convoque l'assemblée. Obstinées dans leur fureur, elles allaient attaquer, lancer torches et javelots, si Vulcain n'avait brisé la sauvage colère allumée par Vénus. Polyxo, prophétesse chère à Phébus – ni sa patrie, ni sa famille ne sont connues, mais, dit-on, de grands cétacés et Protée aux mille aspects[37] l'ont conduite des grottes de Pharos à Lemnos, portée sur la mer par un attelage de phoques (souvent elle disparaît au fond des eaux, en sort quelque temps après et rapporte des paroles comme entendues dans l'abîme) –, leur dit : « Laissons ce bateau accoster. Ce n'est pas un hasard, en vérité, car un dieu, plus doux pour Lemnos, détourne vers nous les Minyens. Vénus elle-même nous permet de nous adonner à l'amour, maintenant que notre ventre est fécond, que nous avons l'âge de procréer. » Ses paroles plaisent ; Iphinoé va sur le rivage porter aux Grecs les vœux de bienvenue. Leur aspect sauvage et sanguinaire, les traces de leur crime récent n'apparaissent pas aux Grecs, car la déesse de Cythère[38] fait disparaître tout signe d'effroi. Hypsipyle

---

37. Protée, le Vieillard de la mer, gardait les phoques de Neptune dans les grottes de l'île de Pharos. Il pouvait prédire l'avenir et prendre la forme qu'il voulait.
38. Vénus, née près de l'île de Cythère.

aussitôt sacrifie au nom des Argonautes un imposant taureau et rend au temple de Vénus l'usage, qui s'était perdu, des pieuses offrandes. Et une première génisse réchauffe l'autel de son sang.

Les Minyens passèrent aux abords d'une grotte dont la voûte rocheuse était noire de suie et l'air surchauffé de vapeurs. Le fils d'Éson s'arrête ; la reine l'engage à prier : « Vous voyez là un antre de Vulcain, c'est ici sa demeure : offrez du vin et des prières. Peut-être qu'il y a là-dedans un éclair terminé. La nuit elle-même en portera témoignage, étranger, lorsque tu entendras avec étonnement les déflagrations de la flamme recluse et le bruit du métal martelé. » Ensuite elle fait l'éloge des remparts de la ville, des qualités du site et de l'antique richesse de ses ancêtres. Au centre du palais, des servantes préparent un banquet. Les lits rutilent de l'éclat de la pourpre tyrienne. Pensant à leurs aïeux royaux, à leurs maris qui étaient rois, des femmes thraces se tiennent là, affligées ; ce sont celles qui ont repoussé, dit-on, les avances maritales et n'ont pas touché à la couche sacrée de leur maîtresse. Jason et la reine ont pris place au milieu ; viennent ensuite les autres princes. Pendant qu'ils mangent les viandes du sacrifice, le vin fait le tour des cratères, et le silence règne dans la salle. À la fin du repas, ils ne voient pas que la nuit tombe, et prolongent leurs conversations dans l'obscurité. Vivement intriguée par le projet de Jason, Hypsipyle cherche à savoir quelle fatalité le pousse, est-ce l'ordre d'un roi, pourquoi un tel bâtiment, le navire hémonien[39]? Suspendue à ses seules paroles, elle se sent peu à peu envahie d'une douce émotion. Elle n'est plus rétive aux voluptés du lit, ni hostile au retour de Vénus. Un dieu même donne

---

39. Synonyme de "thessalien".

du temps et des loisirs pour céder à l'amour : d'après les lois célestes, Jupiter, qui fait graviter l'univers éternel, avait descendu au bord du ciel les astres pluvieux des Pléiades[40]. Alors les eaux partout se précipitent ; au premier coup de foudre, les massifs du Pangée, du Gargare et les bois de Mysie se sont figés de peur[41]. En nulle autre saison, des affres plus violentes n'affolent la race des mortels. Car Astrée harcèle alors Jupiter, elle exige de lui qu'il châtie les humains et, délaissant la terre, elle invoque Saturne par des plaintes sans fin[42]. Se lève ensuite le noir Eurus[43] ; escorté de ses frères puissants, il gronde au-dessus de l'Égée, et la mer s'élance contre les rivages. Tiphys voit la lune, dès son quatrième lever, embuée d'averses, signe défavorable qui le dissuade de s'aventurer en mer. En attendant que la déesse brille d'un plus bel éclat, les Minyens s'installent joyeusement dans les maisons. Désœuvrés, ils s'adonnent de bon cœur aux lits désertés des veuves, passent la mauvaise saison dans les plaisirs, sans plus vouloir déloger. Ils feignent d'ignorer l'appel des Zéphyrs, jusqu'au jour où le héros de Tirynthe[44] ne supporta plus leur paresse, alors que lui veille jour et nuit sur le navire, loin des plaisirs de la ville. Les dieux, se dit-il, leur gardent rancune d'avoir violé l'étendue marine. Et ils ont abandonné

---

40. En automne et en hiver, saisons impropres à la navigation, ces étoiles se trouvent près de l'horizon.
41. Le Gargare est un mont de Troade, en Phrygie, le Pangée une montagne de Thrace. La Mysie est une région frontalière avec la Phrygie, en Asie mineure.
42. Astrée, fille de la Justice, est figurée par la constellation de la Vierge. Le soleil la traverse en automne.
43. Vent du sud-est.
44. Désignation d'Hercule. Son père mortel Amphitryon et son grand-père Alcée furent rois de Tirynthe, ville proche d'Argos. Zéphyrs : vents d'Ouest, favorables à la navigation.

leurs maisons et, par leur indolence, trompé l'espoir de leurs pères. Que fait-il, lui, avec ces gens ramollis ? « Malheur à ceux qui t'ont suivi, dit-il au fils d'Éson. Rends-nous le Phase, Éétès et les périls de la mer de Scythie : seul l'amour des hauts faits m'a entraîné sur la mer avec toi. J'espérai arrêter les roches Cyanées, vaincre et dépouiller un nouveau dragon qui ne dort jamais ! Si tu préfères t'agripper à des rochers de la mer égéenne, mon ami Télamon continuera l'aventure avec moi. » À ces mots, Jason se sent honteux, comme brûlé par ces aigres reproches. Ainsi un cheval de bataille, qu'un pays assoupi par une longue paix comble d'agréments et qui, paresseusement, se borne à des pistes étroites, n'en accepterait pas moins un mors et un cavalier, si la clameur de la guerre et le bruit oublié des armes emplissaient à nouveau ses oreilles ; de même Jason appelle Argus et Tiphys et presse les préparatifs du départ. Criant haut et fort, le pilote réclame à la fois les agrès, les hommes et les rames dispersées sur la grève.

La ville est à nouveau en deuil. Dans chaque maison, on pleure, c'est à nouveau le désespoir : voilà, disent-elles, qu'on les abandonne encore une fois derrière leurs remparts. Verront-elles le temps des enfants qui recréeront un peuple, qui gouverneront la ville ? Voici le funeste ouvrage d'une nuit criminelle, le long silence du foyer de la veuve, plus cruel encore depuis qu'elles ont osé prétendre aux liens du mariage, qu'elles avaient rompus, et à une nouvelle vie maritale. Hypsipyle, voyant les soudains va-et-vient sur la grève, et les Minyens qui se préparaient à quitter Lemnos, se met à pleurer et fait à Jason ces reproches : « C'est le premier jour de beau temps, et tu veux déjà déployer tes voiles, toi qui m'es plus cher que mon père ? Et la mer vient juste de devenir navigable ! N'est-ce pas ainsi que tu fuirais un port de Thrace, si les âpres Pléiades t'avaient immobilisé sur son rivage inhospitalier ? Ce n'est donc qu'au mauvais temps, à une mer impraticable que nous devons votre séjour ? » En larmes, elle offre au chef aimé un manteau où ses épreuves sont représentées. Elle y avait brodé la cérémonie et le char sacré qui avaient sauvé son père : la horde féroce, saisie d'effroi, s'est immobilisée, et les laisse passer ; le fond vert, autour d'eux, c'est la sombre forêt qui frémit ; son père, inquiet, trouve refuge dans l'ombre épaisse. Sa main avait figuré aussi l'enlèvement du garçon sur l'Ida verdoyant et son célèbre envol[45] ; le voici peu après dans l'Olympe, joyeux, debout près des tables, et même l'aigle de Jupiter reçoit de l'échanson Phrygien l'exquise liqueur. Puis elle apporte l'épée de Thoas, son emblème renommé : « Prends-la ; dans les batailles, dans la poussière au plus fort du combat, qu'elle soit avec toi ; ce don flamboyant du dieu de l'Etna[46], qui fut à mon père, est digne d'être joint à tes armes. Pars, mais n'oublie pas notre terre qui, la première, vous a chaleureusement accueillis dans la paix. Quand tu auras vaincu la Colchide, reviens ici sur ton vaisseau, je t'en prie par ce Jason que tu laisses dans mon ventre. » Elle se tut, et serra dans ses bras son mari d'Hémonie. Tout aussi tristement, les compagnes d'Orphée, de l'Éacide, de Castor, et de son frère les tiennent embrassés.

Au milieu des pleurs, on lève l'ancre qui dormait, prise dans les sables. Déjà les rames entraînent la nef, et les brises l'emportent. Le gouvernail qui fend les

---

45. Il s'agit de Ganymède, enlevé par l'aigle de Jupiter sur le mont Ida en Phrygie, pour devenir l'échanson des dieux.
46. Une des demeures de Vulcain.

flots trace un sentier d'écume. Lemnos s'amenuise, et la terre d'Électre grandit, endroit mystérieux avec ses rites thraces[47]. Là règne une intense terreur due à une force surnaturelle, le châtiment y frappe les langues imprudentes. Jamais la tempête, que Jupiter provoque, n'ose toucher l'île de ses vagues : c'est la divinité qui soulève les flots, à son gré, pour défendre l'accès de ses rivages aux marins impies. Mais le prêtre Thyotès va au-devant des Minyens, les accueille sur l'île et dans le sanctuaire, où il dévoile à ses hôtes les mystères sacrés. Poète, n'en dis pas plus sur Samothrace : arrête-toi là, ne profane pas un culte secret. Dès que le soleil renaît, les Minyens, joyeux et l'esprit foisonnant de mystiques images, prennent place sur leurs bancs. Ils voient passer des villes, qui bientôt disparaissent. Imbros[48] était en vue, le soleil avait atteint le sommet des célestes hauteurs. Pour la première fois le vaisseau thessalien aborda la côte dardanienne ; conduit par le destin, il relâcha au cap Sigée[49]. On débarque : les uns montent des tentes légères éblouissantes de blancheur, d'autres broient dans un mortier des graines de froment, un autre entrechoque deux silex et fait jaillir sur des feuilles de vives étincelles qu'il nourrit avec du soufre.

Tandis qu'Alcide[50] et Télamon parcouraient les courbes charmantes du sinueux rivage, ils perçurent une voix humaine qui s'égrenait tristement, comme le

---

47. La « terre d'Électre » est l'île de Samothrace, au nord de Lemnos. On y adorait des dieux nommés "Cabires".
48. Île de la mer Égée, au sud-est de Samothrace.
49. La "côte dardanienne" : la côte de la Troade en Asie mineure, où régna Dardanus, premier roi de la ville de Troie. Sigée est un cap près de Troie.
50. Hercule, petit-fils d'Alcée, roi de Tirynthe.

clapotis des vagues qui s'éteignent. Surpris, ils hâtèrent le pas en se guidant sur le son de la voix, car tout était désert. Voilà qu'ils l'entendent distinctement : une enfant ! Exposée à une dure mort, quel humain, quel dieu, n'invoquait-elle pas ? Ils accourent, veulent lui porter secours ! Ainsi, lorsqu'un taureau, qui porte sur son dos élevé un lion dont la morsure lui brise l'échine, emplit d'un aigre mugissement les espaces déserts, les paysans sortent précipitamment de leurs cabanes éparses et se rassemblent dans une clameur confuse. Alcide s'arrête, fait un effort du regard : il distingue en haut d'un rocher d'affreuses chaînes, il voit le visage épuisé de la jeune fille, ses yeux gonflés par des pleurs incessants. Tel est l'ivoire inerte qui, maîtrisé par un art consommé, semble exprimer la douleur, tel est le marbre de Paros[51] usurpant les traits d'une personne vivante, telles les limpides peintures qui figurent admirablement le réel. « Quel est ton nom, ta famille ? Pourquoi es-tu ici, enchaînée au rocher, bras tendus ? » Effrayée, baissant les yeux de tristesse et de honte : « Je ne mérite pas mon malheur, lui dit-elle ; tu peux voir sur ces rocs les ultimes offrandes de pourpre et d'or laissées par mes parents. Je suis de la famille d'Ilus, qui a vécu heureuse, jusqu'au jour où l'envieuse Fortune a quitté la maison de Laomédon[52]. Tout a commencé par une épidémie et un dérèglement du climat. On ne vit plus que cadavres et bûchers funéraires dans les campagnes. Un jour il y eut un bruit énorme ; un raz-de-marée fit trembler les forêts et les bergeries de l'Ida : soudain de la mer une

---

51. Le marbre extrait sur l'île de Paros était renommé et utilisé par les sculpteurs.
52. Ilus, descendant de Dardanus et père de Laomédon, fut roi de Troie. La jeune fille est Hésioné, fille de Laomédon.

bête surgit, monstrueuse, démesurée. N'imagine pas sa taille d'après les créatures vivant dans nos montagnes ou notre mer. Au monstre en fureur on livre, dans les larmes et les étreintes, un groupe de jeunes gens. Hammon, le dieu cornu, a ordonné ceci : sacrifier à la bête une jeune vierge choisie par le sort[53]. L'urne inhumaine m'a désignée. Mais si la faveur des dieux est revenue chez les Phrygiens, si tu es bien celui que les augures et les oracles ont annoncé – pour ce sauveur, dans une prairie consacrée, mon père nourrit déjà des chevaux rayonnants de blancheur en récompense de ma délivrance – aide-nous, je t'en prie, arrache-nous au monstre, moi et Pergame épuisée, tu le peux[54]. En vérité, tu ne me sembles pas moins fort que Neptune, que j'ai vu bâtir nos murailles jusqu'au ciel, et Apollon n'avait pas de telles épaules, ni un tel carquois. » L'endroit, le rivage en proie à la mort, les tombeaux et le ciel bas et lourd sur la ville, tout inspirait une grande tristesse. Hercule se souvint de jours semblables, où il fut pris de pitié à la vue des mornes sentiers de Némée, de ceux de l'Érymanthe et des eaux empoisonnées de Lerne[55].

Pendant ce temps Neptune au loin fait un signe. Aussitôt, de la baie où gîte le monstre un mugissement monte : le fléau de Sigée soulève les flots. Ses yeux phosphorescents scintillent à travers une glauque vapeur. Avec un bruit de claquements de foudre, la bête secoue sa gueule gardée par trois rangées de crocs. Elle avance en ramenant sa queue derrière elle,

---

53. Hammon est un dieu égyptien, dont les oracles étaient célèbres.
54. Pergame, citadelle de Troie, désigne la ville et ses habitants. Les dieux Neptune et Apollon ont élevé les remparts de Troie.
55. Allusion aux trois premiers travaux d'Hercule : le lion de la vallée de Némée, le sanglier du mont Érymanthe, et l'hydre du marais de Lerne, en Argolide.

puis, dressant la tête, entraîne ses anneaux qui se distendent. Déployant sur la mer ses mille replis, elle forme des vagues qui martèlent ses flancs et deviennent une houle qui la pousse vers le rivage épouvanté. L'orageux Notus ne crée pas d'aussi hautes vagues, l'Africus n'exulte pas si violemment sur la mer, ni Orion, quand il conduit d'une main sûre le char paternel et soulève les flots sous le souffle de ses chevaux bipèdes[56]. Télamon est stupéfait : il voit s'accroître l'ardeur d'Alcide pour le combat qu'il accepte, il le voit se dresser, terrible, faisant jouer ses muscles, avec son lourd carquois qui lui heurte le dos. Après une prière à son père, aux dieux marins et à ses propres armes, Alcide bondit sur un rocher. Les eaux arrachées au fond marin et les anneaux immenses du monstre qui se dresse le terrifient. Comme Borée soufflant des vallées de l'Hèbre gelé et précipitant les nuages rapides du haut des monts Riphées[57] (alors un ciel de poix ensevelit tout dans sa nuit), la bête, déplaçant son effroyable masse et son dos rocailleux, s'approche ; elle projette une ombre immense. L'Ida frissonne, le vaisseau heurte la grève, les murs mal étayés s'éboulent. Alcide tend l'arc et attaque ; il accable le monstre d'une nuée de flèches, qui n'en est pas plus incommodé que ne le serait l'Éryx colossal[58], si des averses tentaient de le renverser. Entre eux, la distance est trop courte à présent pour la flèche empennée. Hercule frémit : quelle folle et vaine

---

56. Le Notus et l'Africus sont des vents du sud. Orion, fils de Neptune, le dieu de la mer, conduit l'attelage de son père, fait d'animaux marins au corps hybride.
57. Borée, vent du nord, souffle de Thrace où coule le fleuve de l'Hèbre. Les monts Riphées sont censés se trouver aux limites septentrionales du monde.
58. Montagne de Sicile.

entreprise ! Pour lui, quelle honte secrète ! La jeune fille pâlit. Il jette son arc, avise les écueils et les rochers alentour : ceux que le temps et le vent ou le ressac avaient ébranlés, il les secoue et les dégage du fond de la mer. Déjà le monstre, avec toute sa masse, s'élançait sur lui ; sa gueule ouverte va broyer une pitoyable proie. Alcide soutient l'assaut, campé au milieu des flots. Plus rapide que la bête, il écrase sous un rocher son cou qui se dressait, puis frappe plusieurs coups puissants de sa massue noueuse. La bête flotte, étendue sur les eaux, et sombre dans l'abîme. Alors la Mère de l'Ida, son cortège et les Fleuves ont poussé des hurlements de joie au sommet des collines[59]. Aussitôt les bergers sortent de leurs abris et du vallon ombreux, et gagnent la ville en criant bruyamment. Télamon, qui veut annoncer la nouvelle, appelle ses compagnons, tandis qu'ils s'effrayent de voir soudain l'Argo flotter sur une mer de sang. Hercule ne traîne pas, il saute sur les écueils, atteint le haut de l'escarpement, libère la jeune fille de ses chaînes, et ajuste ses armes à ses épaules altières. Il marche ensuite vers la maison du roi, foulant fièrement le rivage devenu sûr. Ainsi s'avance victorieusement à travers les pâtures un taureau, encolure bombée, flancs relevés ; il s'en retourne aux vastes étables du troupeau familier, dans les bocages de ses ancêtres, auprès de ses amours qu'il a vengées dans un combat.

Une multitude de Phrygiens, sortis d'une longue terreur, se porte à sa rencontre, ainsi que Laomédon, son épouse et son jeune fils[60]. Le roi, consterné, tremble qu'on lui réclame les chevaux promis en

---

59. La Mère de l'Ida, ou Grande Mère, est Cybèle, protectrice de la nature et symbole de sa puissance de renouvellement. Elle était honorée en Phrygie, sur le mont Ida.

récompense. Une foule de gens s'agglutine en haut des remparts ; ils admirent Hercule et ses armes étranges. Le regard noir, méditant une tromperie, Laomédon s'approche de lui. Affichant un air bonhomme de père aimant : « Toi le plus grand des Grecs, lui dit-il, de toi-même, tu ne serais jamais venu jusqu'ici, tu ne pouvais avoir de compassion pour le malheur de Troie. C'est le hasard qui t'a conduit chez nous. S'il est vrai que Jupiter est ton père, que tu es de sa famille, alors tu es des nôtres, car nous sommes parents : bien que nous vivions loin les uns des autres, nous avons le même géniteur, la même illustre origine. Que de larmes j'ai versées, combien de sacrifices nous avons dû souffrir, nous les parents, avant ta venue bien tardive ! Comme elle en est diminuée, la gloire de ton exploit ! Mais allons, viens avec tes compagnons dans notre ville qui vous accueille fraternellement. Les chevaux promis à celui qui sauverait ma fille, on te les montrera demain au grand jour, quand on ouvrira les écuries. » Il se tut ; il pense à un piège, à un crime horrible : assassiner l'homme sur son lit, pendant son sommeil, et faire mentir la prophétie en volant son carquois — car on disait que Pergame serait deux fois la cible des flèches d'Hercule. Mais qui aurait pu infléchir le destin du royaume de Priam ? Irrévocablement sont fixées dans la suite des temps la nuit dorienne, la race des Énéades et la grandeur d'une Troie plus illustre[61]. « Nous devons poursuivre notre voyage vers la bouche du Pont[62], répond Hercule. Nous reviendrons bientôt sur vos terres, et je prendrai la récompense

---

60. Laomédon est le roi de Troie, père de Priam et d'Hésioné. Il descendait de Jupiter par son aïeul Dardanus, fils de ce dieu.
61. Allusions à la chute de Troie (la « nuit dorienne »), à la fuite du troyen Énée, fondateur du peuple romain (la « race des Énéades »), et à la suprématie de Rome (« une Troie plus illustre »).

promise. » Invoquant les dieux comme garants de son engagement, Laomédon acquiesça. Déjà les Phrygiens déploraient la mauvaise foi de leur roi, pressentant la ruine de la malheureuse Troie.

Alors la voile dans la nuit déploie toutes ses ailes, glisse le long des côtes, passe devant les tombes du vieil Ilus et de son père Dardanus. Il semble aux Argonautes que tout est en éveil sur la côte, qu'il y a une fête, des jeux : ici c'est l'eau, là-bas c'est l'Ida qui scintille de feux festifs, et le mont Gargara renvoie en écho les sons stridents de la flûte de buis[63]. Puis des brises bruissantes les menèrent au cœur des solitudes marines et les firent entrer dans les eaux de Phrixus, une passe étroite autrefois anonyme[64].

Mais voici qu'à l'approche de l'aube, effrayant la nef rapide, l'onde s'ouvrit : ceinte de bandelettes, Hellé surgit, sœur maintenant de Panopé et de Thétis, tenant dans la main gauche un sceptre d'or[65]. Elle aplanit les eaux, regarde les princes et leur chef, puis adresse à Jason des paroles compatissantes : « Toi aussi, un roi hostile à ta famille et des destins semblables aux miens t'arrachent aux terres d'Hémonie pour t'envoyer sur des mers inconnues. De nouveau la Fortune disperse les descendants d'Éole, et vous voilà, malheureux, à la recherche d'un fleuve scythe ! Devant toi s'étend un vaste territoire, une mer

---

62. Le détroit des Dardanelles et le Bosphore, entrée de la mer Noire (Pont-Euxin).
63. Scène de fête religieuse en l'honneur de Cybèle, déesse phrygienne. Le Gargara fait partie de la chaîne montagneuse de l'Ida.
64. C'est l'Hellespont ("mer d'Hellé"), aujourd'hui passage des Dardanelles.
65. Panopé et Thétis sont des divinités marines, filles de Nérée, le Vieillard de la mer.

immense, mais ne renonce pas à tes projets ! Le Phase est loin encore, mais il s'ouvrira à toi. Là-bas se trouve un bois secret, avec deux autels en haut de tertres verdoyants. Commencez par y déposer pieusement des offrandes pour Phrixus et, je vous en prie, dites-lui de ma part : "Mon frère, je n'erre pas, comme tu le crois, dans le silence des rives du Styx[66]. C'est en vain, frère aimé, que tu me cherches sur les sentiers de l'Averne, où je ne suis pas[67], et le vent ne disloque pas mon corps entre vagues et écueils : car, à l'instant où je sombrais, Glaucus et Cymothoé d'une main prompte m'ont retenue. C'est le maître de l'abîme[68] qui m'a donné, dans sa divine bienveillance, cette demeure, ce royaume, qui n'a rien à envier au golfe d'Ino[69]". » Elle soupira tristement et disparut sous les eaux calmes : les souffrances de son père lui revenaient à l'esprit. Alors le chef versa une libation de vin dans la mer : « Ô nièce de Créthée, fierté des ondes et de notre lignage, fraye-nous la route, guide les tiens, déesse, pour un périple heureux. » Et il lance le vaisseau, qui vogue à vive allure entre des villes sises de chaque côté, dans ce passage étroit que les courants agitent violemment, là où l'Europe, plus formidable avec ses bords escarpés, fuit l'Asie qui la presse. Ces rivages et les terres habitées qui les prolongent, la poussée de la mer, le trident de Neptune et le long travail du temps dévastateur — c'est mon avis —, les ont autrefois

---

66. Fleuve qui entoure le séjour des morts.
67. Averne : une entrée du séjour des morts, et par extension les Enfers eux-mêmes.
68. Neptune. Glaucus est un dieu marin, et Cymothoé une fille de Nérée.
69. Ino, seconde épouse d'Athamas, père de Phrixus et d'Hellé, s'était noyée dans le golfe de Corinthe et devint une divinité marine du nom de Leucothoé.

séparées, comme les côtes d'Afrique et de Sicile, dont la bruyante fracture a stupéfait Janus et Atlas, roi des monts d'Occident[70]. Déjà les Argonautes dépassent les crêtes de Percoté, les villes de Parium et de Pitya, parages de mauvais aloi en raison de hauts-fonds rocheux, puis Lampsaque[71], dont les habitants ne vont pas dans les cavernes célébrer les fêtes triennales de Bacchus l'Ogygien ni le culte frénétique de Cybèle : leur dieu les pousse vers Vénus[72], dont les Argonautes distinguent sur l'acropole les autels et le temple surélevé, orné de draperies.

Puis les côtes s'éloignent. On ne voit plus que l'immensité du ciel, l'horizon s'ouvre sur un monde nouveau[73]. Vers le milieu du golfe entre le Pont et le détroit d'Hellé, il est une contrée qui semble surgie du fond des eaux : ses énormes assises s'enfoncent dans d'opaques profondeurs, et sur la mer son littoral s'avance comme une longue échine : d'un côté le pays se rattache à l'antique Phrygie – leurs grèves se rejoignent –, de l'autre s'élève une montagne boisée de pins où dominent deux pics. Non loin du continent, au bord d'eaux peu profondes, une ville se dresse en bas de douces collines[74]. Cyzicus est le roi de cette terre prospère. Quand il remarque l'insolite enseigne de la nef d'Hémonie, il accourt en personne jusqu'à l'orée

---

70. Deuxième allusion à la dérive des continents. Janus, dieu primitif des Romains, symbolise l'Italie. Atlas est un Géant, fils de Japet, qui fut transformé en montagne d'Afrique du Nord.
71. Percoté, Parium, Pitya et Lampsaque sont de villes de la côte asiatique de l'Hellespont.
72. Le dieu honoré à Lampsaque était Priape. Son culte était associé à celui de Vénus.
73. Entrée des Argonautes en Propontide ou mer de Marmara.
74. Description de la presqu'île de Cyzique, habitée par les Dolions. La montagne aux « deux pics » est le Dindyme.

des ondes, admire les héros, retient leurs mains serrées entre les siennes : « Hommes inconnus de nous, venus de Thessalie, votre présence me bouleverse, bien plus que ce qu'on racontait sur vous ! Mon pays n'est donc plus si lointain, si impossible à atteindre, ni les contrées de l'Orient si inaccessibles, puisque je vois ici des chefs de votre trempe et tous ces hommes d'élite ! Bien qu'un sol sauvage nourrisse dans la région des peuples incultes et que les flots bouillonnent dans la passe en mugissant tout alentour, on trouve, même par ici, une loyauté comme la vôtre, des coutumes semblables et des gens accueillants. Elle est loin de nous, l'intraitable violence des Bébryces, loin de nous la cruauté des sacrifices scythes[75]. » Il dit, et emmène avec lui les Argonautes ravis de son accueil. Tout de suite il demande qu'on leur ouvre les portes des maisons, envoie aux temples des offrandes sacrées. On leur prépare des lits incrustés d'or et de joyaux, des tables servies royalement ; cent serviteurs pareils les uns aux autres, tous à la fleur de l'âge, s'activent. Les uns apportent des plats, les autres des coupes en or où sont gravées des scènes de combats récents. Cyzicus tend à Jason la première coupe : « Là, l'ennemi jette l'effroi dans le port, puis il revient nous attaquer à la faveur de la nuit, ici tu peux voir le dos des Pélasges en déroute. Ce feu qui dévore leurs barques, c'est mon œuvre. » Et Jason de répondre : « Puissent les Pélasges belliqueux et perfides tenter maintenant une attaque ! Qu'ils sortent tous de leurs embarcations : tu verras comment tes hôtes se servent de leurs armes et dès demain, tu n'auras plus jamais à

---

75. Allusion aux sacrifices humains pratiqués chez certains peuples scythes. Les Bébryces forment un peuple peu policé, résidant sur la côte sud de la mer de Marmara.

les combattre. » Il se tut, et c'est en conversations diverses qu'ils passent presque toute la nuit, ainsi que la journée du lendemain.

Livre troisième

Pour la troisième fois l'Aurore avait chassé les ténèbres glacées de la nuit et purifié le ciel. Une mer calme appelait Tiphys. Les marins de l'Argo s'en vont. Les Énides[1] suivent hors de la ville leurs hôtes si chers. Ils leur donnent du blé, du bétail bien choisi et du vin, non pas issu de vignes bithyniennes ou phrygiennes, mais du vin qu'ils vont chercher à Lesbos aux coteaux réputés, île chère à Bacchus, en naviguant par l'étroite passe d'Hellé[2]. Cyzicus accompagne Jason sur la grève en regrettant son départ. Il le comble de cadeaux magnifiques : d'abord des vêtements que sa femme Clité, de Percoté[3], offrait à Jason, brodés par elle au fil d'or, puis il ajoute le casque et l'épée invaincue de son père. En retour il reçoit des coupes appartenant à Jason et un mors thessalien. Ils scellèrent leur alliance en se serrant les mains.

Révèle-moi maintenant, Clio, les raisons du combat exécrable de ces hommes[4]. Car tu as la faculté, ô Muse, de connaître les volontés des dieux et

1. Autre appellation des Dolions.
2. Lesbos est une île importante de la mer Égée, près des côtes d'Asie mineure (actuelle Turquie). Ses vins étaient très renommés. La Bithynie et la Phrygie sont des contrées du nord de l'Asie mineure ; la première donnait sur le Bosphore, la seconde sur la mer de Marmara et sur la mer Égée.
3. Ville de Phrygie, située sur la côte asiatique de l'Hellespont.
4. Clio est la muse de l'histoire, divinité gardienne des hauts faits des hommes illustres.

l'enchaînement des faits. Pourquoi cette bataille, pourquoi Jupiter a-t-il laissé s'entre-tuer des hommes liés par l'hospitalité ? Et les trompettes et l'Érinye nocturne suscitant la bataille ?

Un jour Cyzicus, sur un cheval rapide, martelait durement le Dindyme où les prêtres se flagellent jusqu'au sang et dérangeait les futaies[5]. Leurré par sa passion immodérée de la chasse, il abattit d'un coup d'épieu le lion qui, dressé à transporter Cybèle par les villes phrygiennes, revenait se soumettre à ses rênes. Le roi accrocha même à sa porte la tête du lion et sa crinière, dépouille funeste pour lui, honteuse pour la déesse. Et elle n'oublia pas une si grande offense. Dès qu'elle aperçoit, de la montagne où l'airain retentit[6], le vaisseau d'Hémonie avec les boucliers accrochés au plat-bord, elle prépare pour le roi sacrilège un châtiment horrible et inconnu, une tuerie sans précédent : dans la nuit, mettre aux prises des amis, provoquer une guerre infamante, et faire tomber la ville dans le piège d'une atroce méprise.

C'était la nuit. La surface marine s'argentait d'un indolent sillon, les astres déclinants épanchaient à présent l'impalpable sommeil. Une brise se leva. Les Argonautes attachent les rames, longent l'île de Proconèse à la voile, passent le Rhyndacus, fleuve dont les eaux mordorées affluent en pleine mer, et l'éperon de Scylacée ruisselant de l'écume des lames qui s'y brisent[7]. Tiphys observe le ciel, il conduit le vaisseau à l'aide du vent et des étoiles. Mais lors une torpeur,

---

5. Le Dindyme est la montagne de Cyzique, où les fidèles de la déesse Cybèle accomplissaient des cérémonies sanglantes.
6. Le bruit des cymbales accompagnait les cérémonies du culte de Cybèle.
7. Le promontoire de Scylacée, à l'est de la presqu'île de Cyzique, est proche de l'embouchure du Rhyndacus.

envoyée par les dieux, l'envahit irrésistiblement. Il ne sent pas que sa main lâche le gouvernail, que ses yeux se ferment. Sans pilote, la nef vire de bord sous un coup de vent et revient dans le port de Cyzique. Dès qu'elle a pénétré dans ce havre connu, les buccins de l'alerte résonnent dans les hauteurs du ciel, et l'on entend dans les ténèbres : « L'ennemi est dans le port, ce sont encore les Pélasges ! » Tout le monde est sur pied. Un dieu souffle la peur sur la ville égarée : voici Pan, accomplissant les ordres impitoyables de la Mère phrygienne[8], Pan, maître des bois et des combats, dissimulé le jour dans l'ombre des cavernes. Car c'est en pleine nuit, dans des lieux écartés, qu'on voit surgir son flanc velu et la bruissante chevelure de son front menaçant. Sa voix couvre à elle seule toutes les trompettes, elle fait tomber les casques et les épées, jette les guerriers à bas de leur char qui vacille, et les barres qui ferment les portes des remparts tombent. Une telle épouvante, ni le casque de Mars, ni la chevelure des Euménides, ni l'horrible Gorgone sur l'égide ne pourraient la provoquer ni renverser une armée en de si noires ténèbres. Mais c'est un jeu pour ce dieu, comme lorsqu'il lance hors de l'enclos les bêtes effrayées, et que les jeunes taureaux dans leur fuite écrasent les buissons.

Ça y est, la clameur a couru jusqu'au roi. Cyzicus saute de son lit élevé, laissant ses rêves terrifiants et leurs pâles fantômes. Voici venir par les portes ouvertes Bellone[9], flanc dénudé. On entend le cliquetis de ses armes de bronze : la voilà devant le roi. Heurtant les plafonds de son triple panache, elle le pousse hors de chez lui. L'esprit égaré, il suit la déesse

---

8. La déesse Cybèle.
9. Déesse de la guerre.

le long des murailles et, cédant aux destins, se rue à son dernier combat : tel Rhétus, pris dans les vapeurs du vin, croyant voir deux monts Pholoé et les étoiles plus grosses, qui s'élance sur Alcide et Thésée, ou tel ce père qui, au retour de la chasse, marche en célébrant la nature et Diane chasseresse, tandis qu'il porte sur l'épaule le corps de son fils et que Thèbes attristée détourne ses regards[10]. Rien ne peut retenir le roi, ni les portes, ni derrière lui les sentinelles qui ont tiré au sort leur tour de garde et qui, les premières, accourent auprès de cet homme effaré. Puis d'autres suivent : ainsi l'effroi se propageait d'une maison à l'autre, chacun se laissait entraîner dans la vaine tourmente.

Les Minyens, perplexes, sont pétrifiés de peur. Ils ne sont plus qu'angoisse et confusion : quelle contrée est-ce là, quels dangers les entourent, pourquoi des casques, des boucliers scintillent dans la nuit, est-ce une troupe armée qui veille ? [...[11]] C'est alors que vole dans un terrible sifflement un javelot, qui percute bruyamment un banc de l'Argo. Tous de se jeter à l'aveuglette sur des armes se trouvant à portée de main. Jason est le premier à attacher son casque, criant à pleine voix : « Accueille avec faveur, mon père, ce premier combat livré par ton fils, et vous, compagnons, dites-vous que les Colchidiens que nous cherchons nous offrent la bataille ! » Comme le char de Mars s'élance hors de sa route astrale au milieu des Bistones, quand leur ardeur opiniâtre, leurs cris et

---

10. Allusions au combat contre les centaures ivres (Pholoé est la montagne de Thessalie où vivent les centaures), et à la folie d'Athamas, roi de Thèbes, qui tua son fils Léarque en le prenant pour du gibier.
11. Le texte comporte une courte lacune.

leurs buccins rougis de sang ont exalté le dieu[12], ainsi Jason, pris de fureur, avec non moins d'entrain saute sur le rivage, suivi de tous les guerriers grecs. Serrés flanc contre flanc, formant un bloc dru de cuirasses, ils sont prêts à combattre. Ni la Vierge intrépide[13], dont l'égide claque sur la poitrine, ni le bras de Jupiter, ni les chevaux de Mars, Terreur et Épouvante, ne pourraient disloquer leurs rangs. Ils tiennent leurs boucliers bord contre bord, tels un nuage que Jupiter assemble en un noir bataillon. Les Zéphyrs s'évertuent et c'est en vain que le Notus porte des coups de part et d'autre de sa masse compacte ; longuement les mortels s'interrogent, inquiets : sur quelle mer, sur quels champs va-t-il s'abattre ?

En face, la troupe infortunée lance à grands cris des pierres, des torches fumantes, et des projectiles en faisant tournoyer les frondes. La phalange soutient, immobile, les chocs retentissants et contient son ardeur, tant que dure la grêle. Mopsus voit scintiller l'armure de Corythus, et Eurytus remarque son ombre énorme. Corythus s'est arrêté : devant la lueur d'une épée, il retient son élan, comme un berger qui tombe soudain sur un torrent écumant sous l'orage, et dont les eaux charrient des arbres. Alors Tydée s'écrie : « En voilà un que j'aimerais combattre. Laissez-moi l'affronter. Là où tu es, tu vas mourir ! » La lance de l'Olénien lui transperça les entrailles[14]. L'autre cria, mordit le sol où il gisait de tout son poids, et dans les râles expulsa la pointe rougie de sang. De même qu'en pleine mer se cache un anguleux rocher sur lequel les pilotes ignorants n'ont jamais lancé leur vaisseau sans

---

12. Les Bistones étaient une peuplade thrace particulièrement belliqueuse.
13. Pallas Athéna, dans son aspect guerrier.
14. Tydée vient d'Olène, ville grecque d'Étolie.

subir d'avaries, de même les Dolions, chargeant aveuglément, se jettent sur les épées tirées. Iron s'écroule, et Cotys et Biénor, meilleur que son père Pyrnus.

Pendant ce temps l'agitation ne fait que croître et bouleverse la ville. L'épouse de Génysus lui avait retiré ses armes. Mais soudain un courant d'air ravive les tisons et le foyer éclaire la pièce : te voilà content, malheureux, de les retrouver. Médon, en pleine nuit, quitte une table bien pourvue, un sacrifice en cours. Sa chlamyde, dont la pourpre n'a rien de guerrier, est enroulée autour de son bras, son épée nue luit dans la rue. Ainsi équipé, il se rue au combat ; les coupes, les mets ne sont pas desservis, sa table est encombrée ; les serviteurs restent sur place à veiller. Génysus et Médon ont avancé chacun de son côté, pour se battre au gré de diverses rencontres. Ils gisent à terre maintenant, loin l'un de l'autre.

Voici, brandissant une torche lourde de nœuds et de bitume épais, Phlégyas, accouru de la ville en émoi. Pensant que les troupes légères, habituelles aux Pélasges, attaquaient dans la nuit, il voulait rencontrer Thamyrus, qu'il avait souvent fait reculer. Il le cherche, l'appelle vainement ; sa haute taille entourée d'un halo fumant le signale de loin, tel Typhon qui scrute l'horizon du haut de l'éther sans limite — ses flammes rougeoient, avivées par les vents —, Jupiter lui tire les cheveux dans la hauteur du ciel (et les nefs de frémir sous sa lueur terrible[15]). Alors surgit le Tirynthien[16]. De tout son poids, il s'élance, l'arc tendu, et vise la torche de sa flèche infaillible : le trait part avec force, s'enflamme en passant dans la poix, traverse Phlégyas

---

15. Le géant Typhon ou Typhée semble ici personnifier l'Etna.
16. Hercule, fils d'Amphitryon, roi de Tirynthe.

qui s'effondre. Sa tête chevelue tombe sur le flambeau, dont la flamme grandit. Pélée terrasse Ambrosius, Ancée l'imposant Échéclus, puis, le bras levé, laisse Télécoon venir plus près de lui et, de sa hache, lui fend la tête jusqu'au cou. Il lui enlève aussitôt son baudrier orné de bas-reliefs qui brillent dans le clair-obscur. « Laissez, je vous le demande, ces dépouilles et ces riches cadavres, dit Nestor, que votre bras, vos armes fassent plutôt vaillamment leur ouvrage ! » Et saisissant Amastrus, il lui tranche la tête. Alors il engagea ses compagnons à se jeter tous en même temps sur les troupes éparses. Rompant le mur de leurs boucliers, ils avancent et se déploient là où la nuit et le terrain les mènent. Phlias, de toute sa puissance, se précipite sur Ochus ; Pollux frappe Hébrus qui tremble. Au-dessus des têtes et des corps qui baignent dans le sang, maître du terrain et du combat, Jason court, tel une noire tempête sur l'abîme marin. Il laisse agoniser Zélys, Brontès et Abaris, poursuit Glaucus ; Glaucus l'attaque ; il le devance, frappe sa gorge découverte. L'autre retient le trait, bredouille en vain des mots désespérés, et sent pénétrer la hampe dans sa chair. Passant avec rapidité, Jason fauche de son épée impitoyable, ici Halys, là-bas Protis et Dorcéus, célèbre citharède et suave chanteur, qui osa dans les repas de fête divertir les convives après l'illustre enfant de Bistonie[17]. Le Tirynthien ne se sert plus de son carquois ni de son arc redoutable, mais disloque avec sa fidèle massue des groupes de combattants. Comme vacille une forêt touffue sous les coups redoublés de bûcherons robustes, comme gémit le chêne massif quand s'enfonce le coin – déjà tombent les sapins et les épicéas –, de même sous ses coups sonnent les

---

17. Orphée, célèbre musicien thrace.

crânes durs et les mâchoires, des jets de cervelle blanchissent le sol. Acmon, avec agilité, s'était faufilé jusqu'à ses pieds. Hercule l'attrape par la barbe et lève sur lui sa massue, menaçante comme la foudre : « Tu meurs par les armes d'Hercule, un honneur d'exception qui fera à jamais l'étonnement de ton Ombre. » Acmon s'affaissa, horrifié, en entendant le nom de cet ami, et porta le premier aux âmes ignorantes la nouvelle de ce massacre abominable. Cela ne t'a servi à rien, Ornytus, d'avoir généreusement accueilli les princes thessaliens, de les avoir retenus avec bienveillance et d'avoir célébré leur venue en offrant un banquet. Car Idmon avance, te rencontre et te frappe. Il porte, hélas !, le casque à aigrette écarlate, ton propre cadeau. Stupéfait, ton père Crénéus, va-t-il te reconnaître ? Un sommeil de glace s'insinue déjà dans tes yeux brillants, déjà ton éclat, ta jeunesse te quittent, ta vie s'est dissipée, ta beauté s'est enfuie. Hélas, cœur insensible, tu abandonnes les bocages et les amours des Nymphes. Sagès semait le trouble autour de lui. Alors le jeune Hylas osa son premier combat – le bel Hylas, grand espoir pour la guerre, si les destins le permettent, si Junon est clémente : d'une flèche rapide, invisible, il le terrasse.

Les Tyndarides[18] – horreur ! – se retrouvèrent face à face dans l'obscurité trompeuse. Castor, le premier allait frapper aveuglément. Mais une étrange lumière jaillit à leur front et les sépara. Alors Castor éventre Itys au fermoir de son ceinturon bleu, là où deux serpents s'affrontent gueule contre gueule. Son frère transperce Hagès, Thapsus et Néalcès armé d'une hache, et encore Cydrus, blême d'une blessure infligée par Canthus. De toute sa puissance, il avait projeté sa

---

18. Castor et Pollux, frères jumeaux, fils de Tyndare.

lance sur le chasseur Érymus, mais ce trait porteur de mort, un rai de Lune le trahit : l'astre eut pitié d'un fidèle et brilla un instant dans la nuit noire[19]. Le panache plia, la pointe rapide fit sonner le haut du casque et disparut dans les airs. Télamon frappe Niséus puis Opheltès le beau parleur, trouant le bouclier et la triple cuirasse, lui ouvrant les entrailles. De joie, il s'exclame : « Dieux, je vous le demande : puisse celui-ci être un roi ou quelqu'un d'aussi haute noblesse ! Que sa mort soit pour ses concitoyens une grande et déplorable perte ! » Et il tue Arès, son frère Mélanthus, Phocée, fils d'Olénus, qui, banni de chez les Lélèges[20], avait obtenu l'amitié du roi et l'honneur d'être son intime (dans quel art n'excellait-il pas ?). La haute nuit amplifie l'immense fracas et les chocs des guerriers qui s'écroulent. Comme Inarimé[21], comme le Vésuve mugissant halètent plus fort quand ils retrouvent leur ardeur et réveillent les villes atterrées, ainsi s'intensifie la violence du combat. Car les astres ignés ont suspendu leur course ; la nuit, complice du massacre, ralentit et retient ses chevaux.

Allons, Muse, déroule avec moi jusqu'au bout le récit de cette nuit des Enfers. Des hauteurs du ciel, Tisiphone a senti, affolée, le souffle des chevaux du Soleil. Malgré l'aurore, une ombre plus épaisse s'appesantit sur la terre. Des combattants, on ne voit ni les enseignes, ni les morts. Leurs visages brûlent d'une rage plus âpre. Ô Muses, montrez-moi les Euménides et la meute de la Nuit[22], révélez au poète le

---

19. Diane Artémis, déesse de la lune, est la divinité tutélaire des chasseurs.
20. Peuple non grec d'Asie mineure.
21. L'île volcanique d'Ischia, dans la baie de Naples.

vacarme des armes, les râles de ceux qui meurent sur la terre attiédie et les Ombres sur le rivage, que les Minyens envoient au pays des morts !

Cyzicus, courant à sa perte, va et vient vainement sur le champ de bataille. Les Pélasges sont en déroute, pense-t-il avec un sentiment de triomphe, ils ont fui devant lui, dispersés çà et là dans les champs désertés : son arrogance, son euphorie, c'est la colère des dieux qui les insuffle en lui. Le voilà tel que Céus au fin fond de l'abîme infernal, traînant les entraves dont Jupiter l'a chargé et les chaînes d'acier qu'il a brisées ; il appelle Saturne et Tityus, car il a espoir, ce fou, de revoir la lumière – mais le jour où il a remonté les fleuves et les ténèbres, le chien à trois têtes et la crinière échevelée de l'hydre lui ont barré la route[23]. Cyzicus, exaspéré, enrage ; il apostrophe ses hommes qu'il trouve lents à sortir des remparts : « Et l'ardeur au combat, et le courage, vous les oubliez, quand vous êtes sans votre roi ? Mais si la flûte barbare vous appelait, et les criailleries des cortèges sur le Dindyme, alors l'épée vous conviendrait, et la fureur aussi ! Il suffirait qu'un prêtre vous donne des armes et dise un mot : le sang jaillirait de vos bras ![24] » Comme il outrageait ainsi la divinité de Cybèle, il se sentit faiblir ; son corps devient froid, il marche difficilement et la peur l'envahit : il entend rugir des lions en colère, sonner des cors, il voit des tours passer dans un

---

22. La Nuit était accompagnée sur le champ de bataille par les Kères, divinités infernales qui buvaient le sang des blessés et des morts.
23. Les Titans Céus et Saturne, et le Géant Tityus sont trois suppliciés des Enfers en révolte contre l'ordre des dieux olympiens. Cerbère, un chien monstrueux à trois têtes, garde les portes des Enfers auprès de l'hydre de Lerne.
24. Allusion aux cérémonies sanglantes du culte de Cybèle.

brouillard[25]. À cet instant, d'un vol lourd, infaillible, vibre dans la nuit la lance du fils d'Éson ; elle s'ouvre une large trouée dans sa poitrine. Comme il voudrait maintenant n'avoir jamais connu la campagne sauvage, n'avoir jamais chassé ! Tels sont les coups que les vaillants guerriers prodiguent de toutes parts, épiant les bruits de pas, les mouvements suspects. Ils empoignent leurs compagnons, exigent un mot de reconnaissance. Et si cette immense tuerie avait continué jusqu'au lever tardif du jour, on aurait vu disparaître une race, on aurait vu des mères seules derrière des murailles, et un peuple gisant sur la grève.

Alors Jupiter tout-puissant, puisque le roi était mort, jugea qu'il était temps d'infléchir les destins, de mettre fin à ce déplorable combat. Il se hâta d'agir : il fit un geste, et dans le ciel serein le tonnerre gronda. Les filles de la Nuit, le violent dieu de la guerre en frémissent. Dès lors, la porte des Enfers se clôt sur l'implacable Mort. Aussitôt les Dolions, pris de peur, battent en retraite, fuient en désordre à travers la campagne, seule voie de salut. Les Minyens n'étaient pas disposés à traquer les fuyards : une inquiétude tempéra leur ardeur. Voici que le jour qui se lève irradie sur le port ses premières lueurs, éclairant (quelle abomination !) des murailles qu'ils reconnaissent. « Dieux de la mer, s'exclame Tiphys parmi les Minyens stupéfaits, à quel sommeil fatal vous m'avez condamné ! Hélas !, que d'atrocités commises sur ce rivage ! » Mais eux, sur le moment, demeurent cois, incapables, devant leurs actes, de relever la tête : une âpre raideur leur ôte toute énergie ; on dirait la Bacchante figée d'effroi devant les cheveux

---

25. Évocation de Cybèle, qui se déplaçait sur un char attelé de fauves et portait une couronne figurant des tours.

et la tête atroce de Penthée, à l'instant où le dieu s'est retiré du cortège mené par une mère possédée, où s'efface sa vision du taureau massacré[26]. De nombreux vieillards venus sur le rivage virent les Argonautes et s'enfuirent, apeurés. Tendant la main, Jason leur crie : « Qui fuyez-vous ? J'aurais préféré, moi, mourir avec mes hommes dans cette tuerie ! Un dieu, un dieu cruel nous a trompés, les uns comme les autres. Voyez, nous sommes les Minyens, nous sommes ces marins que vous avez accueillis ! »

Alors, fous de douleur, les Dolions s'élancent sur les amas de cadavres blafards. Sous les monceaux de morts, une mère reconnaît une étoffe, une épouse son cadeau. Le long des grèves sinueuses monte un gémissement qui emplit le ciel. Ici on veut saisir un léger souffle, étreindre une plaie qui palpite, là c'est trop tard, de la main, on ferme des yeux. Mais dès que parmi les morts, le roi, vidé de son sang, fut découvert, les lamentations semblèrent cesser : vers lui seul se porta la douleur des serviteurs, des mères, de toute la foule. Tout autour se tiennent les Minyens en larmes, le cœur meurtri. Ils pleurent leur forfait et le coup porté par la lance de Jason, ils veulent adoucir la dure infortune de leur chef. Lui, dès qu'il a reconnu son hôte, qu'il voit ses cheveux collés par du sang coagulé, ses joues livides, la lance rompue dans sa poitrine et son visage méconnaissable, il se met à pleurer, à serrer le corps de son ami : « Du moins tu ignores notre odieuse folie, et prisonnier des ténèbres, tu ne peux te plaindre et dénoncer notre alliance. Mais moi, c'est la souffrance que m'apporte la lumière du jour. Quelles

---

26. Scène de la mort de Penthée, roi de Thèbes, tué par sa propre mère et d'autres Bacchantes. Lors d'un délire inspiré par Bacchus, elles crurent s'en prendre à un taureau, avant de reconnaître leur roi.

belles retrouvailles ! Mourir de ma main – cela manquait à mon destin ! Pouvais-je m'attendre à un tel crime ? Ai-je quitté ta demeure en ennemi ? Si nous devions nous battre, si c'était la volonté des dieux, n'est-ce pas ma mort qui eût été plus juste ? Voyant ton erreur, c'est toi qui me pleurerais maintenant, et je n'accuserais pas l'antre du dieu de Claros ni les chênes de Jupiter Tonnant[27]. Les voici donc ces guerres, ces triomphes qu'ils m'ont prédit ? Une telle horreur, les clairvoyants devins me l'ont-ils cachée, quand ils m'annoncèrent la mort cruelle de mon vieux père et tant d'autres souffrances ? Des dieux hostiles, hélas, m'ont conduit jusqu'ici ! Quel retour ! Quel pays m'accueillera, ne me fermera pas ses ports ? Les dieux n'ont pas voulu qu'après avoir ravagé les terres et les richesses de la lointaine Colchide, je revienne ici châtier tes ennemis. Mais je peux encore tenir ma joue contre la tienne, te serrer contre mon cœur, étreindre dans mes bras ton corps inerte. Mais pourquoi retarder le pauvre hommage des flammes ? Vous, allons ! Portez jusqu'au rivage le bois des funérailles, versez l'eau lustrale sur les bûchers, déposez les offrandes dues aux défunts, celles dont Cyzicus aurait honoré nos morts. »

Clité de son côté, les cheveux défaits, éparpillés sur le visage de son mari, appelle les malheureuses mères à pleurer : « Mon époux, ravi au seuil de nos années, tu as tout emporté ! Je n'aurai pas d'enfants de toi ! Ils auraient été ma joie, ma consolation dans le malheur, mon cher Cyzicus, trompant mon deuil par un frêle soutien ! Autrefois la guerre contre Mygdon[28]

---

27. Allusion au sanctuaire d'Apollon du bourg de Claros, près de la ville d'Éphèse en Lydie, et à celui de Jupiter à Dodone, situé dans une forêt de chênes.
28. Mygdon est le frère du roi des Bébryces Amycus.

et des combats funestes m'ont enlevé mon père et la maison où je suis née ; ma mère est morte, frappée d'une flèche secrète de la puissante Diane. Toi qui étais pour moi à la fois un mari, un frère et un père, toi, l'unique espérance de mes jeunes années, tu me quittes, hélas !, alors qu'un dieu a dévasté aussi la ville entière. Et moi, au moment de ta mort, je n'étais même pas près de toi, Cyzicus, pour te tenir la main, pour recueillir de toi un mot de bon conseil. Et dans notre chambre tout à l'heure, je me plaignais de ton retard, mais j'étais loin de m'attendre à un tel désastre – hélas, dans quel état je te retrouve ! » Aidé de son frère Castor, c'est à peine si Pollux, ému de tristesse, parvient à la relever, tandis qu'elle agrippe le corps et l'entraîne dans son étreinte.

Pendant ce temps, les Minyens dépouillent la montagne et s'affairent à l'envi pour bâtir d'innombrables bûchers. Ils les décorent et, le cœur serré, y déposent les corps tout en haut. Des chevaux avancent, encolure basse, puis des chiens de chasse et du bétail, offrandes funéraires faites à chaque défunt selon le nombre de ses serviteurs, l'affection des siens et l'étendue de ses biens. Au centre, sur un tertre, le roi est visible de loin. Le visage tremblant de sanglots continuels, le fils d'Éson soulève le cadavre du roi et le pose en hauteur, au milieu des étoffes pourprées. Il lui laisse en offrande un habit brodé d'or, flamboyant de teinture vermeille, celui qu'Hypsipyle avait précipitamment ôté du métier à tisser, quand les vents appelaient à partir de Lemnos. Il ajoute le casque et le baudrier qui plaisaient tant au roi ; visage tourné vers sa ville, Cyzicus a dans la main le sceptre de ses aïeux. Comme il n'a pas d'enfants ni même d'héritiers, il rapporte à son père le noble insigne du roi. Puis les Minyens en armes tournèrent trois fois autour des bûchers qui en vibrèrent ; trois fois le son sinistre du buccin fit frissonner le ciel. Alors, dans un ultime cri, ils lancèrent les torches. Tout ce qu'ils ont bâti s'effiloche en fumées dans le ciel, les hautes flammes font brasiller la surface des eaux. Ce sort, à vrai dire, du jeune roi et de son peuple était inéluctable, du jour où tombèrent les arbres du Pélion[29]. Le vol menaçant des oiseaux, les foudres prophétiques tombant jusqu'en pleine mer l'avaient présagé. Mais qui n'est pas enclin à ignorer les signes funestes, à augurer pour lui-même nombre d'années à vivre ? Déjà on a rendu aux cendres les derniers honneurs, déjà les femmes, l'air abattu, se sont éloignées avec leurs enfants. La mer, qui toute la nuit avait résonné de lamentations, s'apaise enfin, comme au printemps, quand migrent les oiseaux vers les contrées du Nord où ils ont vu le jour, Memphis et le Nil soleilleux, leur séjour annuel, retrouvent le silence.

Mais ni le jour suivant ni la nuit, qui intensifie l'angoisse, n'épargnent aux Minyens l'horrifique vision de ceux qu'ils ont tués. Voilà deux fois que les Zéphyrs enflent les voiles : les Argonautes sont abattus et n'aspirent plus à rien. Sans répit un feu morbide calcine leur esprit. Toutes ces larmes, se disent-ils, tous ces hommages sont dérisoires. Ils ne pensent plus à leur pays, à leur fervent désir d'aventures. Ils s'enfoncent dans un deuil inactif. Et même Jason, alors qu'un chef doit atténuer les plus durs désastres et les dissimuler sous un visage calme, se livre à la douceur des pleurs et laisse voir sa douleur.

Entraînant Mopsus, fils de Phébus, dans un lieu écarté du rivage, « Quel est donc ce fléau, que veulent

---

29. Montagne de Thessalie. Le bois de ces arbres avait servi à construire l'Argo.

les dieux, lui dit-il, est-ce notre destin, cette peur, ou bien n'est-ce qu'un prétexte pour rester inactifs ? Pourquoi, oublieux de la gloire et de nos foyers, sommes-nous dans l'angoisse ? Quelle fin nous réserve notre passivité ? – Je vais te l'apprendre, répond Mopsus, et te révéler les raisons de notre désarroi. » Et regardant les astres, il poursuit : « On nous oblige à endurer, il est vrai, un corps mortel, une vie éphémère et un destin fugace, nous qui fûmes une étincelle de lumière divine, mais nous n'avons pas pour autant le droit de tuer, de chasser d'ici-bas les âmes des vivants, semences destinées à retourner aux cieux. Car notre être ne se dissout pas dans le vent ni dans nos cendres : après la mort, la colère persiste et la peine perdure. Quand les âmes assassinées parviennent devant le trône du terrifiant Jupiter, que leurs plaintes lui apprennent leur mort infamante, la porte du Trépas reste ouverte pour elles. Elles peuvent alors revenir sur la terre. Une des Sœurs[30] les accompagne ; ensemble elles parcourent les terres et les mers. Chaque âme prend ses meurtriers et ses ennemis au piège de la souffrance, les persécute par diverses peurs. Pour ceux qui ont souillé leurs mains sans le vouloir – une cruelle malchance a entraîné ces malheureux, mais leur acte n'est pas loin du crime –, c'est leur conscience qui les torture, les harcèle de remords. Épuisés, incapables d'agir, ils sont rompus de pleurs, de vaines craintes et pris d'une torpeur maladive, comme nos compagnons. Mais je vais trouver un moyen de salut. Je me rappelle le pays des Cimmériens, près des pentes silencieuses qui plongent dans la nuit du Styx, terre inconnue des dieux célestes, lieu d'ombre et de ténèbres, où jamais le Soleil ne laisse

---

30. Désignation des Furies ou Érinyes.

aller son char de feu ni Jupiter les astres des saisons[31]. Les feuillages, immobiles, sont silencieux, la forêt pétrifiée des Enfers déroule sa crinière jusqu'au sommet d'un mont. Au-dessous se trouve un gouffre, passage pour les morts, où l'Océan se précipite avec fracas ; il y a là des plaines où plane une noire épouvante, et soudain, après un long silence, des bruits de voix. C'est là, armé d'une épée et revêtu de noir, que siège Célénéus. Il lave les innocents de leur erreur, il efface leur faute avec des incantations qui apaisent les Ombres irritées. Grâce à lui, je sais quelles expiations exige le meurtre, car il a bien voulu me dévoiler l'Érèbe[32] et ses mystères. Alors écoute : quand l'aube teindra de roux les ondes de la mer, convie nos compagnons à sacrifier deux bœufs aux dieux infernaux. Pour moi, il m'est défendu de rester parmi vous, tout le temps de la nuit où je me livre aux vœux expiatoires. Vois, la fille de Latone conduit son char glacial[33] : pars, et faisons silence sur la grève, afin de mettre en œuvre le rituel prescrit. »

Et déjà le Sommeil à minuit s'étendait pesamment sur la terre, les songes voletaient autour du monde silencieux, quand, éveillé, à l'affût d'un moment favorable aux mystères divins, le fils d'Ampyx[34] traverse les bois devant lui, atteint l'embouchure de l'Ésèpe et descend jusqu'à la mer. Là, il baigne et purifie son corps entre les ondes vineuses de la mer et l'eau vive du fleuve, se préparant à un office effrayant. Selon le rite, il enroule à ses tempes des bandelettes et

---

31. On localisait les Cimmériens dans la région la plus nordique du monde connu, privée des rayons du soleil et de l'alternance des saisons.
32. Autre appellation des Enfers.
33. Il s'agit de Diane, fille de Latone et déesse associée à la lune.
34. Le devin Mopsus.

un rameau d'olivier puis délimite avec son épée une aire sur le sol. Il dresse en cercle de petits autels dédiés à des dieux aux noms inconnus et les couvre d'épais feuillages. Ayant chargé ce lieu de crainte, de pouvoir surnaturel et de saint recueillement, il fait sortir hors de la mer incandescente l'orbe brillant du soleil[35].

Alors les Argonautes, parés de toutes leurs armes, arrivèrent avec de jeunes brebis choisies, au front recouvert d'or. Le prêtre d'Apollon[36], dont l'habit blanc rayonne au loin, se hâte vers eux avec un nouveau rameau de laurier. Le voici debout sur un tertre récemment élevé ; il fait passer chacun d'eux sous le laurier de paix. Il les conduit ensuite à la rive du fleuve, leur demande d'enlever leurs sandales, de ceindre leur tête de ramilles entrelacées, puis de lever les mains vers le Soleil en train de se lever, et de tous se prosterner en même temps. Puis ils sacrifient les brebis noires. Mopsus et Idmon portent chacun une part des entrailles parmi eux. Trois fois les Argonautes défilent silencieusement, trois fois Mopsus touche leurs armes funestes et leurs vêtements avec les chairs lustrales, avant de les jeter derrière lui dans la mer ; le reste est donné aux flammes voraces. Il dresse ensuite, selon le rite, des chênes ébranchés figurant les guerriers, il y suspend des armes factices. « Que les menaces du Styx et la hargne de la troupe inclémente[37], dit-il dans sa prière, se retournent contre eux, que retombent sur eux les tourments qui chassent le sommeil. » Et il profère l'incantation expiatoire : « Partez, vous qui n'êtes plus, abandonnez votre colère. Soyez en paix, goûtez à la douceur des rives du Styx. Tenez-vous loin de nous, loin de la mer et de

---

35. Rite religieux sensé maîtriser la course du soleil.
36. Mopsus.
37. Les Furies ou Érinyes.

toutes nos luttes. Voici mes vœux : n'approchez pas des villes grecques, ne venez pas crier à la croisée des chemins ; qu'aucune épidémie ni saison maléfique ne nuise à nos troupeaux, à nos moissons, que notre peuple et nos descendants ne subissent pas la punition de nos actes. » Il se tut, et posa en offrande sur les autels couverts de feuillages les dernières nourritures sacrées, que de paisibles serpents, serviteurs des défunts, saisirent aussitôt de leur langue vibrante.

Le fils d'Ampyx ordonne aux Argonautes d'embarquer immédiatement et de prendre place sur les bancs, sans un regard pour la terre : ils doivent vouer à l'oubli ce qu'ils ont fait, une erreur due au destin. Eux s'affairent. Les uns installent les agrès, les autres posent des coussins sur les bancs. Puis on entend le bruit des avirons qui vibrent et le chœur joyeux de leurs voix. Quand Jupiter a chassé les nuages qui pèsent sur les monts Cérauniens[38], les éloignant des sommets, soudain forêts et rocs resplendissent, le ciel redevient lumineux ; ainsi les hommes ont retrouvé leur entrain, et le pilote, en haut sur la poupe, chancelle et se raidit pour résister au martèlement des rames. Eurytus, débarrassé de son manteau, et Idas, que n'effraient pas les moqueries de Talaüs, commencent une compétition. D'autres alors se lancent des défis et soulèvent les flots sans ménager leurs forces. Leurs efforts sont visibles : les pales frappent les ondes, ils sont essoufflés. La mer ainsi labourée rejaillit vers la poupe. Alcide aussi est joyeux : « Qui fera des vagues plus hautes que les miennes ? » Et, se levant de toute sa hauteur au moment du reflux, son aviron cassa brusquement et percuta sa poitrine.

---

38. Les monts Cérauniens se trouvent en Épire, aujourd'hui au sud de l'Albanie.

Tombant à la renverse, il s'affale sur Talaüs, sur le robuste Éribotès et plus loin sur Amphion, qui se croyait hors d'atteinte, et c'est ton banc, Iphitus, que sa tête a heurté.

Déjà Phébus[39], plus brillant, avait franchi la plus haute cime du ciel ; il était à mi-course, et l'ombre se faisait plus courte. Tiphys fait aborder la nef, moins rapide depuis qu'Hercule se reposait, aux côtes les plus proches, là où la Mysie offre à la vue des monts couverts d'épaisses futaies[40]. Le Tirynthien s'en va chercher un frêne élevé[41], accompagné d'Hylas qui ralentit ses trop grandes foulées.

Junon qui l'a vu, du plus haut du ciel, quitter le vaisseau, juge qu'il est temps de lui nuire. Il faut d'abord tromper Pallas, qui participe à l'aventure et guide la nef, pour l'empêcher de faire obstacle à son plan, et l'éloigner de son cher frère[42]. Elle dit alors à Pallas : « Injustement chassé du trône par les nobles et l'armée de son frère (tu sais pour quel grief), Persès a déjà levé les forces barbares et les étendards d'Hyrcanie[43]. Éétès, de son côté, promet sa fille en mariage et se concilie les rois de Scythie. Le premier, Styrus, gendre pressenti, a fait passer la porte d'Albanie à ses troupes réunies, formidables préparatifs, et Gradivus lui-même lance ses chevaux à bride abattue[44]. Ne vois-tu pas au Nord quel colossal

---

39. Le soleil.
40. Rivage de la mer de Marmara, au nord de la Turquie actuelle, entre Cyzique et le Bosphore.
41. Il a rompu son aviron et doit s'en fabriquer un autre.
42. Hercule et Pallas Athéna sont tous deux des enfants de Jupiter.
43. Région riveraine de la mer Caspienne. Persès, frère du roi de Colchide Éétès, lui dispute la royauté.
44. Gradivus : le dieu Mars. Albanie : le pays des Albains, entre Caucase et mer Caspienne.

nuage s'élève, suspendu sur la plaine assombrie ? Cours vite là-bas ; quand Persès aura franchi le large cours du Phase[45] et fait avancer son armée sous la ville, parle-lui de nos projets, retarde-le quelque temps, propose-lui une alliance, avec tact et intelligence. Assure-lui que des princes, fils de dieux, vont arriver, auxquels il pourra associer sans hésitation ses armes et ses troupes. » Pallas, qui voit le piège rusé de sa marâtre et son visage faussement avenant, obéit cependant et se rend promptement en Colchide.

Junon soupira : « Le voici, l'artisan de mes ennuis, cet individu qui résiste à ma haine ! Je suis fatiguée d'inventer toutes sortes d'embûches : quelle autre Némée, quel combat de Lerne pourrais-je encore trouver ? Car je l'ai vu, ce mortel, s'élancer de lui-même sur le monstre phrygien, débarrassant Pergame du fléau de ses eaux[46]. Suis-je vraiment la sœur des maîtres de l'Univers ? Me rend-on les honneurs dus à mon statut ? Que des humiliations ! Je lui ai suscité des épreuves dès l'enfance, et mes serpents sont morts sur-le-champ[47]. Je devais, vaincue, cesser de le persécuter, et sans doute, ne plus m'abaisser à de tels agissements. Mais non, restons digne et déterminée, agissons sans faiblir ! Bientôt j'aurai ameuté les Furies et Pluton. » C'est alors qu'elle distingue à sa gauche une forêt de pins sur la montagne, ainsi qu'un groupe de belles Nymphes en train de chasser, ornement des sources et des bois. Toutes portent un arc léger, une manchette de feuilles et un épieu de myrte, dont la courroie est tendue ; leur tunique est relevée au-dessus du genou, leurs cheveux ondoient en fine pluie sur

---

45. Le Phase est le fleuve proche d'Éa, capitale de la Colchide.
46. Rappel de la délivrance d'Hésioné, fille du roi de Troie Laomédon.
47. Junon essaya de tuer Hercule encore au berceau, en envoyant contre lui deux serpents.

l'étoffe qui cache leurs seins. La terre résonne sous leur vive foulée et déroule un chemin d'herbe sous leurs pieds délicats. L'une d'elles, Dryopé, intriguée par le bruit d'Hercule, qui faisait fuir les bêtes, s'était aventurée plus loin, pour voir ce qui troublait la forêt : éblouie par Hercule, elle s'en retournait à sa source. Junon était là, contre un sapin ombreux ; elle l'appelle, lui prend la main, lui parle doucement : « Celui que je te garde pour époux, Nymphe, qui as dédaigné tant de soupirants, est ici ; un vaisseau d'Hémonie l'a porté, le jeune et noble Hylas. Il marche çà et là dans tes bois, à l'entour de tes sources. Tu as déjà vu Bacchus par ici, menant avec ses rênes de roses les bataillons vaincus et les chariots de butin pris à l'empire d'Orient, tu l'as vu animer ses processions sacrées : imagine-toi que c'est lui qu'on te destine ou Apollon qui laisse sa lyre et s'en va chasser[48]. Quel désespoir pour les Nymphes de la Grèce ! Quand elles sauront qu'il leur est enlevé, quelle déception pour les filles du lac Bœbée ! Et la fille du blond Lycormas, quel sera son chagrin[49] ! » Elle dit, fait surgir dans les halliers touffus un cerf rapide à haute ramure, et le pousse au-devant d'Hylas. L'animal hésite à s'enfuir et reste un moment immobile, ce qui incite le jeune homme à s'élancer à sa poursuite. Hylas est captivé ; il court fougueusement derrière cette proie si proche. Alcide l'observe de loin, le presse et l'encourage, et déjà il le perd de vue. Le cerf entraîne le jeune homme fatigué, qui le serre de près et le menace d'une flèche, dans un lieu reculé où coule une source limpide : voici même qu'il disparaît d'un bond sans effleurer les ondes. Perdant espoir,

---

48. Allusion aux campagnes militaires que le dieu Bacchus fit en Orient jusqu'en Inde, et à son retour triomphal.
49. Le lac Bœbée se trouve en Thessalie. Marpessa, la fille du dieu fleuve Lycormas, suscita l'amour d'Apollon.

Hylas renonce à le poursuivre. Essoufflé et couvert de sueur, il se baisse pour se rafraîchir et se penche au-dessus de l'eau bienvenue. Comme scintille un lac d'une lumière mouvante, quand Cynthie le regarde du ciel[50] ou que passe à midi le char éclatant de Phébus, telle est la clarté qu'Hylas répand sur les ondes. Rien ne l'a inquiété, ni l'ombre, ni les cheveux, ni le bruissement de la Nymphe qui monte lui ravir un baiser. Elle l'attrape de ses mains impatientes – trop tard, hélas, il appelle au secours et crie le nom de son puissant ami ; elle entraîne sans effort le jeune homme courbé sur l'eau.

Déjà Hercule avait coupé un frêne sur les hauteurs boisées ; l'arrachant aux collines à grand bruit, il l'avait renversé sur la fauve dépouille du monstre effrayant[51] et revenait vers le rivage courbe. Hylas est retourné par un autre sentier, et il a ramené le gibier capturé, pense-t-il. Mais il s'inquiète, quand il ne voit Hylas, cet ami si proche, ni avec ses compagnons, ni parmi les tables installées sur la grève, et c'est en vain qu'il scrute les lointains. Alors il sent venir comme la bourrasque du malheur, qui le frappe de diverses frayeurs : où est-il, qui le retient impunément, est-il en danger, en difficulté ? Il voit descendre une nuit noire, son angoisse grandit. Il devient blême, son esprit s'égare, son corps raidi sue une épaisse sueur. Comme un ciel de tempête glace le cœur des matelots ou des cultivateurs, quand la pénombre menaçante se fait plus dense, de même l'absence de son ami bouleverse Alcide et lui rappelle son implacable marâtre[52]. Alors, tel un taureau piqué par un taon rapide s'élance hors

---

50. Cynthie est une appellation de la lune divinisée, le char de Phébus est une désignation du soleil.
51. Hercule est revêtu de la peau du lion de Némée.
52. Junon.

de l'enclos par les rudes chemins de Calabre, renversant tout sur son passage, il part aussitôt en une course folle sur les hauteurs boisées. Tremble d'un bord à l'autre toute la forêt, témoin de la disparition d'Hylas, et tremble la montagne : brûlant d'une amère détresse, que médite Alcide, que prépare-t-il dans sa grande colère ? Comme un lion, blessé par l'épieu d'un Maure qui fuit par feinte, bondit, ensanglanté, dans un rugissement terrible et déchiquette à vide sous ses crocs un adversaire absent, ainsi le Tirynthien, embrasé de fureur, se précipite et parcourt en tous sens la montagne avec son arc bandé. Hélas ! malheur aux bêtes, aux innocents qu'il a croisés dans ces lieux écartés ! Il court sans but, dans toutes les directions : le voilà tantôt sur les bords d'un torrent, d'une cascade, tantôt dans l'ombre d'un bois qui frémit. C'est « Hylas » et encore « Hylas » qu'il crie au loin dans ce désert. Les forêts lui répondent, et l'écho vagabond rivalise avec lui.

Mais ses compagnons lui gardent une fidélité sans faille, malgré les vents favorables. Ce n'est pas Hylas qui les retient d'appareiller, même si tous apprécient ses premières armes : ils sont inquiets pour Hercule. C'est lui qu'ils pleurent et réclament tristement de leurs vœux. De tous côtés sur le rivage ils l'appellent désespérément et font flamber des feux jusque tard dans la nuit. Jason, soit qu'il écoute le silence profond de la haute montagne, soit qu'il regarde la mer aplanie sous des brises engageantes, pleure, debout ; il attend, en raison de la grande affection qu'il porte à Hercule. Il cherche à repérer sa démarche et le carquois attaché à son dos, il désespère de le voir parmi les princes et les tables tristement silencieuses, où Hercule, tenant dans sa grande main une coupe de vin, leur racontait, il n'y a pas si longtemps, les monstres envoyés par sa dure marâtre.

Pendant ce temps la cruelle Junon n'a de cesse d'aiguillonner l'Iapyx[53], qui souffle dès la lueur de l'aube. Impatient du retard, Tiphys se plaint de cette attente contraire à leurs projets et exhorte ses compagnons à l'action quand la mer les appelle. Jason, touché par ses fortes paroles, se laisse convaincre et leur dit : « Si seulement, quand je préparais notre raid en Scythie, la voix du Parnasse[54] s'était fourvoyée ! L'oracle m'annonça que "nous serions privés du plus puissant guerrier de tout notre équipage, sur ordre de Jupiter et par la destinée, avant d'atteindre la mer houleuse où errent des rochers". Nous sommes sans nouvelles d'Hercule, et personne ici ne peut nous en donner. Allons, puisque le doute et l'inquiétude vous font hésiter, consultez-vous : si les vents qui se lèvent vous incitent à partir, poursuivons l'entreprise commencée, mais si vous pensez qu'il vaut mieux attendre encore et explorer les montagnes alentour, vous vous serez attardés pour une bonne cause. »

Il se tut. Mais depuis un moment les Argonautes s'impatientent et demandent à partir : un seul homme manquera à leur nombreuse troupe, disent-ils, et eux ne sont pas moins nobles, moins forts que lui. Telle est la présomption qui anime la plupart d'entre eux. Ils se sentent grandis par de creuses paroles, semblables à la biche joyeuse qui sort avec la harde du milieu des bocages, au sanglier qui bondit d'allégresse et à l'ourse qui répond en grognant aux loups hardis qui

---

53. Un vent d'ouest.
54. L'oracle d'Apollon à Delphes, ville située au pied du Parnasse.

s'approchent, dès que le tigre sanguinaire est parti, dès que le lion s'est retiré silencieusement au fond de sa caverne.

Mais le fidèle Télamon tremble d'une colère noire. Furieux, avec des mots rageurs, il les accuse de déloyauté, en appelle bruyamment aux dieux. Il va de l'un à l'autre, les adjure, supplie Jason qui baisse la tête : "il ne s'agit pas d'Hercule, mais du salut de tous. Ils vont bientôt trouver, paraît-il, des contrées inhospitalières, des peuplades sauvages sur des côtes barbares, et il regrette qu'il n'y ait pas pour les aider un autre Alcide, quelqu'un d'aussi brave et fort". Mais par ailleurs, l'intrépide fils de Calydon[55] excite et mène ceux qui veulent partir, lui qui peut soutenir le pire avec les meilleurs arguments, qui s'entête à défendre des points de vue faussés, sans jamais s'embarrasser d'équité ni de droiture : « C'est notre estime, dit-il, non pour Hercule, qui a disparu, mais pour toi, fils d'Éson, qui m'a fait garder longuement le silence et taire ce que j'ai à dire : j'attendais de toi mon tour de parole. Voilà sept jours que l'Auster[56] souffle du haut de ces montagnes ; il nous aurait peut-être déjà conduits jusqu'en Scythie. Et nous, nous oublions notre pays, nous restons à mi-chemin, comme si aucune joie ne devait accueillir notre retour, mais plutôt la dure Mycènes et son roi sans pitié[57]. S'il y avait un endroit où je puisse supporter cette inaction et ces heures stériles, je gouvernerais aujourd'hui ma douce Calydon, jouissant de mes biens, de la paix, bien à l'abri chez mon père et ma mère. Pourquoi rester rivés à ce rivage sans rien faire ? Pourquoi lasser nos

---

55. Méléagre, originaire de la ville de Calydon, en Étolie.
56. L'Auster est un vent du sud.
57. Allusion au roi de Mycènes et d'Argos, Eurysthée, qui assignait à Hercule, à chaque retour victorieux, une nouvelle et difficile mission.

yeux à regarder le désert de la mer ? Crois-tu qu'Alcide sera notre compagnon jusqu'aux terres du Phase, qu'il sera toujours là pour t'aider de ses flèches ? La haine est sans répit, Junon est opiniâtre et n'oublie pas ses griefs. Nés du Tartare[58], de nouveaux monstres sans doute l'assaillent, ou il est occupé à une nouvelle mission venue d'Argos[59]... Ce fils du puissant Jupiter n'est pas à ta disposition, mais tu as encore, d'aussi noble origine, Pollux et Castor, et les autres fils de dieux, et moi-même, issu d'un non médiocre lignage. Me voici, prêt à te suivre partout. Mon fer fauchera plus d'un rang de guerriers, mon bras et ma vaillance sont à ton service, et dès aujourd'hui je réclame les plus dures besognes. Notre salut, c'est entendu, nous ne l'avons dû qu'aux armes d'Hercule, qui bat la campagne aujourd'hui... C'est sûr, nous sommes tous mortels ici, et les rames allaient régulièrement et en cadence... Mais lui, affligé depuis quelque temps d'une folle fébrilité et se rengorgeant de ses exploits passés, se moque bien d'une gloire commune à tous et refuse de se voir associé à nos actes. Vous, dont la bravoure et l'espoir viennent à peine de naître, exercez votre valeur tant que vous pouvez endurer les épreuves, que votre jeune vigueur est entière : ne vous contentez pas de porter la mort aux seuls Colchidiens et de sillonner la mer toute votre jeunesse ! Pour moi, j'ai gardé espoir aussi longtemps que possible : par amitié, j'ai cherché Hercule dans chaque coin de forêt, j'ai crié son nom partout. À l'instant où je vous parle, alors que nous hésitons sur la décision à prendre, je souhaite le voir revenir sur le flanc des montagnes. Assez pleuré pour

---

58. Autre appellation des Enfers.
59. Eurysthée, persécuteur d'Hercule, régnait à Argos.

notre compagnon ! Il t'a été enlevé, n'en doute pas, Jason, par les hasards de la vie, peut-être dans la mêlée d'un combat sanglant. »

Tels sont les mots pressants du fils d'Œnée, qui enthousiasment aussitôt les Argonautes. Calaïs, surtout, veut qu'on dénoue les câbles de l'Argo. Télamon est surpris de leur joie sans retenue. Une grande douleur s'insinue dans son cœur indécis : doit-il refuser de prendre part à cet acte si lâche et s'en aller avec son chagrin sur les escarpements de la haute montagne ? Il n'en cesse pas moins ses récriminations et donne libre cours à sa vaine colère : « Quel jour maudit, par Jupiter, pour le pays des Grecs !, quelle joie pour les sauvages Colchidiens ! Vous n'aviez pas ce mépris au départ de la Grèce, cette arrogante jactance, quand les vents tendaient déjà nos voiles et qu'Alcide recueillait votre entière faveur : "qu'il nous prête main-forte, qu'il se charge du commandement, honneur bien mérité !" Êtes-vous ses égaux en courage, en naissance, des héros de même renommée ? N'avez-vous plus d'amitié, plus d'affection pour Hercule ? Ai-je pour chef maintenant un descendant de Porthaon, un rejeton de Thrace[60] ? C'est le cruel agneau maintenant qui se jette sur les lions craintifs ? Cette lance, dépouille du magnanime Didymaon (arrachée à sa montagne, séparée de sa souche, elle ne donnera plus ni feuilles ni vert ombrage), mon fidèle auxiliaire, qui dans les durs combats bataille rudement, je la prends à témoin, et par tous les dieux, Jason, je te déclare ceci : souvent la peur, souvent une décision difficile te feront invoquer

---

60. Méléagre était petit-fils de Porthaon, Calaïs, fils du Vent du nord installé en Thrace, Borée.

l'aide d'Hercule et ses armes aujourd'hui dédaignées – mais ce sera trop tard. Et les discours venteux ne nous seront d'aucun secours. »

Ainsi le fils d'Éaque[61] en pleurs alarme et effraye ses compagnons. Il souille ses cheveux en les couvrant de sable[62]. Le destin est en marche ; Jason, entraîné par leur zèle, avance vers la nef en s'essuyant les yeux d'un bout de son manteau. Mais une grande tristesse s'empare d'eux à nouveau, quand, assis sur les bancs, ils ne voient pas la peau de lion : le vide est si large à la place d'Hercule ! Il pleure, le fidèle Éacide, et Philoctète a le cœur lourd. Pollux et son frère Castor se désolent. Tous appellent encore Hercule tandis que file la carène, tous appellent Hylas : sur l'étendue des eaux leurs voix s'anéantissent.

Cependant le vénérable Phorcys[63] lance un appel au loin sur la mer. Sonnant de sa conque courbée, il rassemble ses phoques prodigieux qui regagnent leurs grottes. C'est l'heure où reviennent des champs le pâtre massylien, le berger de Lyctus et celui de Calabre. Voici que sur les bords extrêmes où le Soleil s'immerge, les terres d'Ibérie ont sombré dans la nuit abyssale, et la voûte céleste a hissé ses étoiles[64]. Les ondes se sont tues ; mer, vents, plus rien ne bouge.

Le fils d'Amphitryon[65] ne sait plus quels endroits explorer, quels chemins emprunter. Que dira-t-il à la

---

61. Télamon.
62. C'est un signe de grande douleur.
63. Dieu marin.
64. Évocation de contrées occidentales, par rapport à la mer de Marmara où se trouvent les Argonautes : Afrique du Nord (peuple des Massyles), Crète (Lyctus est une ville crétoise), Calabre, et péninsule ibérique.
65. Amphitryon est le père terrestre d'Hercule.

mère d'Hylas, pourquoi rejoindrait-il ses compagnons ? Son affection le consume, il ne veut pas quitter la forêt sans son ami. Ainsi parfois une lionne, pleurant ses petits qu'on lui a dérobés, tourne l'échine. Elle rôde alors sur les chemins, et les hameaux claquemurés veillent la nuit dans une peur inextinguible. La douleur cependant lui contracte les yeux, et sa détresse amère macule de pleurs son pelage.

Livre quatrième

Mais le Père des dieux ne supporta pas plus longtemps de voir les tourments de son fils. Attendri par sa constance, il s'emporte violemment contre Junon, qui en frémit : « Comme tu es secrètement réjouie en ce moment ! Piégé, sans ressources, le Tirynthien divague en des lieux désertiques, et les Minyens, qui l'ont vite oublié, sont partis sans lui et voguent en pleine mer. C'est ainsi que Junon protège activement le fils d'Éson, qu'elle lui procure des armes et des alliés ! Quels combats bientôt vont l'affoler, quand elle verra la puissance scythe, comme elle va trembler d'épouvante ! Inutile alors de venir essayer prières, larmes et supplications : inflexible est mon pouvoir sur le monde. Va, convoque Vénus, ameute les Furies ! La vierge sacrilège sera châtiée, et les souffrances d'Éétès obtiendront vengeance[1] » Il se tut, et versant de cette rosée au parfum de nectar mystérieux, qui dispense un sommeil réparateur, il en mouille les tempes de son fils qui errait. Hercule, paupières lourdes, le nom d'Hylas encore sur les lèvres, succombe, car rien ne résiste à un dieu. Les forêts lassées ont retrouvé la paix, on entend les rivières et les brises sur les collines désertes.

Soudain il voit Hylas vêtu de fleurs de safran – un don de la Nymphe perfide – s'élever d'une source.

---

1. Éétès, roi de Colchide, chassé du trône par son frère Persès, sera vengé par son petit-fils Médéus. Médée est sacrilège, parce qu'elle trahit sa famille, son pays et la déesse Hécate dont elle est prêtresse.

Debout, au-dessus de son ami, le jeune homme lui dit : « Pourquoi, mon noble ami, perdre ton temps en plaintes inutiles ? Cet endroit, le destin en a fait ma demeure. La Nymphe traîtresse qui, sur le conseil de l'impitoyable Junon, me retient dans ces eaux, me permet d'approcher Jupiter, elle m'ouvre la porte des cieux ; elle m'offre son lit, et m'associe aux honneurs de sa source. Ô douleur, ô douceur du carquois que je portai jadis ! Déjà nos compagnons, profitant des vents favorables, ont dénoué les amarres : par sa violente harangue et ses paroles sans foi, le fils d'Œnée[2] les a incités à partir. Mais il sera puni, lui, sa famille et ses gens, quand les trois Sœurs[3] s'empareront de sa mère en fureur[4]. Allons, relève-toi ! Ne faiblis jamais dans les moments difficiles. Bientôt tu seras dans les cieux, les astres t'accueilleront. Garde la mémoire de notre amitié, le souvenir de ton cher compagnon, à jamais. » Il avait l'air heureux de regarder Hercule. Celui tenta spontanément de saisir son ami, de le serrer dans ses bras, mais ses efforts furent vains : son corps, engourdi de sommeil, laisse échapper la fugace vision. Il pleure, il veut la suivre, il crie, il lui dit ses regrets, quand son agitation chimérique dissipa le sommeil avec son douloureux espoir. Quand, d'une corniche rocheuse où les flots retentissent, une vague arrache le nid et la couvée d'un malheureux alcyon, la mère, angoissée, vole en criant de détresse au-dessus de la mer agitée, résolue à suivre ses petits là où les portent les flots ; elle a peur, elle prend des risques, quand brusquement le nid, secoué par les vagues, se fend et disparaît dans l'abîme – alors l'oiseau lance un cri de

---

2. Méléagre.
3. Les Érinyes ou Furies.
4. Allusion à la mort de Méléagre, qui, après avoir tué ses deux oncles, sera à son tour tué par sa mère Althée.

douleur avant de prendre son envol. Telle fut dans son sommeil la dure épreuve d'Hercule. Il se lève d'un bond, hagard, et pleure éperdument : « Je m'en vais, et toi, tu vas rester seul, cher enfant, dans ces monts et ces déserts sauvages ; tu ne pourras plus t'émerveiller de mes exploits. » Il dit, et prenant le chemin du retour, il quitte les vallons, ignorant ce que Junon et ses colères lui ont préparé. Loin sur la mer, il voit la nef qui file rapidement, et se sent secrètement honteux d'avoir été abandonné.

Il avait l'intention de revoir les Troyens et leurs remparts hospitaliers, afin de réclamer au roi d'Ilion les chevaux promis[5], quand Latone et Diane, l'air abattu, se présentèrent devant Jupiter, pendant qu'Apollon l'implorait : « Pour quel autre Alcide, à quelle époque repousses-tu, grand Roi, la délivrance du vieillard du Caucase[6] ? Tu ne mettras donc jamais fin à ses tortures et à son châtiment ? Elle t'en supplie tout entière, la race des humains, et aujourd'hui, Père vénérable, même les montagnes, avec leurs sommets et leurs forêts, s'épuisent à te le demander. Tu as suffisamment puni le vol du feu et protégé les secrets des convives célestes. » Il se tut. De son rocher, alors que prenait son repas le terrible vautour, Prométhée lui aussi harcelait Jupiter de ses gémissements, de ses cris de douleur, levant ses yeux brûlés par les âpres gelées, tandis que fleuves et rochers du Caucase amplifiaient leurs clameurs. Même l'oiseau du dieu est stupéfié du tumulte. Alors, de l'Achéron jusqu'à la citadelle des cieux, on entendit Japet. En dépit de ses

---

5. Laomédon lui avait promis des chevaux en récompense de la délivrance de sa fille Hésioné (voir livre II).
6. Prométhée, fils du Titan Japet, supplicié par un vautour pour avoir donné aux hommes le feu volé au ciel.

supplications, l'Érinye le maintenait durement à l'écart, pour faire respecter la loi de Jupiter Très Haut. Celui-ci, ému par les pleurs des déesses et la haute dignité de Phébus, fait venir la diligente Iris sur son nuage rose[7] : « Va, lui dit-il, qu'Alcide diffère son retour chez les Phrygiens et son combat contre Troie. Qu'il arrache maintenant le Titan à l'affreux volatile ! » La déesse prend son essor et rapporte au héros la volonté de son père, qu'il doit accomplir sans délai, et par de joyeux encouragements suscite son ardeur.

Déjà les Minyens, voguant paisiblement sous les astres d'une nuit lumineuse, avaient mené en haute mer leurs voiles incurvées ; ils ne cessent pourtant de penser à Hercule qu'ils ont laissé à terre. Du haut de la poupe, le chantre thrace[8] tente d'adoucir leurs peines et leur infortune voulue par les dieux, en modulant un air qui dispense apaisement et guérison : à peine a-t-il saisi sa lyre que l'affliction, les rancœurs, la fatigue disparaissent, et la nostalgie de leurs enfants s'éloigne de leur cœur.

Pendant ce temps les étoiles s'enfoncent dans la source fertile du Grand Océan, la grotte du Titan retentit du cliquetis des mors[9]. L'astre aux cheveux d'or, entouré par les Heures, revêt son éclat rayonnant, met sa cuirasse ornée des douze constellations ; le baudrier qui la retient, quand il heurte les nuages, bariole aux yeux des mortels un arc irisé. Puis, au-dessus des terres et des crêtes de la montagne

---

7. Iris, déesse de l'arc-en-ciel, est messagère des dieux.
8. Il s'agit d'Orphée, originaire de Thrace.
9. Évocation du char et des chevaux du Soleil (ou Phébus) qui se prépare à une nouvelle journée.

d'Orient, il a surgi, tirant le jour hors des ondes illuminées. Dès que Phébus parut, la brise abandonna les Minyens.

Non loin de là s'étendent les côtes de la Bébrycie, contrée de grasses terres qui nourrit de rudes taureaux[10]. Amycus y règne. Les habitants, confiants dans le destin et la puissance divine de leur roi, n'ont pas bâti de murs autour de leurs maisons, ils ne connaissent ni lois ni règles pour maintenir la concorde. Comme de leurs cavernes de l'Etna les féroces Cyclopes scrutent la mer par les nuits de tempête, dans l'espoir qu'une barque, balayée par les Vents déchaînés, t'apporte, Polyphème, une pitoyable pâture pour tes repas abominables[11], de même les Bébryces épient tous les lointains, courent tous les chemins dans le but d'attraper des hommes pour leur roi. Cette brute sauvage, en l'honneur de son père Neptune, les précipite en pleine mer du haut d'un roc sacrificiel. Mais les captifs qui présentent un physique moins ordinaire, il les force à s'armer de cestes et à se battre contre lui. C'est, pour ces malheureux voués à la mort, le sort le moins horrible. Quand Neptune vit sur la mer le navire aborder ces parages, quand il eut regardé, une dernière fois, les rivages où règne son fils et les campagnes autrefois engraissées par ses combats, il soupira et se dit : « Malheureuse Méliè[12], un jour, je t'ai ravie au fond des eaux, mais c'est au puissant dieu de la foudre qu'il fallait t'unir ! Est-ce donc que mes enfants, quelle que soit leur mère, ne sont promis qu'à de tristes destins ? Je sais que tu

---

10. Les Bébryces étaient établis sur le littoral sud-est de la mer de Marmara.
11. Le Cyclope Polyphème, qui vivait dans une grotte de l'Etna, appréciait la chair humaine.
12. Nymphe aimée de Neptune, mère d'Amycus.

t'acharnes à me nuire, Jupiter, depuis que, sous les coups injustes de la Vierge, est tombé mon Orion, le malheureux[13], dont le grand corps gît maintenant dans le vide abyssal. Et toi, Amycus, ne sois plus si sûr de ton courage ni de mon appui, je ne pourrai rien faire pour toi. Désormais d'autres forces triomphent : les destins fixés par Jupiter, plus puissants que les dieux, et il a de préférence favorisé les siens. Voilà pourquoi je n'ai pas mobilisé les grands Vents pour détourner ou arrêter ce navire, et dès lors tu n'as droit à aucun sursis. Accable donc sans pitié, Jupiter, les dieux de second rang ! » Alors il détourna les yeux, et laissant son fils et ses combats sinistres, il fit affluer sur le rivage une marée de sang.

D'abord Jason ordonna d'aller reconnaître les points d'eau, la côte et les habitants. Échion, qui s'est un peu éloigné, découvre dans un sombre vallon un jeune homme qui se cache et pleure la mort d'un ami. Quand il vit Échion venir vers lui, portant un chapeau arcadien à la façon d'Hermès[14] et l'inutile emblème d'un rameau pacifique : « Hélas, fuis sans hésiter, qui que tu sois, ou tu es mort, fuis, quand il est encore temps ! » Stupéfait, l'Arcadien se demandait ce qu'il voulait dire. Comme l'autre ne faisait que lui répéter de repartir au plus vite, il l'entraîne devant ses compagnons et lui demande d'expliquer le sens de ses paroles. Alors, levant la main : « Cette terre, dit l'homme, ne vous accueillera pas, personne ici ne respecte les dieux : la mort règne sur ces rivages, ainsi que d'immondes combats. Bientôt Amycus va paraître,

---

13. Orion, fils de Neptune, était un chasseur. Il fut tué par Diane-Artémis, fille de Jupiter, et devint une constellation.
14. Échion, messager des Argonautes, était un fils d'Hermès, dieu originaire du mont Cyllène en Arcadie.

un géant dont la tête heurte les nuages, et il va vous contraindre à vous battre avec ses terribles cestes. C'est ainsi que ce soi-disant fils de Neptune exerce depuis toujours sa folie sur les étrangers. Tous ces gens, qui sont moins forts que lui, il les amène comme d'indolents taureaux devant un autel d'injustice, pour le seul plaisir de laver ses poings dans la cervelle de ces infortunés. Agissez, profitez du temps qui vous reste pour fuir ! C'est peine perdue que de vouloir affronter un tel monstre, et quel plaisir vous donnera la vue de cet individu ? » Alors Jason : « Es-tu un Bébryce plus humain que ton roi — souvent l'homme du peuple est d'un meilleur naturel que les grands —, ou un étranger, un ennemi égaré dans ces lieux par hasard ? Mais pourquoi le ceste d'Amycus ne t'a pas encore broyé la figure ? – J'ai suivi, répond l'autre, un ami très cher, un autre moi-même, nommé Otréus. Honneur, gloire et joie de sa famille, il eût mérité d'être votre compagnon d'aventures. Il se réjouissait d'obtenir Hésioné comme épouse phrygienne : il dut se soumettre à l'épreuve du combat contre Amycus ; c'est moi qui lui ai attaché les cestes. À peine releva-t-il la tête, un peu loin de l'adversaire, qu'une droite foudroyante lui brisa le front, faisant jaillir ses yeux de leurs orbites. Quant à moi, on ne m'a pas jugé digne de mourir par les armes, mais plutôt par les larmes, dans l'épuisement du deuil. Mais j'ai l'espoir que la nouvelle en soit parvenue jusqu'à mon pays, chez les Mariandynes[15], où vivent sa famille et son frère – mais non, que Lycus reste tranquille, évitons un nouveau malheur pour un combat inutile ! »

Comme les jeunes gens l'écoutaient sans montrer aucune frayeur, qu'ils restaient fermes et confiants, il

---

15. Ce peuple était localisé sur la côte sud-ouest de la mer Noire, non loin du Bosphore.

les invite à le suivre d'un pas rapide. À l'extrémité du rivage, une immense caverne apparut au bas d'une falaise couverte d'arbres, sinistre habitation privée de ce don divin, la lumière céleste, et résonnant du fracas de la mer. Devant l'entrée, on pouvait voir divers objets d'épouvante : des bras arrachés à des hommes qu'on a précipités, des bras munis encore d'un ceste, des restes en décomposition ; parmi les pins une horrible rangée des têtes qui, défoncées, n'avaient plus ni visage ni nom ; au milieu, les armes redoutées et maudites d'Amycus, posées sur l'autel de son puissant père. À cette vue, ils se souvinrent des conseils de Dymas, l'étranger, puis vint la peur, et l'image du monstre emplit leur esprit. Ils se regardaient sans parler, quand Pollux, le visage radieux, s'écria, intrépide : « Toi, qui que tu sois, malgré toutes ces horreurs, tu pendras bientôt en morceaux à tes arbres, du moins si tu es fait de chair et d'os ! » Tous ont le même désir de se battre, ils veulent voir l'adversaire, l'affronter. C'est ainsi qu'un taureau, dans les eaux inconnues d'un fleuve débordé, enflé d'écume, pénètre le premier et, faisant fi du tumulte des flots, fraye la voie ; bientôt le troupeau n'a plus peur, il s'aventure à sa suite et même le devance à mi-chemin du fleuve.

Cependant là-bas, laissant ses troupeaux, le terrible colosse sortait de la forêt pour rentrer à sa grotte ; même ses serviteurs le suivent avec la peur au ventre. Plus aucune trace d'humanité chez lui : c'est un pic, dominant les plus hautes montagnes, qui s'élève au loin, solitaire, à l'écart de la chaîne. Voyant les Argonautes, il accourt, pris de colère, et sans même leur demander où ils vont, d'où ils viennent ou pourquoi ils sont là, il crie d'une voix tonitruante : « C'est parti, jeunes gens ! Quelle arrogante confiance en vous ! On vous aura parlé de mon pays et vous êtes venus tâter le terrain ! Mais au cas où vous vous seriez perdus, si vous ignorez où vous êtes, je vous annonce que vous êtes chez Neptune, et que moi, je suis son fils ! La loi ici veut qu'on se batte contre moi à coups de poings. C'est de cette façon que les habitants de la vaste Asie et mes voisins du Pont-Euxin viennent éprouver mon hospitalité ; après quoi ils peuvent s'en retourner, du moins s'ils sont des rois. Cela fait longtemps que mes cestes n'ont pas servi. Il y a bien quelques cadavres, mais la terre est froide et demande à boire. Qui va sceller notre alliance ? À qui dois-je porter de ma main le cadeau de bienvenue ? Chacun de vous aura droit à cet honneur. Nul moyen de disparaître, sous terre ou dans les airs. Ni les pleurs – épargnez-moi vos prières – ni les appels aux dieux ne me touchent : c'est sur d'autres contrées que règne Jupiter. Aucune embarcation, soyez-en sûrs, n'ira plus loin que la Bébrycie, et les Symplégades pourront continuer leur danse sur une mer inviolée[16] ! »

À ces paroles, Jason au visage sévère, les Éacides, les enfants de Calydon, le fils de Nélée et devant lui, Idas – de très grands noms – se présentèrent ensemble[17] ; mais déjà Pollux était prêt, torse nu. Alors Castor eut peur, il fut pris de panique. Car ce n'est pas un combat qui a lieu devant son père éléen ; aucun Œbalien n'est là pour applaudir sur les gradins ou faire résonner les pentes familières du Taygète, quand le vainqueur va se laver dans le fleuve ancestral[18]; le prix à recevoir dans l'arène sacrée n'est pas un étalon ou un taureau, mais une entrée au séjour des Morts.

---

16. Les îlots mobiles nommés « Cyanées » ou « Symplégades » empêchaient les bateaux d'entrer dans la mer Noire.
17. Les fils d'Éaque sont Pélée et Télamon. Méléagre et Tydée viennent de la ville de Calydon ; le fils de Nélée est Périclymène.

Pollux n'a rien de redoutable, ni sa carrure, rien d'impressionnant. Il semble même à peine sorti de l'enfance : Amycus s'avance, le toise d'un air moqueur ; son audace arrogante l'irrite, le rend furieux, ses yeux s'injectent de sang. Ainsi Typhée[19], qui pensait avoir conquis le royaume des dieux et se voyait régner sur l'univers, fut mortifié d'avoir comme adversaires Bacchus à la tête de l'armée et Pallas avec ses serpents au premier rang des dieux. Amycus harcèle Pollux, cherche à lui faire peur en criant rageusement : « Qui que tu sois, fillette, tu cours à ta perte ! C'en est fini de ton beau front, ta mère ne pourra pas te reconnaître. C'est donc toi que tes indignes compagnons ont choisi, et qui vas mourir de la main d'Amycus ? » Sur ces mots, il découvre ses énormes épaules, son vaste torse et ses bras hérissés de muscles formidables. Les Minyens se sentent défaillir, et même le Tyndaride[20] est confondu. Voilà qu'ils pensent à Hercule et regardent désespérément du côté des montagnes désertes. Mais le fils du dieu de la mer reprit : « Regarde ces gants de lanières durcies, en cuir brut de taureau ; ne les tire pas au sort, enfile ceux qui te vont[21]. » Il se tut. Ignorant son proche destin – tardive expiation ! –, pour la dernière fois il tend ses poings aux serviteurs qui lui nouent les cestes, puis c'est le tour du Laconien. Une haine âpre s'élève entre eux qui, peu de temps auparavant, ne se

---

18. Le « père éléen » désigne Jupiter, père de Pollux, qui avait un temple à Olympie en Élide. Il y a là une allusion aux jeux olympiques, consacrés à Jupiter. Œbaliens : autre appellation des Spartiates. Castor et Pollux viennent de la ville de Sparte. Le Taygète est la montagne et l'Eurotas, le fleuve de cette ville.
19. Le géant Typhée (ou Typhon) fit la guerre aux dieux célestes. La comparaison est mal reliée au contexte.
20. Pollux, dont le père humain était Tyndare.
21. Les athlètes tiraient au sort leur équipement avant de s'affronter.

connaissaient pas. Le fils de Jupiter et celui de Neptune s'élancent ardemment au centre de l'arène. De part et d'autre pèse un silence tendu d'espoir et d'anxiété. Le maître du Tartare laisse les Ombres des victimes d'Amycus qui l'implorent s'échapper dans le creux d'un nuage, afin d'assister à son juste châtiment. Tout en haut des montagnes les sommets s'assombrissent.

Aussitôt le Bébryce, tel un cyclone dévastateur qui se rue du cap Malée retentissant[22], laisse juste à son adversaire le temps de lever la tête ou les bras : il l'attaque de tous côtés, l'accable d'une grêle de coups en tournant autour de lui et, colosse monstrueux, le poursuit sur toute la lice. L'autre, que la peur rend vigilant, déporte le torse et les épaules ici ou là, gardant toujours la tête en retrait, et toujours sur la pointe des pieds, effleurant la poussière du sol, il se baisse et se redresse. Comme un vaisseau par gros temps sur une mer écumante, auquel seul le pilote sur ses gardes fait tenir le cap, fend sans avarie les flots soulevés par les Vents qui s'affrontent, ainsi Pollux observe, prévoit les coups et, grâce à sa technique spartiate, les esquive en déplaçant la tête. Quand il eut épuisé la rage acharnée et frénétique d'Amycus, avec ses forces intactes il prend peu à peu l'avantage sur l'adversaire affaibli, et du plus haut qu'il peut lui assène des coups puissants. Ce jour-là, pour la première fois, on vit Amycus mal en point, inondé de sueur, hésitant, bouche ouverte et desséchée : ni son pays ni ses gens ne reconnaissent leur roi harassé. Les combattants reprennent leur souffle, délassent un peu leurs bras, tels sur le champ de bataille les Lapithes ou les Péoniens, quand

---

22. Promontoire au sud du Péloponnèse.

Gradivus, appuyé silencieusement sur sa lance enfoncée dans le sol, leur redonne des forces[23]. À peine s'étaient-ils arrêtés qu'ils s'élancent l'un contre l'autre et que leurs coups résonnent au loin : ils ont repris des forces, ils se dressent, dispos. L'un, c'est la honte qui l'aiguillonne, l'autre un espoir plus hardi, depuis qu'il a pris la mesure de son ennemi. Les poitrines fument sous les coups répétés, la montagne sauvage les renvoie en écho. Ainsi, quand l'Etna toujours en éveil laisse entendre le travail de ses forges, quand le Cyclope forge le fer de la foudre, les villes retentissent du martèlement des enclumes. Là, le Tyndaride charge, poing droit levé, prêt à frapper. Le Bébryce regarde le poing, se prépare au coup — il n'a pas vu la feinte —, tandis que l'autre, d'un gauche rapide, lui percute la face. Les Argonautes poussent un cri de joie, ils viennent de retrouver la voix. Devant son adversaire surpris par la ruse et mis hors de lui, l'Œbalide[24] fuit et recule, laisse passer l'orage. Lui-même est effrayé de son audace inconsidérée. Amycus est déconcerté ; il enrage et se précipite sans réfléchir, impatient de prendre sa revanche — du coin de l'œil, il voit là-bas les Minyens qui exultent. Il se jette sur Pollux, les deux poings levés. Pollux se faufile entre les cestes, attaque à son tour en visant la tête de son féroce adversaire : il manque son coup, ses poings heurtent le torse d'Amycus, qui devient fou furieux et agite les poings en tous sens dans le vide. Pollux s'aperçoit qu'Amycus n'est plus maître de lui : joignant les genoux, il pivote et présente le flanc. L'autre bascule en avant, et Pollux, se plaçant derrière lui, l'empêche de reprendre sa garde ; il le bouscule, le harcèle, le

---

23. Peuples de Thessalie (Lapithes) et de Macédoine (Péoniens).
24. Pollux, petit-fils d'Œbalos, premier roi de Sparte.

déséquilibre et lui assène tout à loisir des coups redoublés. La tête à chaque choc résonne et s'affaisse, les mâchoires claquent. Déjà les tempes ruissellent, le sang coule et couvre les oreilles, jusqu'à l'instant où, à l'emplacement de la première vertèbre, une droite puissante tranche les liens vitaux. Amycus s'écroule ; Pollux pousse le corps et monte dessus : « Je suis Pollux d'Amyclées, fils de Jupiter[25]. Mon nom, rapporte-le aux Ombres étonnées : il te fera connaître, car ta tombe en gardera la mémoire. »

Alors les Bébryces se dispersent et s'enfuient : ils n'ont aucun regret de la mort de leur roi. Ils s'en vont rapidement dans la montagne et les bois. Voilà comment cessèrent les crimes d'Amycus, gardien des espaces sauvages du Pont, qui espérait conserver à jamais sa force de jeune homme et vivre éternellement comme son puissant père. Il gît étendu sur le sol, celui qui terrifiait les hommes, immense corps occupant un vaste espace, comme le feraient, s'ils s'écroulaient, un morceau du vieil Éryx[26] ou le mont Athos tout entier. Son vainqueur même ne peut quitter des yeux cette masse effondrée. Il la regarde de près, étonné, perdu dans une longue contemplation. Cependant les Argonautes s'empressent et lui prodiguent des accolades, lui font lever, pour le plaisir, ses gants et ses bras fatigués. « Nous te saluons, tu es un véritable fils, un vrai fils de Jupiter, répètent-ils de tous côtés ; ô Taygète fameux pour tes vaillantes palestres, profitables leçons de ton premier maître ! » Pendant qu'ils se réjouissent, ils voient que des filets de sang coulent sur son front lumineux ; Pollux, sans être

---

25. Amyclées est une ville de Laconie, non loin de Sparte.
26. Montagne de Sicile.

inquiet, les essuie du revers de son ceste. Autour de sa tête, autour de ses poings, Castor entrelace des rameaux de laurier, puis se tourne vers la nef : « Je t'en prie, déesse, parcours les mers et ramène le vainqueur avec sa couronne à son pays natal. » Alors, à coups de hache, ils abattent des bœufs, puis ils se baignent dans l'onde sacrée de la mer apaisée et s'allongent dans l'herbe. Ils entassent sur des feuilles des gâteaux et des mets, ils donnent à Pollux les meilleurs morceaux des bêtes sacrifiées. Durant le banquet, Pollux triomphe ; ses compagnons font sa louange, le poète chante son exploit. En l'honneur de son père Jupiter Victorieux, il vide plusieurs coupes.

Déjà le jour et les vents les appellent ; ils reprennent la mer, dans les eaux où le Bosphore envoie ses courants avec force. Cette mer, ô Nil, Io l'a traversée, avant de devenir la déesse honorée par ton peuple : c'est pourquoi le détroit porte son nom[27]. Alors le pieux rhapsode, issu du sang illustre d'Œagre, inspiré par sa mère, fait le récit de ces lieux[28]. Il chante aux marins captivés les chemins et les mers que la génisse, fille d'Inachus, a parcourus dans son exil : « Nos ancêtres ont vu plus d'une fois descendre sur terre, au royaume argien des Pélasges, Jupiter qui s'adonnait à l'amour d'une jeune fille, descendante d'Iasus[29]. Junon, son épouse, se voit trompée ; rongée de jalousie, elle s'élance des hauteurs éthérées — devant la Souveraine, le sol du Lyrcée et la grotte complice de la faute ont tremblé —, quand soudain le

---

27. Io avait été métamorphosée en vache ; le nom du Bosphore signifie "passage de la vache".
28. Œagre est le père d'Orphée, sa mère est la muse Calliopé.
29. Iasus, roi de la ville d'Argos et le dieu-fleuve Inachus se disputaient la paternité d'Io.

mari transforma l'amante affolée en génisse des bords de l'Inachus[30]. Junon la flatte et la caresse, cachant sa rancœur sous un air souriant. Puis s'adressant à Jupiter : "Donne-moi la vache indomptée que depuis peu nourrissent les prés de l'opulente Argos, celle dont les cornes ressemblent au croissant de la lune naissante, donne-la à ta chère épouse. Je choisirai pour elle des pâturages dignes d'une bête aimée, ainsi que les sources les plus pures." Quel prétexte inventer, comment se dérober ? Dès qu'elle a son cadeau, Junon soumet la vache à la surveillance d'Argus. Argus comme gardeur, cela lui plaît, parce qu'il a sur tout le crâne des yeux ignorant le sommeil, telle une toile qu'une épouse lydienne aurait tachetée de pourpre[31]. Il force la génisse à marcher sur des sentiers perdus hérissés de pierrailles, à traverser des bois fréquentés par des monstres. C'est vainement, hélas, qu'elle renâcle et s'efforce pour l'attendrir d'articuler des mots qui restent enclos dans sa gorge. Elle quitta son pays en envoyant un dernier baiser au fleuve paternel : elle a pleuré, Amymoné, la source de Messéis a pleuré, et Hypéria aussi qui, bras tendus, la rappelait[32]. Lorsque ses membres tremblaient, épuisés par de longues marches, lorsque du ciel tombait le soir glacial, combien de fois, hélas !, dut-elle appuyer son flanc contre un rocher ! Souffrant longuement de la soif, combien d'étangs l'ont désaltérée, combien de prairies l'ont sustentée, et combien de coups ont fait frémir son échine brûlante ! Pis encore : prête à mourir, elle allait

---

30. L'Inachus est un fleuve d'Argolide, qui prend sa source dans le mont Lyrcée.
31. Cet Argus est un être humanoïde qui possède un grand nombre d'yeux, à ne pas confondre avec l'Argonaute du même nom, constructeur de l'Argo.
32. Naïades et Nymphes, amies d'Io.

se jeter d'une haute roche, quand Argus, obéissant à Junon, l'entraîna aussitôt au fond du vallon pour lui sauver la vie, impitoyablement. Ils entendirent tout à coup les sons d'une flûte arcadienne. C'était le dieu du Cyllène qui, sur ordre de son père, modulait sur sa flûte un air languissant[33]: "Où vas-tu donc ?, dit-il à Argus ; tiens, écoute un peu ma musique !" Il suit Argus de près, il surveille ses paupières qui s'alourdissent, il voit que ses yeux s'abandonnent au doux sommeil ; et là, au milieu de la mélodie, il le tue d'un coup de cimeterre. Peu à peu Io avait retrouvé, grâce à Jupiter, sa forme première, et marchait dans la campagne, victorieuse de Junon, quand brusquement apparaît Tisiphone, avec ses torches, ses serpents, qui poussait des cris sortis droit des Enfers. Io est pétrifiée de terreur, et la malheureuse reprend l'aspect d'une génisse. Elle ne se sait plus où aller, dans quelle vallée, sur quelle hauteur ; la voici même longeant la rive de l'Inachus, mais comme elle a changé, comme elle est différente de la fraîche génisse d'autrefois ! Ni son père, ni les Nymphes affolées ne tentent de l'approcher. Alors elle repart dans les bois, retourne aux lieux déserts, fuyant comme le Styx son père qu'elle chérit. La voici traversant les villes de la Grèce, les fleuves débordés, et un jour elle arrive devant une profonde mer. Elle hésite un instant, et se jette à l'eau. La mer, qui connaît l'avenir, aplanit ses vagues pour laisser passer l'animal éperdu. Ses cornes élancées resplendissent au loin, son fanon flotte à la surface de l'eau. Cependant la Vierge de l'Érèbe[34] vole jusqu'à la riche Memphis pour la devancer et la chasser du pays

---

33. Hermès ou Mercure, fils de Jupiter, était né sur le mont Cyllène en Arcadie.
34. Tisiphone, l'une des Érinyes qui habitent « l'impitoyable royaume » des morts.

de Pharos³⁵. Le Nil s'y oppose : déferlant de toutes ses eaux, il happe Tisiphone et l'enfouit dans ses sables, tandis que l'Érinye appelle à l'aide Pluton et les divinités de l'impitoyable royaume. De loin en loin surnagent des flambeaux dispersés, des morceaux de fouets, des tronçons de serpents, restes de sa chevelure. Pendant ce temps Jupiter ne reste pas inactif : debout, le Père des dieux fait gronder le tonnerre dans la hauteur des cieux : il avoue son amour ; même Junon a peur de lui. Io, en haut de Pharos, assiste de loin à ces évènements. Elle a déjà rejoint les dieux, cheveux ceints d'un aspic, et son sistre triomphal retentit³⁶. Voilà pourquoi les Anciens ont employé le nom de "Bosphore", en souvenir de la déesse errante. Puisse-t-elle aujourd'hui soutenir nos efforts et, dépêchant les vents, faire avancer notre nef sur son propre détroit ! »

Orphée se tut ; de paisibles brises tendaient le lin des voiles. Le lendemain à l'aube, les Minyens virent le trajet parcouru durant la nuit : tout leur est inconnu. Ils approchent de la Thynie³⁷, qui tremble des tortures du prophète Phinée : la dure puissance des dieux s'acharne sur le vieillard. Car il est exilé, aveugle, mais outre cela les Harpyes, filles de Typhon, servantes du dieu Tonnant, le harcèlent, et de sa bouche même lui arrachent la nourriture. Tel est le prodigieux, l'inconcevable châtiment de sa désobéissance. Un seul espoir pour le vieil homme : un oracle affirme que les

---

35. Memphis se trouvait sur le delta du Nil. Pharos est une île, face à Alexandrie. L'expression « pays de Pharos » désigne l'Égypte.
36. Io est assimilée à la déesse égyptienne Isis, protectrice des marins.
37. Région de Thrace, sur la rive européenne du détroit du Bosphore (où se trouve aujourd'hui Istambul.)

enfants d'Aquilon mettront fin à l'atroce fléau[38]. Aussi, comme il pressent l'arrivée des Minyens et leur secours assuré, il descend jusqu'au rivage à l'aide d'un bâton et rejoint le navire en levant ses yeux morts. Alors, dans un souffle de voix : « Salut à vous, que j'attends depuis si longtemps et que mon espérance reconnaît. Je sais quels dieux vous ont donné la vie, quel périple vous devez accomplir. J'ai calculé la durée de votre voyage, votre progression étape par étape : Lemnos, l'île de Vulcain, qui vous a retenus longtemps, la guerre du malheureux Cyzicus. J'ai vu aussi votre dernier combat sur le rivage des Bébryces ; vous étiez si proches, que j'en étais réconforté. Je vous dirai seulement que je suis Phinée, fils du grand Agénor, et qu'Apollon le Clairvoyant habite mon esprit. Ayez plutôt pitié de ma situation actuelle. Il n'est plus temps pour moi de pleurer sur mes malheurs, mes errances, sur la perte de mon foyer et du doux plaisir de la vue : ma vie est terminée, se plaindre est inutile. Les Harpyes surveillent sans répit ce que je mange[39], et il n'existe aucun endroit, hélas, où je puisse leur échapper. Brusquement elles s'abattent sur moi, comme une noire averse qui tourbillonne ; rien qu'au bruit de ses ailes, je reconnais de loin Céléno. Elles s'arrachent ma nourriture, l'emportent, souillent ma coupe et la renversent, une terrible odeur reflue ; s'engage alors une lutte tout à fait lamentable, car une même faim nous tenaille, moi et les monstres. Ce qu'elles ont laissé, ce qu'elles ont sali de leurs pattes, ce qui est tombé de leurs serres noires prolonge ma vie sous le soleil. Il m'est interdit de briser mon destin par

---

38. Il s'agit des Argonautes Calaïs et Zétès, fils d'Aquilon (ou Borée), un vent froid qui son séjournait en Thrace.
39. Harpyes : trois monstres ailés à tête de femme qui emportent les enfants et les âmes dans leurs serres.

la mort : ces débris de repas perpétuent une disette terrible. Mais portez-moi secours, je vous en prie ; si les prédictions des dieux ne mentent pas, mettez fin à mon châtiment. C'est qu'il y a parmi vous, pour chasser les monstres, les fils d'Aquilon, qui ne sont pas pour moi des étrangers, car j'étais roi de l'Hèbre prospère, et votre Cléopâtre fut autrefois mon épouse[40]. » Au nom de leur sœur de l'Attique, Calaïs et Zétès sursautent[41]. Zétès prend la parole : « Qui est là, devant nous ? Est-ce toi, Phinée, l'illustre roi du pays des Odryses[42], toi, le compagnon de Phébus, si cher à notre père ? Où est donc la gloire de ton règne, celle de ta famille ? Comme les épreuves t'ont usé ! La vieillesse s'empare si vite des malheureux ! Mais allons, cesse de nous supplier. Nous t'aiderons, si la colère des dieux n'est pas en cause, ou du moins si on peut l'apaiser. » Alors Phinée montra le ciel : « Mes prières vont à toi, dieu Tonnant, qui me poursuis de ta colère. Épargne enfin ma vieillesse, cesse à présent de me persécuter — et cela va finir, j'en suis sûr : car votre volonté de me secourir, jeunes gens, que serait-elle sans la faveur des dieux ? Ne croyez pas que j'expie quelque acte de cruauté ou d'ignobles forfaits. Trop bavard, j'avais révélé, par compassion envers le genre humain, les destinées, les projets de Jupiter et ses décisions secrètes qui devaient s'accomplir sans qu'on n'en sût rien à l'avance. D'où ce terrible fléau et ces ténèbres descendues en moi pendant que je faisais ces révélations. Aujourd'hui enfin sa colère a cessé. Ce

---

40. L'Hèbre est le plus grand fleuve de la Thrace (nommé aujourd'hui Maritsa, en Bulgarie).
41. Cléopâtre est qualifiée « d'attique », parce que sa mère Orithye était fille du roi d'Athènes, en Attique.
42. Les Odryses sont un peuple de Thrace établi sur les rives de l'Hèbre.

n'est pas le hasard, mais le dieu lui-même qui vous a fait aborder ici. » Son destin fléchissait ; tous furent émus et impressionnés par le récit de son dur châtiment. Ils installent les lits de table, l'invitent à prendre place au milieu des tapis et s'étendent autour de lui. Sans cesser d'observer mer et ciel, ils l'engagent à manger, à bannir toute crainte, quand soudain le vieil homme se met à trembler, ses lèvres deviennent bleues, et sa main retombe. Sans avoir eu le temps de pressentir le fléau, ils voient les volatiles au milieu de la nourriture. Une aigre pestilence se répand, comme une exhalaison échappée de l'Averne, leur patrie[43]. Les Harpyes, à grands coups d'ailes, attaquent Phinée, le harcèlent de leur bec. Gueule ouverte, elles dansent, effrénées, nuée émanée du Cocyte, dont la vue même provoque la nausée[44]. Alors elles éclaboussent le sol d'immondices, renversent la nourriture sur les lits de table. Les ailes sifflent et claquent, chacun lutte pour retenir un morceau, la faim se fait pressante ; l'épouvantable Céléno repousse non seulement Phinée, mais aussi ses misérables sœurs. Là, s'élancent soudain les fils d'Aquilon, qui tout en criant s'élèvent dans l'air. Aussitôt leur père donne appui à leurs ailes[45]. Troublées par ces ennemis imprévus, les créatures laissent échapper de leur bec les morceaux dérobés et, apeurées, volent autour de la maison de Phinée, puis gagnent la haute mer. Debout sur la grève, immobiles, les Hémoniens[46] suivent des yeux la

---

43. Les Harpyes résidaient à l'entrée du royaume des morts. L'Averne est un lac de Campanie où les Anciens voyaient une bouche des Enfers.
44. Le Cocyte, un fleuve infernal, désigne les Enfers.
45. Calaïs et Zétès, fils du vent Aquilon (ou Borée), sont munis d'ailes et peuvent voler.
46. Les Argonautes, partis de Thessalie (ou Hémonie).

panique des monstres. Quand le Vésuve, sommet dévastateur pour l'Hespérie[47], avec un bruit de tonnerre entra en éruption, à peine la tempête de feu faisait-elle trembler la montagne, que les cendres recouvraient déjà les villes à l'Est[48]; de même les Harpyes, fulgurante tornade, franchissent peuples et mers, sans pouvoir s'arrêter nulle part. Les voici aux confins de la mer d'Ionie, vers ses rochers les plus lointains (là-bas, les riverains de cette vaste mer les nomment aujourd'hui les "Strophades"[49].) Là, épuisées, hors d'haleine, tremblantes et effrayées de voir la mort approcher, elles rasent le sol d'un vol lourd et craintif, implorant leur père avec des cris affreux ; Typhon surgit, soulevant avec lui la noire obscurité, mêlant le jour avec la nuit. Du milieu des ténèbres, on entendit sa voix : « Contentez-vous d'avoir chassé ces déesses jusqu'ici ! Pourquoi vous acharner sur des servantes de Jupiter, qu'il a choisies, en plus du foudre et de l'égide, comme instruments de ses grandes colères ? C'est lui-même qui les oblige aujourd'hui à quitter la maison de Phinée ; elles lui ont obéi et sont parties. Vous aussi, vous connaîtrez bientôt une même déroute, poursuivis par des flèches mortelles[50]. Les Harpyes trouveront toujours de quoi se nourrir, tant qu'il y aura des mortels méritant la colère des dieux. » Calaïs et Zétès s'arrêtent dans les airs, leurs ailes hésitantes relâchent leur effort. Ils s'en retournent, victorieux, vers leurs jeunes compagnons.

Pendant ce temps les Minyens, dès que les monstres ont fui, refont un sacrifice au dieu Tonnant,

---

47. Autre appellation de l'Italie.
48. Allusion à l'éruption du Vésuve en 79 après J.-C.
49. Deux îles au sud de Zante, en mer Ionienne.
50. Hercule tuera les deux frères de ses flèches.

puis déposent à nouveau près des lits du vin et des mets. Au milieu d'eux Phinée, heureux comme dans un rêve de bonheur, soupire devant les présents de Cérès, dont il avait perdu le goût. Il reconnaît la liqueur de Bacchus, il reconnaît aussi l'eau ; une joie nouvelle s'empare de lui, émerveillé par ce repas libéré de l'effroi[51]. Quand Jason le voit étendu sur son lit, jouissant de sa tranquillité et savourant l'oubli de son long châtiment, il l'interpelle et l'implore : « Tes vœux, vieil homme, sont accomplis. À mon tour maintenant : délivre-moi de mes soucis, pense à nos épreuves. Il est vrai que jusqu'ici notre sort fut heureux. L'aide des dieux ne fut pas vaine – si nous croyons en leur sollicitude –, eux qui nous ont engagés dans un si long périple : la bienveillante fille de Jupiter a construit elle-même le navire, la Saturnienne m'a donné des princes comme compagnons. Mon esprit pourtant ne peut se rassurer, et plus s'approchent le Phase et la suprême épreuve, but de nos efforts, plus j'ai le cœur serré par ce qui nous attend, et les prophéties de Mopsus et d'Idmon ne me suffisent plus. » Sans laisser le chef s'exprimer davantage, Phinée prend du laurier et des bandelettes et invoque les puissances qui lui sont familières. L'illustre fils d'Éson est stupéfait de voir comment Phinée est transformé, comme si aucun châtiment, aucun mal ne l'avait accablé. Il a une telle prestance, la majesté de sa vieillesse est si impressionnante ! On lui voyait une vigueur nouvelle. Il prophétise alors : « Ô toi, qui seras connu de la terre entière, que des dieux soutiennent et guident, ainsi que l'art bienveillant de Pallas, toi que Pélias lui-même élève jusqu'aux astres – ce fou, qui ne s'attend pas à voir la toison de Phrixus –, je vais te dire les destins et

---

51. Il s'agit de vin (« liqueur de Bacchus ») et d'aliments à base de céréales (« les présents de Cérès »).

les lieux, t'indiquer le trajet et la fin de vos épreuves. C'est le seul moyen que j'ai de vous marquer ma reconnaissance. Jupiter lui-même, qui m'interdit de révéler au monde les ères qu'il lui prépare, m'autorise à parler, signe de faveur envers toi. D'ici, ta navigation te mènera vers la brèche du Pont jusqu'aux Cyanées qui errent sur la mer. Ces îlots ont la folle singularité de se percuter en pleine mer, et jamais ils n'ont vu de navire. Ils se jettent l'un contre l'autre, se heurtent paroi contre paroi, rocs contre rocs. Comme si vacillaient les assises du monde, on sent le sol bouger, on voit soudain trembler les maisons : ce sont eux qui reviennent, qui s'affrontent sur les eaux. Les dieux, quand tu seras au plus près de ces roches, les dieux peut-être t'aideront, te conseilleront. Quant à moi, quels conseils te donner pour faciliter ton audacieux projet ? Vous allez entrer dans une mer, où aucun vent ne souffle, où les oiseaux ne s'aventurent pas, et même le maître de la mer en détourne son attelage effrayé. Quand les rochers marqueront un bref arrêt, une hésitation au moment de leur séparation, il faudra vite passer entre eux, dès qu'ils commencent à s'écarter ; car à peine ont-ils rejoint les côtes d'où ils partent, qu'ils s'élancent à nouveau avec fracas. Toute la mer en est bouleversée, elle flue et reflue au gré de leurs joutes. Mais je n'ai pas oublié ce que les dieux m'ont révélé à mon sujet. Je vais vous le dire, pour ne pas vous donner qu'un espoir mal assuré : quand la colère de Jupiter déchaîna contre moi les oiseaux du Tartare aux cris atroces, j'entendis aussitôt une voix, venue du ciel : "Pas de prières, elles seront inutiles ; ne demande pas, fils d'Agénor, la fin de tes tourments. Lorsqu'un navire s'engagera dans le Pont, quand les roches furieuses seront fixées sur l'abîme, alors tu pourras espérer ton pardon et la fin du châtiment."

Ainsi parla le dieu. Donc, ou les terribles rochers vous laissent passer, ou les féroces Vengeresses retournent à mes repas. Si vous parvenez à filer promptement entre les deux îlots – vous en êtes tous dignes –, vous déboucherez sur une mer vide, près du royaume de Lycus, qui rentre victorieux du pays des Bébryces[52]. De tous les rois du Pont, nul n'est plus accueillant que lui. Là, si une épidémie, qui sévit dans ces parages, terrasse l'un de tes vaillants hommes d'élite, ne perds pas espoir, mais rappelle-toi ma prédiction et arme-toi de courage en vue de l'avenir. En ces lieux, sous des montagnes creuses, un autre Achéron[53] roule des eaux pestilentielles ; il s'échappe d'une large béance en exhalant des vapeurs qui couvrent la campagne d'un opaque brouillard. Laisse ce fleuve de désolation et les habitants infortunés de ses rives. Mais attends-toi à ne pas pouvoir passer au-delà sans connaître plus d'un deuil. Que dire du cap Carambis, dont la cime jaillit au milieu des nuées, pourquoi évoquer les eaux rapides de l'Iris et de la baie d'Ancon ? Tout près de là, le Thermodon découpe la plaine[54]. Retiens ceci : c'est le pays des Amazones, peuple renommé issu du puissant Gradivus[55] ; des bandes de faibles femmes ? loin de là ! Force et bravoure les rendent semblables àÉnyo qui s'attaque aux héros, à la déesse sans époux qui porte l'horrible Gorgone[56]. Puisse le vent ravisseur ne pas pousser ta nef sur ces bords terrifiants, un jour où

---

52. Lycus est le roi des Mariandynes, peuple habitant sur la côte sud du Pont-Euxin, non loin du Bosphore.
53. Un des fleuves du séjour des Morts.
54. Le cap Carambis marque la fin du premier tiers du trajet des Argonautes au-delà du Bosphore. L'Iris est un fleuve qui débouche dans la baie d'Ancon, sur la côte sud du Pont. Son emplacement correspond à la fin du deuxième tiers du voyage. Le Thermodon est le fleuve qui traverse le pays des Amazones à l'est de l'Iris.
55. Autre nom de Mars, dieu de la guerre.

l'escadron, exultant, s'amuse à virevolter fièrement sur ses chevaux couverts de poussière, quand la terre frissonne de leurs hurlements et que leur père agite sa lance et les pousse au combat. Tu ne redouteras pas autant, quoique très cruel, le peuple des Chalybes. Ils travaillent patiemment un sol infertile, et leurs maisons retentissent interminablement du martèlement du métal incandescent[57]. À partir de là, sur toute la côte, on trouve d'innombrables rois, auxquels on ne peut se fier ; que ta nef, voile tendue par une brise constante, creuse tout droit son sillon. Alors tu atteindras enfin le cours impétueux du Phase. Un camp de Scythes y est déjà établi, une guerre entre frères se prépare. Là-bas, tu feras alliance avec les rudes Colchidiens, avec ton ennemi. Je ne vois plus d'autres dangers. Il est possible que tu obtiennes la toison que tu cherches. Mais ne compte pas seulement sur ton courage et sur tes forces : souvent la réflexion vaut mieux que la vigueur du bras. L'aide qu'un dieu t'apportera, fais-en ton profit. Te faire connaître ton ultime destin, cela m'est interdit : je m'arrêterai là. » Il laissa donc les prophéties des dieux s'éteindre dans leurs muettes ténèbres.

Les Minyens étaient épouvantés et demeuraient inertes. Alors Jason les rudoie ; il met fin à ce relâchement, à ce moment d'effroi. Phinée les accompagne jusqu'au rivage. « Quelles récompenses, dit-il, vous offrir, fils glorieux de Borée, comment vous témoigner ma gratitude ? Aujourd'hui j'ai l'impression d'être sur les hauteurs du Pangée, de me trouver à Tyr, ma patrie, de voir à nouveau se lever la douce lumière

---

56. Pallas Athéna, dans son aspect guerrier.Ényo est assimilée à Bellone, déesse de la guerre.
57. Les Chalybes se situent à l'est des Amazones. Ils passent pour avoir extrait les premiers le minerai de fer, et forgé des armes.

du jour[58]. Ils sont partis, les volatiles, chassés ! Est-ce bien vrai ? Plus de peur à avoir, et des repas enfin tranquilles ? Laissez-moi toucher votre visage, vous embrasser ; approchez-vous de moi. » Il se tut. Alors ils s'éloignent des terres et perdent la côte de vue.

Rapidement, l'image terrifiante des roches Cyanées, péril qui se rapproche, s'impose à leur esprit. Quand et de quel côté prévoir leur apparition ? La peur contracte leur visage, et ils ne cessent d'observer, malgré leurs yeux fatigués, les flots alentour, de tous côtés. Soudain ils entendent au loin le fracas de ces rocs insensés — non pas un bruit de rocs, leur semble-t-il, mais comme d'un pan de la voûte étoilée s'écroulant dans l'abîme. Tandis qu'ils pressent l'allure, ils voient la mer se retirer à l'avant du navire, la mer soudain se dérober et les îlots ennemis en train de s'écarter. Tous, saisis d'une terreur glaciale, ont lâché leur rame. Jason passe en courant au milieu des agrès, sur les bancs du navire pour exhorter ses hommes ; tendant les mains, il les supplie, les sollicite, appelle chacun d'eux par son nom : « Où sont donc vos orgueilleuses promesses, votre folle assurance, du temps où vous aviez décidé de me suivre ? À la vue de la caverne d'Amycus, nous avons tous éprouvé la même épouvante, et pourtant nous avons accepté le défi, un dieu a soutenu notre audace. Eh bien, le même dieu, j'en suis sûr, nous aidera encore ! » À ces mots, il pousse Phalérus, lui prend sa rame et tente de faire avancer l'Argo. Alors les jeunes gens, honteux, se remettent à ramer. Tandis qu'ils redoublent d'efforts, les vagues et le fort courant entravent la course du vaisseau et le font louvoyer. Les roches Cyanées se

---

58. Né à Tyr en Phénicie, Phinée régna sur la Thrace, où est localisé le mont Pangée.

sont heurtées ; déjà elles s'écartent l'une de l'autre à toute vitesse, barrant le détroit sur toute sa largeur. Deux fois, dans un fracas énorme, les îlots ennemis se percutent, paroi contre paroi, deux fois des flammes ont brillé à travers des gerbes d'eau. Quand un crépitement d'éclairs s'échappe de nuages qui se déchirent – le feu éclaire par à-coups les ténèbres et les nues, la foudre terrifiante tombe et sa lumière fuse en cisaillant la nuit (alors l'effroi prend possession des hommes) –, de même le bruit des chocs emplit l'espace marin. Une averse d'écume inonde de loin le vaisseau d'eau de mer.

Les dieux veillaient et regardaient la mer : comment la nef, devant la barrière des rocs, comment cette jeunesse endurante va se tirer d'affaire ? Hésitante est la sympathie qu'on témoigne à une grande audace. La déesse à l'égide brillante[59] fut la première à faire un signe : elle lança un trait de lumière. Les hauts rochers se séparaient à peine ; le mince rayon fila dans l'air entre eux. Voyant le passage, l'équipage retrouve courage et ardeur. « Je te suis, ô dieu qui m'encourage, qui que tu sois ! », s'écrie le fils d'Éson. Aussitôt il s'élance en plein vacarme et s'enfonce dans de noires vapeurs. Comme les îlots s'étaient écartés l'un de l'autre, le reflux des flots commençait à soutenir la nef ; le jour parut par la brèche ouverte sur la mer. Mais le pilote, qui a dénoué les filins, ne parvient pas à déferler les voiles ni à faire force de rames, alors que les Cyanées sont déjà près d'eux. Leur ombre ensevelit la nef, elles vont se rejoindre. Là, Junon et Pallas sautent des cieux promptement sur les rochers ; la fille de Jupiter retient l'un, son épouse l'autre, tels des hommes robustes qui

---

59. Athéna.

mettent vigoureusement des taureaux sous le joug en tordant leurs cornes indociles contre leur flanc. Alors, comme si un feu volcanique brassait la mer et la mêlait au sable, les fonds marins grondent, les flots se massent sous la poussée et la mer enserrée rejaillit par-dessus les rochers. Les Argonautes, pesant tous puissamment sur les rames, font avancer la nef dans l'étroite trouée... et passent les Cyanées ! Et pourtant l'ornement de la poupe est broyé à grand bruit, la coque, hélas !, est endommagée, mais une petite partie seulement, car le vaisseau était promis au ciel[60]. Cris des Minyens : ils croient que les flancs se sont séparés. Tiphys échappe de justesse à l'impact ; il guide le vaisseau en se réglant sur le courant provoqué par le cataclysme. Il ne s'est pas retourné pour voir la mer saccagée par les roches, ses compagnons n'ont pas repris leur souffle, avant d'avoir dépassé le cap Noir et laissé loin derrière eux les eaux du Rhébas[61]. Alors, épuisés, assoiffés, ils se donnent un répit, tels Hercule et Thésée sortis de l'effroi de l'Averne, s'embrassent, livides, dès qu'ils ont abordé la rive du jour[62].

Jason, de son côté, ne peut se défaire de ses craintes et de son inquiétude, mais regardant la mer : « Quelle épreuve, hélas !, dit-il, les dieux nous ont préparée ! Même si nous atteignons le Phase, même si les Colchidiens acceptent de nous céder la toison, comment franchirons-nous ces monts au retour ? » C'est qu'il ignore que, par ordre de Jupiter, ils se sont

---

60. L'Argo, de retour en Thessalie, deviendra une constellation du ciel austral.
61. Le cap Noir et l'embouchure du Rhébas se trouvent à la sortie du Bosphore, sur la côte sud de la mer Noire.
62. Scène de la délivrance de Thésée, qui était resté prisonnier des Enfers. Hercule parvint à le ramener sur terre.

immobilisés pour toujours. Tel était leur destin, dès qu'une une embarcation les aurait franchis, ouvrant ainsi une voie sur la mer.

Cette mer, qui durant de longs siècles était restée inaccessible, fut étonnée de voir surgir à l'improviste un vaisseau : la vaste contrée du Pont, ses rois et ses peuples lointains ne sont plus hors d'atteinte. Il n'existe pas d'autre endroit, où les côtes ont reculé plus amplement sous la poussée des mers : si vastes que soient la mer Tyrrhénienne et l'Égée, les Syrtes jumelles ne contiennent pas autant d'eau que le Pont[63]. En outre, des fleuves au large cours débouchent dans cette mer. Je ne rappellerai pas quel déferlement d'eaux déversent la septuple embouchure de l'Hister, le Tanaïs, le Bycès doré, l'Hypanis et le Noas, ni les vastes baies où s'écoule le Palus Méotide[64]. Du fait de cet énorme apport des fleuves, le Pont-Euxin a diminué la salinité de son eau ; ainsi il cède au souffle glacial de Borée et gèle facilement aux premiers froids de l'hiver. Selon que le gel hivernal trouve des eaux lisses et tranquilles ou soulevées en hautes vagues, cette mer, pendant tout l'hiver, ressemble à une plaine ou se hérisse de flots figés en escarpements. Le Pont s'appuie d'un côté sur l'Europe avec ses anses sinueuses, de l'autre, il s'adosse à l'Asie, prenant la forme d'un arc scythe. Au-dessus de ses eaux demeurent en permanence de sombres nuages, qui rendent le jour incertain. Ce ne sont pas les premiers rayons du soleil qui dégèlent cet abîme, ni le

---

63. Il s'agit des deux Syrtes d'Afrique du Nord, ouvertes sur la mer Méditerranée.
64. La mer d'Azov. L'Hister, le Tanaïs, l'Hypanis s'appellent aujourd'hui respectivement le Danube, le Don, le Boug. Le Bycès alimente un lac du même nom, au nord-est de l'actuelle Crimée. Le Noas est d'identification incertaine.

printemps, quand le jour dure autant que la nuit ; il ne retrouve le contour de ses bords seulement lorsque le soleil passe aux confins du Taureau[65].

Déjà le vaisseau aborde les plages des Mariandynes. Le rapide Échion part s'enquérir du roi et du pays : il annonce que des guerriers d'élite, venus de l'Hémonie – si jamais ce nom est connu par ici –, sont arrivés, et qu'ils désirent prendre du repos. Lycus, joyeux d'entendre parler de Grecs, s'empresse d'aller vers eux ; il mène le fils d'Éson et ses hommes dans la maison royale, récemment garnie de trophées pris aux Bébryces, et leur parle en ami : « Ce n'est pas un hasard, c'est la volonté des dieux, à mon avis, qui vous a conduits jusqu'à mes rivages, vous qui éprouvez comme nous haine et colère envers les sauvages Bébryces, qui, comme nous, avez triomphé de ce peuple brutal. Une confiance sans faille naît entre ceux qu'un même ennemi a attaqué. Nous aussi, bien qu'isolés et loin de tout, nous avons eu à souffrir d'Amycus ; mon frère fut tué dans sa funeste arène[66]. Moi, brûlant de vengeance, j'étais là-bas avec tous mes guerriers, alors que vos voiles tendues vous portaient sur les ondes. Nous avons vu Amycus couché dans la sanie, dans son sang, tel un monstre marin échoué sur la grève. Vous m'avez devancé, mais je ne m'en plains pas ; j'aurais été moins content de l'abattre moi-même au combat, que de le voir ainsi, puni selon sa propre règle, les cestes éclaboussés de son sang criminel. – Ces feux sur la montagne, répond Jason, c'était donc toi ? Ces troupes que j'ai vues depuis la pleine mer ? » Puis, lui montrant le fils de Jupiter : « Voici Pollux, par

---

65. Le soleil finit de traverser la constellation du Taureau à partir du 15 mai.
66. Otréus, comme l'a raconté Dymas au début du livre IV.

qui Amycus a reçu le châtiment de son odieuse vie. » Lycus regarde le héros avec admiration, puis ils passent dans la grande salle, où un banquet festif les attend. Ils invoquent leurs dieux communs, qui ont permis d'anéantir la Bébrycie et exaucé leurs vœux, et profitent tous du butin.

Livre cinquième

Le jour suivant qui montait dans l'Olympe fut néfaste aux marins : Idmon d'Argos s'effondre, emporté par la maladie et le destin rapace. Il ne s'attendait pas à mourir si tôt. Le fils d'Éson n'a pas oublié Phinée et ses trop véridiques paroles : dès lors qu'Idmon n'est plus, il redoute d'autres deuils. Il rend à son compagnon les derniers devoirs ; il lui donne le vêtement, brodé avec un art consommé, du roi des Dolions[1]. Leur hôte Lycus offre à Idmon un coin de terre pour ultime demeure. Mopsus en larmes, retire les armes d'Idmon de la haute nef. Les uns dans la forêt coupent des chênes et les portent au bûcher, d'autres entourent de feuillage blanc et de bandelettes la tête de l'augure. On pleure autour du corps gisant sur un brancard. Tous se disent que la mort viendra aussi pour eux.

Soudain parmi les pleurs, au milieu des derniers hommages, l'homme qui dirige le vaisseau, Tiphys, est pris d'un mal violent. Tous, épouvantés, foudroyés, font monter vers les astres ces amères paroles : « Ô Apollon, Maître de l'arc, prête-nous attention aujourd'hui, nous t'en supplions ! Cet homme, ô Vénérable, ce compagnon, guéris-le, si notre entreprise suscite en toi quelque intérêt. Nous voici à

---

1. Cyzicus, chez qui les Argonautes ont fait une escale malheureuse, racontée aux livres II & III.

un moment crucial, et notre salut à tous ne repose que sur lui ! » Leurs mots s'éparpillent au vent, le destin, inéluctable, n'entend pas. De même que de jeunes enfants pleurent leur père qu'une crise brutale a déjà terrassé et prient, dans leur détresse, qu'il reste en vie (ils ont encore besoin de lui), ainsi ses compagnons, en cet instant fatal, veulent que Tiphys, plus que tout autre, soit sauvé. Mais la froide mort est près de lui, elle le presse, et l'image d'Idmon disparu récemment erre devant ses yeux. Il n'est plus ; vainement les Minyens par leurs cris veulent le retenir, refusant de le perdre. Ils posent enfin péniblement le corps raidi sur un bûcher, donnent à brûler leurs larmes et de vaines offrandes qu'ils entassent sur la butte funèbre. Lorsqu'ils eurent mis fin, accablés, aux derniers adieux, et que les torches voraces crépitèrent, ils crurent apercevoir leur nef dans les flammes les abandonner en pleine mer. Le fils d'Éson ne put souffrir de voir ces êtres qu'il aimait, livrés aux flammes des bûchers. Du fond de son cœur, il fait monter ces plaintes : « Pourquoi cette soudaine hostilité des dieux ? Quel châtiment ont mérité nos actes ? Deux funérailles (malédiction !) en même temps sur le rivage d'un ami ! Sommes-nous si forts et si nombreux ? Un noir destin emporte mes compagnons, quand ce n'est pas moi qui les abandonne, égaré par les Furies malveillantes. Où est Tiphys ? Où est Idmon dévoilant le destin ? Où est-il, ce héros, vainqueur des monstres de sa marâtre[2] ? Sans toi, Thespien[3], comment poursuivre notre voyage ? Ne te verrai-je plus, en haut sur la poupe, observer les Pléiades ou les Ourses, nos guides dans la

---

2. Hercule, persécuté par Junon.
3. Tiphys était originaire de Thespies, ville de Béotie.

nuit ? À qui confier les Minyens et ton cher navire, à qui l'observation des astres ? Qui maintenant conviera l'équipage à goûter au repos de la nuit ? Tes longues fatigues, tes veilles innombrables, tes inquiétudes à l'approche de la Colchide étaient donc si vaines ? Hélas !, comme le Phase, comme Éa sont lointains aujourd'hui[4] ! Si une âme peut encore avoir des préoccupations, je prie ton Ombre, qui connaît à l'avance l'état de la mer, de nous venir en aide et de conseiller notre pilote. » Jason se tut ; il ne voyait dans les flammes qui mouraient plus que des ossements. « Il nous reste pourtant une consolation : que nos chers disparus résident l'un près de l'autre en cette terre étrangère, qu'ils n'aient qu'une même tombe, une seule urne ; soyez réunis dans votre destin commun, comme le jour où vous m'avez suivi sur les mers. » Sans s'attarder, les Argonautes mêlent les restes de leurs compagnons tant pleurés. Puis, ils élèvent un tertre verdoyant couvert de gazon frais, et Jason confie leurs cendres à Lycus.

Tous sont au désespoir ; ils se demandent qui pourrait piloter le navire d'une main experte. Ancée et l'habile Nauplius s'étaient proposés. Mais un oracle de l'Argo[5] désigna Erginus, et les candidats évincés s'en retournèrent aux rames. Comme un taureau, auquel on a donné la direction du troupeau, avance avec fierté – il accapare, lui et lui seul, tout le respect et l'affection –, de même le pilote commence joyeusement à diriger nef. Une nuit claire, en effet, laisse voir la Grande Ourse dans toute sa pureté. Déjà la proue avait creusé les flots, déjà l'ancre, posée sur la haute poupe, avait abandonné la terre.

---

4. Éa est la ville capitale de la Colchide.
5. La poutre taillée dans un chêne de la forêt de Dodone rendait des oracles.

Puis, au souffle du Notus, l'Argo passe en vue des mornes côtes de l'Achérousie et du Callichoros, fleuve célèbre pour la nuit de fête qu'y a donnée Lyée[6] — et ce n'est pas une fausse rumeur : là, dans les eaux de ce fleuve, Bacchus a lavé ses thyrses imbibés du sang de guerriers orientaux. Ce dieu, au retour de ses campagnes aux confins de la mer Rouge, reprit ici ses thiases délaissés et ses cymbales, tressant de pampre ses cornes humides — vous vous en souvenez encore, ondes du Callichoros ! C'est ainsi qu'auraient préféré le voir la Bacchante de Béotie et le malheureux Cithéron[7] !

La Renommée entre-temps, infatigable, vole déjà par les contrées les plus reculées des Ombres, et n'a de cesse de faire de grands éloges de leurs fils : elle rapporte qu'ils ont trouvé l'accès à une nouvelle mer, que désormais la passe des Cyanées est ouverte. Les âmes brûlent d'élever sur terre leurs visages avides, du moins celles qui sont encore sensibles à l'affection des leurs ou à l'émulation pour la vertu. Mais les destins restent inflexibles ; un seul défunt, enterré sur le rivage, a la permission de voir les héros : Sthénélus[8]. Tel que le vit l'Amazone, fille de Mars, et comme Hercule l'ensevelit, revêtu de ses armes, tel il surgit au-dessus de sa tombe au bord de l'eau. Les ondes s'éclairèrent, comme si l'orbe d'une grande lumière s'élevait, comme si le ciel, trouant les nuages, laissait

---

6. Autre nom du dieu Bacchus-Dionysos, qui fit la guerre aux peuples de l'Orient jusqu'en Inde.
7. Allusion à la scène sanglante provoquée par Bacchus sur le mont Cithéron, en Béotie : Agavé, mère du roi de Thèbes Penthée, avait massacré, avec d'autres Bacchantes, son propre fils en le prenant pour un taureau ou un lion.
8. Compagnon d'Hercule, tué dans un combat contre les Amazones, dont les Argonautes longent maintenant le pays.

paraître le jour. À peine fut-il aperçu des marins, qu'il disparut dans la nuit noire. Sthénélus s'enfonça tristement dans l'insondable Chaos. Mopsus, étonné du présage, remarque au loin le tertre sur la plage. Se voilant la tête, il offre du vin au mort qu'il invoque. Le chef des Odryses[9], accompagné de la lyre, entonne le chant rituel pour apaiser les Ombres qui se montrent sur terre, et donne à cette plage le nom de "La Lyre".

Alors la nef reçoit des vents plus forts, laisse la côte de Crobiale[10] et le Parthénius, fleuve que ton destin, Tiphys, ne t'a pas permis de voir ; on dit que ce fleuve est plus attaché que tout autre à Trivia[11], et qu'elle l'apprécie plus que l'Inopus au bord duquel elle est née[12]. Bientôt la haute ville de Cromna, celle de Cytorus avec ses pâles buis, puis Érythie, disparaissent rapidement derrière le vaisseau. Déjà la nuit tombait ; voici les falaises du Carambis[13], puis, tremblant sur la mer, le reflet de la grande Sinope. Occupant un golfe d'Assyrie, voilà Sinope, une ville opulente[14]. C'était autrefois une Nymphe, qui s'était jouée des ardeurs de Jupiter. Elle était insensible aux avances de ses amoureux divins : l'Halys et Apollon n'ont pas été les seuls à être dupés par cette Nymphe désirée[15].

---

9. Orphée.
10. Ville côtière, à l'est du fleuve Parthénius.
11. Déesse assimilée à Diane-Artémis.
12. Diane et Apollon sont nés sur une rive de l'Inopus, fleuve de l'île de Délos.
13. Promontoire à l'est de Cytorus.
14. Sinope est une ville importante située sur la côte sud de la mer Noire, en pays assyrien.
15. L'Halys est un fleuve important qui rejoint la mer Noire à l'est de Sinope. La Nymphe Sinope échappa à ses immortels poursuivants par la ruse ; elle leur demandait la faveur d'un vœu, qu'ils étaient obligés de respecter : conserver sa virginité.

En ces lieux la Fortune, favorable hasard, octroya aux marins de nouveaux compagnons : Autolycus, Phlogius et Déiléon, qui avaient suivi les hauts faits d'Hercule et avaient erré jusqu'en ces lieux. Apercevant la troupe des Grecs et le bateau pélasgien[16], ils se rendent en tout hâte au bord de l'eau et prient les Argonautes de les prendre avec eux. Jason se réjouit de leur venue. Les places vides[17] ont retrouvé des rameurs. Passent l'Halys, l'Iris, qui coule en longues sinuosités, et le Thermodon, dont les eaux grondent sauvagement jusqu'à la mer[18], fleuve voué à Gradivus et regorgeant de dépouilles ; car les Amazones lui offrent des chevaux, des haches votives, quand, rentrant chez elles par les Portes Caspiennes, elles traînent derrière elles en un immense triomphe des Mèdes et des Massagètes. Ce sont vraiment les filles du Sanguinaire, c'est vraiment lui leur père[19] ! Alors les Hémoniens s'éloignent des côtes : ils n'ont pas oublié les conseils de Phinée. Jason se tourna vers les nouveaux venus : « Racontez-moi les combats et les armes victorieuses de mon cher Hercule, vos coups de main sur ce rivage de Mars. » Alors il écoute, triste et silencieux, les hasards et les tourments d'une guerre contre les Amazones : laquelle, lâchant les rênes, est tombée la première, quelle autre, à demi-morte, fut roulée dans le sang par le fleuve consacré à leur père, quelle autre, jetant pelte[20] et carquois, a pris la fuite,

---

16. Les Pélasges étaient considérés comme les premiers habitants de la Grèce et du littoral d'Asie Mineure. Le terme est ici synonyme de "grec".
17. Par suite de l'abandon d'Hercule et de la mort d'Hylas et d'Idmon.
18. Ce sont trois fleuves de la côte sud de la mer Noire. Le Thermodon traverse le territoire des Amazones.
19. Le dieu de la guerre, Mars Gradivus.
20. Petit bouclier échancré.

bientôt rattrapée par la flèche d'Hercule, comment la Colère et leur père au bord des larmes exaltaient ces hordes armées de haches, quel effroi inspirait leur reine, quelle fureur elle montra au combat, de quel éclat brillait son remarquable baudrier d'or.

Vers la fin de la nuit ils entendirent, montant de mines souterraines, le travail sans répit des Chalybes[21] : ce sont des armes, Gradivus, que tes laboureurs travaillent. Ce bruit est caractéristique de ce peuple, inventeur de la guerre cruelle à tous les peuples. Avant que les Chalybes n'aient découvert les durs filons du fer inconnu et forgé des épées, la Haine, impuissante et sans armes, vagabondait avec la Colère démunie et une Érinye indolente. Puis les Minyens dépassent le cap de Jupiter Génétéen[22] et les lacs verdoyants des Tibarènes ; chez eux, l'accouchée coiffe son mari d'une mitre, symbole de repos, et prend soin de lui comme s'il venait d'enfanter. Vous, Mossynèques, vous fûtes étonnés de voir les voiles de cette embarcation insolite, et vous aussi, Macrons, du haut de vos repaires, comme vous, Byzères nomades, et vous, rivages qui tirez votre nom de Philyra et que Saturne, transformé en cheval, a frappés de ses sabots[23].

Ensuite approche le dernier golfe du Pont[24], face au séjour terrible de Prométhée, le Caucase, qui monte

---

21. Peuple à l'est du Thermodon ; les Chalybes passaient pour avoir découvert et exploité les mines de fer, à la satisfaction du dieu de la guerre.
22. Promontoire au pays des Tibarènes, en haut duquel le peuple des Génètes avait bâti un temple à Jupiter.
23. Ces trois derniers peuples sont voisins des Colchidiens. Philyra, mère du Centaure Chiron, fut aimée du dieu Saturne. Celui-ci, surpris par sa femme Rhéa, se métamorphosa en cheval pour lui échapper.
24. Les côtes les plus orientales, en face du Caucase.

vers les Ourses glaciales[25]. Ce jour-là, il se trouva qu'Hercule avait atteint le Caucase, afin de mettre un terme au supplice du Titan ; déjà, par ses efforts, de tous côtés il avait ébranlé les rocs abrupts — et les neiges immémoriales s'éboulaient ; rassemblant ses forces, prenant appui sur son pied gauche, il avait empoigné les chaînes et les avait arrachées à la chair du rocher. Tout le Caucase résonnait du vacarme ; les arbres dévalaient les hautes pentes qui croulaient et détournaient les torrents. Cela faisait un bruit énorme, comme si Jupiter, se dressant, secouait les célestes régions ou Neptune, l'assise de la terre. Le vaste flanc du Pont en frémit, frémit aussi le pays des Hibères, large plaine au pied de l'Arménie[26]. Comme un fort courant faisait refluer la mer, la peur des Cyanées, franchies pourtant depuis longtemps, saisit les Minyens. Alors ils entendent des grincements de chaînes, la grande souffrance de la montagne dont la roche éclate, et les puissants cris du Titan, chaque fois qu'un de ses membres est libéré du roc. Mais eux ne savent pas ce qu'il se passe et poursuivent leur voyage (qui eût pensé qu'en ce moment Alcide était dans ces montagnes, qui reviendrait à ses illusions perdues ?) Ils s'étonnent seulement de voir le rivage jonché de blocs de neige, de fragments de rochers, et aussi, haut dans le ciel, l'ombre immense d'un oiseau qui semble mourant et une pluie de sang noir.

Le soleil déclinant embrasait la mer. Ses derniers rayons découvraient aux hommes fatigués la terre désirée des Colchidiens, là où le Phase majestueux

---

25. Constellations indiquant le nord, et par extension, une région de grand froid.
26. Hibères : peuple établi au sud du Caucase, le long du fleuve Cyrus (aujourd'hui le Koura), en Géorgie centrale.

écume et débouche dans la mer qui le repousse. Tous, ils examinent les parages que le destin leur assigne, se remémorent les repères et les peuples qu'ils ont laissés derrière eux, puis ils s'engagent sur le fleuve. À cet instant, Pallas et Junon, dans l'éther flamboyant, tirant sur les rênes, retiennent les attelages de leurs chevaux ailés.

Tandis que le chef, à la force des rames, leur fait remonter l'embouchure, il voit, dépassant l'herbe du talus, une éminence entourée de peupliers : c'est le tombeau de son parent Phrixus[27] ; à côté se tient sa malheureuse sœur, statue en marbre de Paros. Elle semble épouvantée à la fois par sa cruelle marâtre et par la mer, n'osant même poser les mains sur le bélier. Jason donne l'ordre de faire halte et d'amarrer solidement le navire, comme s'il arrivait à Pagases[28], sur le fleuve de ses ancêtres. Versant lui-même d'une lourde coupe les libations rituelles d'un vin consacré, il invoqua l'Ombre face à l'autel : « Par notre parenté, par nos épreuves semblables, Phrixus, je t'en prie, guide-moi dans ma mission, protège-moi dans ce pays, que j'ai atteint après tant de souffrances sur mer et sur terre. Aide-nous, Phrixus, sois bienveillant et rappelle-toi le pays de tes ancêtres. Et toi, déesse marine, dont le tombeau est vide, sois notre soutien, rallie-toi à ceux de ta famille. Quand pourrais-je naviguer à nouveau sur ta mer ? La toison d'or, quand pourra-t-elle revoir Sestos[29] et ses eaux fatales ? Et vous, forêts, vous, rivages de l'accueillante Colchide, dévoilez-moi où se trouve la précieuse toison qui brille

---

27. En tant que descendants d'Éole, Jason, Phrixus et Hellé étaient apparentés.
28. Port d'Iolcos, la ville de Jason, en Thessalie.
29. Ville côtière de l'Hellespont ("mer d'Hellé"), aujourd'hui détroit des Dardanelles, où Hellé s'est noyée.

dans l'arbre sacré. Quant à toi, ô Phase, fils de Jupiter fécond, qui nais sous le ciel neigeux de l'Ourse[30], puisses-tu accueillir sur une onde paisible le vaisseau de Pallas ; tu auras dans mon pays des offrandes et des autels, et un monument consacré à ta dévotion, aussi admirable que celui de l'Énipée ou de l'Inachus étendus dans leur grotte dorée[31]. » Là-dessus, d'elle-même la nef vira de bord et pointa sa proue vers la mer et l'embouchure du Phase. C'était un présage clair. « Ainsi tu nous le dis, tu nous l'affirmes, nous repartirons d'ici. » Sa prière terminée, Jason ordonne à ses compagnons de débarquer les armes de la haute nef. Après quoi, ils emportent du vin et du blé, pour parer aux coups du sort. Foulant l'herbe des rives, on aperçoit une longue file de guerriers.

Commence à présent, déesse, un chant nouveau[32], raconte les combats du chef thessalien, car vous les avez vus, Muses ! Ni mon esprit ni ma voix ne peuvent y suffire. Nous arrivons à la folie, à l'innommable alliance d'une fille, au navire frémissant sous les pas d'une vierge d'effroi ; un combat sacrilège s'élève déjà dans la plaine fertile en monstres. Mais je dirai d'abord les finasseries et les faux-fuyants du perfide fils du Soleil, qui mérita d'être dupé, d'être abandonné[33]. Mon récit part de là : accueilli en Scythie, dans la ville du Soleil, Phrixus y était demeuré ; il y avait achevé son destin et sa vie de souffrances. Au

---

30. La constellation de la Grande Ourse, qui sert à situer les régions nordiques.
31. L'Énipée est un fleuve de Thessalie, et l'Inachus, d'Argolide.
32. Invocation à Calliopé, l'une des neuf Muses, tutélaire de la poésie épique.
33. Il s'agit d'Éétès, père de Médée, et roi de Colchide. La « ville du Soleil » est la capitale, Éa.

moment des ultimes honneurs, soudain, prodige !, apparut dans le ciel un feu, et la grande constellation du Bélier qui bouleverse les mers s'alluma. La toison, Phrixus l'avait déposée lui-même à l'ombre du dieu Mars, insigne souvenir du péril encouru, dont l'or étincelait dans les branches d'un chêne. Au cours d'une nuit silencieuse, l'Ombre de Phrixus, un spectre immense, se manifesta ; sa voix sépulcrale terrifia son beau-père[34] : « Toi, qui as bien voulu m'accueillir dans ta maison quand, fuyant mon pays, je cherchais un foyer, et qui ensuite m'as donné ta fille, une fois que la toison aura été ravie à la forêt dormante, tu verras l'écroulement de ton règne, tu pleureras les tiens. Écoute encore ceci : celle qui maintenant, vouée à Diane des Enfers[35], conduit de chastes chœurs, Médée, ne doit pas rester dans le royaume de son père, quel que soit le prétendant qu'elle réclame. » Il se tut ; alors Éétès crut le voir tendre vers lui la funeste toison : l'or illusoire lui sembla jeter un éclat fantasmagorique sur les lambris du plafond. Éétès, tremblant de tous ses membres, se lève précipitamment ; il prie son père divin, dont le char surgissait sur les bords de l'Orient : « Père, qui veilles sur ma destinée et qui vois tout, répands maintenant tes rayons partout sur terre et sur mer. Si quelqu'un de chez moi ou un étranger prépare ma perte, n'omets pas de m'en avertir sans délai. Toi aussi, Gradivus – car sur ton chêne consacré resplendit la toison –, fais bonne garde. Que dans ton bois on entende le bruit des armes et les fortes trompettes, que ta voix résonne dans la nuit. » Aussitôt, sur l'ordre d'un dieu, un serpent venu du Caucase entoura complètement l'arbre sacré dans ses anneaux, et

---

34. Éétès.
35. Hécate, dont Médée est prêtresse.

regarda au loin, vers le pays des Grecs. Depuis lors, Éétès veille à écarter les menaces et les prédictions de Phrixus ; et Médée, quoique trop jeune encore, est promise au roi de l'Albanie[36].

Cependant des présages et des phénomènes inquiétants, signes d'un désastre proche, sèment la peur sur la ville : les dieux avertissent toujours qu'un malheur va venir. Le pontife veut qu'on rende la toison fatale, qu'on renvoie ce porte-malheur en Hémonie. Mais le fils du Soleil garde à l'esprit les conseils de Phrixus, et s'y oppose, mécontent ; il ne se soucie pas des gens du peuple, il lui suffit que son salut personnel soit assuré. Alors l'homme le plus proche du roi par le rang, son frère par le sang de leur mère, Persès, l'assaille de reproches ; et le peuple, qui en a fait son chef, le soutient. Furieux, le roi s'élance de son trône, bouscule les nobles et, pensant que son frère agissait ainsi pour s'emparer du pouvoir grâce à la versatilité de la foule, il le blesse d'un coup d'épée. Persès sort précipitamment, portant sur son corps cette marque de cruauté ; il alarme et soulève tous les peuples du Nord. Il était déjà sous les murs la ville, avec des milliers de guerriers amenés par les rois. S'étant d'abord vainement attaqué aux remparts, il s'était installé sur les lieux. Pour brûler leurs morts, les deux camps s'étaient accordés cette journée et celle du lendemain. C'est durant cette trêve que le chef thessalien, promis par son destin au pays d'Éa, arriva en Colchide.

La Nuit, miséricordieuse envers le genre humain et son dur labeur, avait ramené sur la terre harassée le silence tant attendu. Mais Junon et la fille de Jupiter

---

36. Styrus, roi des Albaniens, peuple localisé au sud-est du Caucase, dans la basse vallée du Cyrus (aujourd'hui le Koura).

Très Haut se confiaient leurs intimes pensées et leurs diverses préoccupations. « Ces Colchidiens, disait Athéna, que nos Argonautes ont eu tant de peine à atteindre, tu vois la guerre qu'ils se font, et dans quelle situation ils sont : d'un côté Persès, de l'autre Éétès, avec des forces moindres, sont prêts à s'affronter. Quel camp allons nous défendre ? — Si tu as peur, répond Junon, que je te refuse la guerre que tu désires, rassure-toi : d'immenses fatigues attendent l'égide[37] et nos chevaux. J'ai pris la ferme décision de m'allier avec Éétès. Je connais, bien sûr, la fausseté de cet homme — il ne témoignera aux Minyens aucune reconnaissance —, mais alors j'imaginerai d'autres intrigues, d'autres stratagèmes. — Qu'il en soit ainsi ; nous devons associer nos pouvoirs, si nous voulons rendre le fils d'Éson au pays des Grecs et placer enfin dans nos cieux, après tant de vicissitudes, le navire que j'ai bâti moi-même[38]. » Voilà ce que les dieux méditaient pour la gloire des hommes.

Jamais les Minyens ne connurent une nuit plus sinistre, plus chargée de crainte et d'effroi : ils ont certes trouvé le Phase et triomphé des Symplégades[39], mais ils pensent n'avoir rien accompli d'important. Tant qu'ils ne seront pas parvenus devant le monarque, tout leur paraît encore illusoire et douteux. Jason surtout échafaude d'improbables plans au gré de pensées fluctuantes ; il passe d'une inquiétude à l'autre, réfléchit sans fin. Tel Jupiter, quand il lance l'éclair du haut de sa citadelle et appelle la pluie,

---

37. L' « égide » fait partie de l'armement de la déesse Athéna. C'est un bouclier en peau de chèvre auquel est fixé la tête de Méduse.
38. Au retour en Thessalie, l'Argo, consacrée à Pallas Athéna, sera transformée en constellation.
39. Autre appellation des roches Cyanées.

quand il secoue le van de l'orage ou de la neige glaciale – et les champs disparaissent sous une bruine blanche –, quand il ouvre les immenses vantaux de la Guerre sanglante ou bien assigne sans pitié de nouveaux destins aux nations, tel Jason, porté de-ci de-là par des pensées contradictoires, est assailli de doutes et d'interrogations ; il attend l'aube bienfaisante avec impatience, et l'heure de prendre une décision. Alors il s'est tourné vers ses compagnons qui, tendus, le visage baissé, n'osaient pas dire un mot : « Nous voici parvenus à ce que vous souhaitiez, dit-il, la première étape de notre entreprise inouïe, qui faisait si peur aux générations du passé ; nous avons franchi sur les flots une immense distance. Ni les mille chemins de la mer, ni la rumeur ne nous ont trompés : Éétès, fils du Soleil, règne au centre des régions de l'Ourse[40]. Ainsi, quand la lumière essaimera sur l'abîme marin, nous irons à la ville pour tenter de connaître les intentions du monarque inconnu. Il nous accordera, je pense, ce que nous venons chercher, car notre demande n'est pas démesurée. Mais au cas où il repousserait avec hauteur nos prières et nos paroles, préparez-vous dès maintenant à subir un refus, et réfléchissons à tous les moyens possibles d'avoir la toison ! Les situations extrêmes excusent l'absence de scrupules. » Il se tut, puis il tira au sort ceux qui devront l'accompagner dans la ville des Scythes : neuf hommes sont désignés. Le groupe se hâte par le plus court chemin vers la plaine de Circé[41]. Ils s'en vont chez le roi dans la clarté revenue.

---

40. Les pays du Nord, situés sous la constellation de la Grande Ourse.
41. Plaine proche de la ville d'Éa. La magicienne Circé est la sœur d'Éétès.

Il se trouva que, cette nuit-là, Médée avait eu des visions effrayantes envoyées par les dieux ; au point du jour, elle s'était levée précipitamment, et marchait maintenant vers l'apaisante lumière de l'aube, en direction du fleuve qui purifie les terreurs nocturnes. Tandis qu'elle dormait dans la maison silencieuse d'un sommeil sans souci, elle fit ce rêve qu'elle s'échappait, apeurée, des saints bosquets d'Hécate ; elle se vit près d'embrasser son père affectionné, mais une vague, abrupte comme un mur, surgit entre eux ; il y eut autour d'elle une immense mer qui l'empêchait d'avancer, pendant que son frère tentait de la rejoindre, puis des enfants, épouvantés par l'imminence de leur mort ; elle se vit elle-même en transe, souillant ses mains de leur sang et pleurant à corps perdu. Bouleversée par ces rêves inquiétants, elle s'approchait des rives du Phase avec un groupe de jeunes filles de son âge. Telle Proserpine[42] au printemps, qui mène les danses sur les hauteurs fleuries de l'Hymette ou à l'ombre du mont sicilien, ici en se réglant sur les pas de Pallas, là avec sa chère Diane — plus élancée que ses compagnes, elle est d'une beauté de rose, car elle ne fréquente pas encore l'Averne —, telle apparaissait la Colchidienne avec ses bandelettes, ses deux flambeaux, car elle ne haïssait pas encore ses malheureux parents. Dès qu'elle aperçut au loin, venant des bords gelés du fleuve, les Argonautes avancer en silence, elle s'arrêta et, saisie d'une sombre crainte, dit à sa nourrice : « Quels sont ces hommes, mamette, qui semblent se diriger vers moi d'un pas décidé ? Ils approchent, ils ont des armes et des vêtements inconnus. Fuyons, je t'en supplie, cherchons là-bas un abri sûr dans les bois. » La vieille

---

42. Déesse agraire, fille de Cérès, assimilée à Perséphone, la reine des Enfers. Le mont Hymette se trouve en Attique.

Héniochè comprend, elle qui a élevé la jeune fille et qui veille sur sa pudeur. Elle veut rassurer son enfant effrayé : « Il n'y a là pour toi aucun danger, nulle menace ni rien à redouter. Regarde leurs habits d'étrangers, teints d'une pourpre brillante ; ils ont des bandelettes et un rameau d'olivier, un signe de paix. Ce sont des Grecs : tout en eux évoque le grec Phrixus. »

Elle se tut. Cependant, comme de nombreux soucis et de grandes fatigues avaient altéré la belle vigueur de Jason, Junon le revêt d'une nouvelle prestance et de l'éclat de la fraîche jeunesse. Tel qu'il est maintenant, il l'emporte sur Talaüs, sur le fils d'Ampyx et sur les Tyndarides aux cheveux d'astre, comme Sirius à l'automne, quand l'astre intensifie ses feux et de son or acéré illumine la crinière étoilée de la nuit, Mercure et le grand Jupiter pâlissent[43] ; mais les champs, les sources, chaudes encore, et les fleuves aimeraient mieux qu'il n'embrase pas ainsi tout le ciel. La princesse, malgré la peur qui la laisse sans voix, est éblouie ; elle recule un peu pour contempler le chef. Mais lui, il ne l'admire pas moins ; au milieu de toutes ces jeunes filles inconnues, il garde les yeux fixés sur elle, et devine qu'elle en est la maîtresse. « Si tu es une déesse, brillante fleur du grand Olympe, à voir ces flambeaux et ton maintien, tu dois être Diane virginale. Tu as laissé ton carquois et tu profites d'un moment de paix, accompagnée de Nymphes du Causase qui se rendent à leurs sources. Si ta demeure est terrestre, si tu es née ici, bienheureux ton père, et plus heureux encore celui qui t'épousera et se liera à toi pour de longues années. Accorde-nous ton aide, princesse. Nous sommes étrangers, de jeunes princes Grecs à la recherche du palais. Conduis-nous, je t'en

---

43. Sirius est une étoile très brillante de la constellation du Grand Chien qui coïncide avec les chaleurs de l'été et du début de l'automne.

prie, devant ton roi, quel qu'il soit, mais dis-nous d'abord quel est le meilleur moment et la meilleure façon de lui parler. Car c'est un dieu qui t'a placée sur mon chemin, alors que je me sens perdu dans cet endroit inconnu : je te confie nos personnes et nos biens. »

Il se tait ; immobile et inquiet, il attend. Elle hésitait à répondre, par pudeur et timidité : « Celui que tu cherches, c'est Éétès, mon père. La ville n'est pas loin, quand on connaît les chemins. Suivez cette jeune fille, elle vous guidera ; car un ennemi sacrilège bloque les accès. » Sur ces mots, elle reprend sa marche vers le fleuve de ses ancêtres pour y offrir aux Terreurs de la Nuit un sacrifice inutile.

Jason, guidé par la servante, part aussitôt et presse le pas ; il est entouré d'un brouillard, car la reine Junon ne veut pas qu'on le voie ni qu'Éétès soit prévenu de son arrivée. Il avance déjà parmi la foule, inconnu dans la ville, lorsque la jeune fille lui dit : « Voici le temple de Phébus, père du roi[44]. Bientôt, selon son habitude, le roi va venir ici-même, dans le sanctuaire paternel, pour accueillir et écouter les griefs des nobles ou des gens du peuple. La présence de son père l'incite à l'équité. »

Alors les Minyens se hâtent de gagner l'entrée qu'on leur a indiquée : ils eurent l'impression de s'approcher de la face du dieu éblouissant, dans la vraie citadelle de la lumière éternelle, tant l'édifice était resplendissant. On y voyait Atlas, aux muscles de fer, debout dans l'Océan[45] ; les vagues montent et se brisent contre ses jambes. Haut dans le ciel, le Soleil fait passer ses chevaux étincelants au-dessus du Géant

---

44. Le dieu Phébus ou Soleil, père d'Éétès.

et déroule le jour sur la courbe du ciel. Derrière lui, sur un char plus petit, vient sa sœur[46], puis l'amas des Pléiades et les feux bruineux aux cheveux ruisselants[47]. Ravi par ces diverses figures, le chef n'en regarde pas moins les vantaux de la porte. Il y voit la naissance et les débuts du peuple de Colchide : comment le pharaon Sésostris porta d'abord la guerre aux Gètes[48], comment, effrayé par la défaite des siens, il ramène les uns à Thèbes, près du fleuve ancestral[49], et installe les autres sur les rives du Phase, leur imposant le nom de "Colchidiens". Mais eux regrettent Arsinoé, l'oisiveté joyeuse de Pharos ensoleillée[50] et les riches moissons obtenues sans l'aide des pluies. On les voit échanger leurs vêtements de lin contre des braies sarmates. Ici, le Phase barbare, fou d'amour, poursuit Éa dans les montagnes[51] : la vierge, effrayée, jette son lourd carquois, court et s'égare, perd haleine ; la voilà vaincue, le dieu l'immobilise lestement dans ses eaux. Les sœurs de Phaéton, changées en peupliers, pleuraient leur jeune frère ; une masse noirâtre tombait en direction du cours tumultueux de l'Éridan. À grand-peine Téthys rassemble le joug, les pièces du char, rattrape Pyroïs, qui craint la colère d'un père[52].

---

45. Atlas est un Géant qui prit part à la lutte contre les dieux de l'Olympe. Il fut condamné par Jupiter à porter éternellement le ciel sur ses épaules. Il est ici figuré dans un ensemble de sculptures à l'entrée du temple.
46. La lune ou Phébé.
47. Groupe des Hyades, associé aux temps pluvieux.
48. Peuple établi à la frontière nord de la Thrace, sur le bas Danube.
49. Le Nil, près de la ville de Thèbes en Égypte.
50. Arsinoé est une ville égyptienne du Fayoum ; Pharos, île située en face d'Alexandrie, désigne ici la région du delta.
51. Nymphe de Colchide, aimée du fleuve Phase divinisé, elle a donné son nom à la ville royale.

Mulciber[53], grâce à son art prophétique, avait représenté aussi la toison d'or et l'arrivée des Grecs : la nef de Pagases s'élève sous la hache d'Argus ; survient la déesse Pallas qui, main nue, appelle l'équipage et commande à la manœuvre des rames, à celle des cordages. Le vent se lève, et sur l'abîme marin il y a ce vaisseau, unique ; les phoques se réjouissent d'entendre le chant d'Orphée. Sur l'embouchure du Phase, on voit des Colchidiens en émoi et une princesse abandonnant son père qui crie au loin. En face était représentée une ville entre deux bras de mer, où les gens s'amusaient, chantaient[54] ; des flambeaux d'hyménée brillaient dans la nuit, et sur un lit royal, on voit un gendre heureux : il quitte sa première femme. Du haut du toit, les Furies vengeresses le regardent. Dans une chambre, son épouse défaille ; en grand désarroi, elle apprête une robe et une couronne de pierreries — don mortel —, après avoir pleuré sur ses peines d'autrefois. De ces cadeaux la nouvelle épouse se pare devant les autels ancestraux, la malheureuse !, et déjà rongée par des poisons brûlants, elle met le feu au palais. Voilà quelles merveilles avait façonné le dieu maître du feu. Qu'était donc cette aventure, et cette femme couverte de sang, emportée dans le ciel par des dragons[55]? Les Colchidiens n'en savaient rien. Mais ces images leur font horreur, ils en détournent leurs regards.

---

52. Scènes de la légende de Phaéton, fils du Soleil. Ayant emprunté le char de son père, il ne put le conduire et tomba dans l'Éridan, un fleuve assimilé au Pô. Pyroïs est l'un des chevaux du char. Téthys est une déesse marine de la première lignée divine, femme d'Océan.
53. Autre appellation de Vulcain, dieu du feu et des forges.
54. Il s'agit de Corinthe. Sont représentées ici les secondes noces de Jason, avec la fille du roi de Corinthe, et la vengeance de Médée.
55. Scène de la fuite de Médée après le meurtre de ses enfants.

Une même répugnance à la vue de ces œuvres tenait les Minyens figés, quand le fils du Soleil fit son entrée dans le temple paternel. Absyrtus, son fils, est avec lui. C'est un jeune homme digne de son grand-père, dont l'innocence eût mérité un destin plus heureux[56]. Puis vient Styrus, prince d'Albanie promis à Médée – mais la guerre avait ajourné son mariage. Viennent Phrontis, Argus et leur frère Mélas, de la lignée d'Éole, et aussi Cytissorus armé d'une lance légère, tous enfants de Phrixus en exil[57]. D'autres suivent : ceux que le fils du Soleil a choisis, honneur suprême, pour former le Sénat, et des rois, appelés aux armes. Alors Jason prévient ses compagnons qu'il va rompre le nuage. Son visage apparut, tel un astre : une lumière inconnue rayonna sur les Colchidiens. Ils affluent, se massent autour des Argonautes, leur demandent ce qu'ils font en Colchide, quelle nouvelle ils apportent. Voyant les gens attendre bouche bée qu'il prenne la parole, dès que le brouhaha eut cessé, Jason s'approcha du monarque étonné : « Ô roi, fils d'Hypérion[58], les dieux ont voulu que nous traversions de vastes mers pour venir jusqu'à toi, et ils t'ont jugé digne de voir le premier vaisseau ; si jamais Phrixus, né en Grèce, te parlait d'une certaine Thessalie, s'il te parlait de Pélasges, eh bien, les voici devant toi, après un long voyage à travers des contrées dangereuses et inexplorées. Je suis moi-même de la famille de Phrixus : tous deux nous avons pour aïeux Créthée, Éole, Jupiter et Neptune, et aussi une Nymphe, fille de Salmonée. Mais moi, ce n'est pas le couteau du

---

56. Absyrtus sera tué et découpé en morceaux par sa sœur Médée.
57. Il faut distinguer Argus, fils de Phrixus, et Argus de Thespies, qui dirigea la construction de l'Argo.
58. Autre appellation du Soleil.

sacrifice ni l'autel paternel qui m'ont chassé jusqu'ici[59], et bien que ton nom soit célèbre en Thessalie, je ne suis pas venu te voir de plein gré. Qui aurait plaisir à s'exposer à tant de monstres qui peuplent les mers, à traverser le cataclysme des Cyanées ? Pélias, qui règne sur le plus grand royaume qu'éclaire le Soleil, sur d'innombrables villes accrochées aux collines, sur tant de fleuves majestueux aux eaux intarissables, Pélias abuse de son pouvoir, il m'impose diverses épreuves, comme le fils de Sthénélus envoie le grand Alcide en mission par le monde, loin d'Argos[60]. Nous devons endurer la dure autorité des rois, et même si je vaux mieux que celui-là, je fais ce qu'il m'ordonne. Il veut que je lui rapporte, quels qu'en soient les risques, la dépouille d'or du bélier. Vois : j'ai obéi, j'ai pensé que tu m'accueillerais favorablement et que tu ne refuserais pas mon amitié, contrairement à ce que Pélias espère ; tout cela appelle ta bienveillance, nous la méritons. Si j'avais résolu d'accomplir ma mission dans le sang et la guerre, l'Ossa et le Pinde[61] m'auraient fourni des vaisseaux et plus de rois que ceux qui, partis de Grèce, suivirent autrefois l'intrépide Bacchus ou Persée[62]. Mais c'est une confiance pure et le pouvoir sacré la justice qui m'ont mené chez toi, et aussi l'exemple de Phrixus, gage de paix entre nous, et tes petits-enfants, qui sont de mon lignage. Et pourtant mon passage chez les rois de Phrygie et sur les terres de la Bébrycie

---

59. Allusion au sacrifice de Phrixus et d'Hellé voulu par leurs parents, et à leur fuite.
60. Le roi d'Argos Eurysthée, fils de Sthénélus (à distinguer du compagnon d'Hercule, mort chez les Amazones), imposa à Hercule les douze "travaux".
61. Montagnes boisées de Thessalie.
62. Il s'agit de l'expédition militaire de Bacchus en Inde. L'allusion à Persée n'est pas claire.

sauvage a montré que je n'étais pas à mépriser : qu'on ait approché mes hommes avec des intentions perfides ou avec des égards, j'ai rendu le mal pour le mal, le bien pour le bien, et on a vite compris que nous sommes des descendants de dieux, que notre nef est l'œuvre de la grande Pallas. Nous sommes en Colchide depuis peu de temps, cette terre que nous avons longuement cherchée, et tout ce qu'on dit de toi nous paraît vrai. Mais ne t'oppose pas à l'entreprise glorieuse des Minyens. Je ne réclame pas pour mon pays un bien indu, qui ne lui appartient pas – car une demande peut-être juste : c'est un don que tu fais à Phrixus, pense que c'est Phrixus qui rapporte la toison à ses dieux ancestraux. Je te donne en échange des présents transportés sur une mer vaincue : une chlamyde trempée dans le sang d'un chaudron du Ténare[63], un harnachement et une épée garnie de pierres étincelantes, qui faisait la fierté de mon père. La chlamyde est l'ouvrage de ma mère ; le Lapithe a dressé ses chevaux[64] avec cet harnachement. Accepte cet accord, cette alliance entre Grecs et Scythes. Que la folle colère de mon roi apprenne quel souverain le Caucase au si rude climat a la chance d'avoir, à quel point ce pays s'adoucit sous ton sceptre. »

Le roi fixait Jason, l'air sombre et préoccupé ; il cache le feu de sa colère. Comme la mer enfle ses vagues sans bruit, laissant les vents s'amasser au plus profond du gouffre, ainsi le roi barbare au fond de lui sent monter la colère ; il frémit de l'audace de l'homme, de voir son royaume, hélas !, livré aux Grecs. Bien plus, maintenant il regrette sa bienveillance

---

63. On obtenait la teinture pourpre avec un coquillage recueilli au cap Ténare, au sud du Péloponnèse.
64. Les Lapithes, peuple de Thessalie, étaient d'habiles cavaliers.

envers Phrixus, il s'afflige que la Scythie n'inspire plus de crainte. Hochant la tête, il rit des vains espoirs du jeune homme : est-il donc fou, pour prendre la toison au dragon ? Mais une vieille prophétie l'inquiète : maintenant que la Fortune lui suscite sur deux fronts Persès et la nef thessalienne, n'est-ce pas la fin annoncée, et les Parques inflexibles ne viennent-elles pas réclamer la toison ? Pour l'instant, ce qui le préoccupe avant tout, c'est la guerre et la prochaine bataille. Il dissimule ses sentiments hostiles sous d'affables propos : « J'aurais préféré vous voir arriver à un autre moment, car aujourd'hui je suis attaqué par un ennemi redoutable. Mon frère en effet — la passion du pouvoir possède tous les hommes — prépare ma perte et assiège ma ville avec d'innombrables troupes. Eh bien, défendez d'abord ce peuple auquel vous êtes liés par le sang, et toi, étranger, ne laisse pas échapper la gloire qui s'offre : d'elle-même, la guerre appelle le héros. Ensuite, quand je serai vainqueur, je vous donnerai en récompense la toison, et plus encore. » Sans soupçonner la ruse, le fils d'Éson répond : « Ainsi à nos tribulations, il fallait ajouter cette pénible épreuve, comme si nous n'avions pas assez souffert au cours de notre voyage ! Eh bien, j'accepte cette guerre et mon destin : un massacre attend ton frère, qui regrettera le désagrément et le retard qu'il me fait subir. » Alors il envoie Castor dire aux autres la réponse du monarque d'Éa. Eux cependant, soumis à une cruelle attente, étaient transis de vives inquiétudes ; dès qu'ils distinguent Castor au milieu de la plaine, une peur plus intense envahit leur esprit : « Noble fils de Jupiter, dis-nous s'il est un espoir de revoir la patrie ! » Et lui, entouré des Grecs : « Éétès n'est pas si intraitable qu'on pense, il ne nous refuse pas la toison d'or ; mais pour le moment, une guerre sacrilège l'accable, et il nous demande notre aide. Le chef ordonne à tous d'accourir sur-le-champ, en armes. Ici, dans ce lieu écarté, notre vaisseau est en sûreté, et le fleuve est protégé par la proximité de la ville. »

À ces mots, ils s'élancent, ces hommes auxquels ne résisteraient pas la jeunesse des monts Riphées, les Hibères ou tous les guerriers du Levant munis de leurs carquois[65]. Les voilà déployés en colonne de marche, faisant l'essai de leurs armes et de leurs bras. Plus personne ne regarde la mer, vers le pays natal : on préfère avancer vers la gloire qui s'annonce. Un vent vif secoue les panaches, le chemin s'illumine aux reflets bariolés de leurs diverses armes : on dirait que l'Aurore, montant de l'Océan, allume l'éther luminescent, qu'un grand serpent d'étoiles enveloppe d'or la nuit qui descend. Le fils du Soleil, très mécontent — il éprouve une rage muette —, regarde avec étonnement les hommes dont il a fait trop vite ses alliés ; plutôt que ces guerriers d'élite, il eût préféré voir l'ennemi investir son palais. Mais il endure le banquet d'accueil en faisant joyeuse mine, versant plusieurs fois à boire au fils d'Éson dans une grande coupe. Celui-ci lui montre les fils de Jupiter et, près d'eux, les Éacides, et là-bas les puissants guerriers venus de Calydon[66]. Le roi écoute le récit de l'abandon d'Hercule, laissé à ses errances indicibles, de leurs deuils et de leurs aventures sur terre et sur mer. Jason de son côté désire en savoir davantage sur cette guerre animée par tant de frénésie et sur les alliés du roi :

---

65. Les Hibères sont un peuple du Caucase. Les monts Riphées, légendaires, localisés au nord du monde connu, servent à désigner les régions nordiques.
66. Soit respectivement : Castor, Pollux, Pélée, Télamon, Méléagre, Tydée.

« Quel est ce guerrier là-bas, ceint d'un baudrier hérissé de pointes, auprès de qui se tient un écuyer avec un arc bandé ? On dirait qu'il va se battre et renverser les tables. » Le fils de Persé[67] et du Soleil enflammé lui répond : « Celui-là, c'est Carméius ; il a pour habitude d'avoir toujours ses armes sous la main et ne pense qu'à son arc. – Et qui est cet autre, avec un manteau brodé d'insignes, et dont la chevelure bouclée sent si fort le parfum ? » Éétès se tourne pour le voir : « C'est Aron le riche ; comme lui, tous ses cavaliers exhalent le safran, tous ses bataillons soignent leurs cheveux, mais ne sous-estime pas ses qualités de combattant, méfie-toi de ces belles chevelures. Là-bas, c'est Campésus, habillé d'une peau de tigre, et là, Odrussa, qui s'affaisse sur son vin : vois-tu son large torse couvert de poils et son énorme barbe qui trempe dans sa coupe ? » Jason est étonné aussi par Iaxartès et ses propos acerbes, excessifs et brutaux ; il multiplie les menaces, sans respect ni des dieux ni du conflit en cours. Alors Éétès : « Cet orgueilleux ne parle pas pour ne rien dire, ses faits d'armes se règlent sur ses paroles : il mène jour et nuit d'incessantes razzias. Quand le froid de l'hiver immobilise les fleuves, le Gète et sa famille, apeurés, craignent sa venue, et aussi le Mède qui reste sur le qui-vive, et l'Hibère, pourtant protégé par sa double barrière de montagnes. Mais regarde donc l'étonnant Latagus, l'impressionnant Choaspès, né d'un fleuve ! Vois comme il boit le sang de son cheval, qui pourtant n'en galopera pas moins vite à bride abattue. Quant à ceux-là, si je te disais quels bataillons, quelles enseignes suivent chacun d'eux, le jour aurait dissipé l'humide obscurité de la nuit avant d'en avoir fini. Demain tu verras les armées,

---

67. Persé : épouse du Soleil, elle eut deux fils et deux filles : Éétès, Persès, Circé et Pasiphaé.

les hommes si divers de ces chefs : ceux dont les frondes lancent une pluie de pierres, ceux qui sont rompus au javelot léger, ceux dont le carquois est peint. Imagine la plaine immense, vois sur son char rapide qui fait rouler les morts, Euryalé, cette fille de Mars, qui bondit avec ses troupes ! Imagine sa puissance, quand, bouclier au côté, elle brandit sa hache, cette Amazone chère à son père, une des plus intrépides de ses véritables filles. » Il dit, et fait une libation au Soleil qui baissait à l'horizon. Alors chacun de faire des vœux et des libations à ses dieux, chacun demande d'échapper à la mort, de triompher des périls de la guerre.

Mais voici qu'arrivant des campagnes gétiques, soulevant un énorme nuage dans les plaines du Nord, Gradivus[68] est stupéfait de voir les Minyens dans la ville d'Éa, leur requête au vieux roi et la toison promise aux Thessaliens. Il court promptement au palais étoilé du puissant Jupiter et fait à son père de vifs reproches : « Grand roi, quand donc cesseront nos disputes ? Nous, les dieux, nous tramons des coups bas entre nous, rien que pour la gloire des hommes, et tu y prends plaisir en laissant faire la hargneuse Pallas, en refusant d'opposer ta loi aux audaces d'une déesse ! Je ne me plains pas qu'elle ait bâti sa nef, qu'elle ait guidé un homme qui pense dérober à mes bois une toison sacrée, ni qu'elle protège ces hommes ouvertement — qu'elle continue ainsi, si elle est assez forte ! Mais pourquoi ces sournoiseries, ces menées perfides pour dépouiller mon sanctuaire de l'or de Phrixus ? Les Colchidiens n'ont besoin ni de votre aide ni de votre alliance. Persès ou les Minyens : ce sont tous, pour

---

68. Le dieu Mars.

moi, des ennemis. Eh bien, pourquoi rassembler tant de monde, pourquoi la guerre, que vient faire là ton fils d'Éson[69] ? Allons nous-mêmes, oui, allons tout de suite, nous deux, dans le bois de la toison, et réglons cette affaire par les armes ! Ou si tu préfères, Pallas, glisse-toi subrepticement dans ce bois, seule, dans le silence des ténèbres : tu comprendras quel dieu s'y trouve, et tu ne regretteras pas d'être venue. Est-ce que le sanctuaire de Mars doit inspirer moins de respect, pour n'être qu'une futaie, un simple tertre, où l'on ne m'honore qu'à l'ombre des arbres ? Chacun tient à ses biens et les défend. Il est vrai, Père souverain, qu'on porte à tes temples d'innombrables offrandes, mais ma forêt aussi est un hommage non méprisable. Si je pillais, moi, le temple de Mycènes qui vous plaît tant ou la citadelle de Cécrops[70] consacrée à Pallas, ta fille et ton épouse auraient tôt fait de venir te harceler de pleurs et de lamentations. Qu'elles tremblent donc que je ne fasse ce que j'ai dit ! »

Pallas n'y tint plus ; exaspérée, elle prit la parole pour se moquer du bruit et des menaces de Gradivus : « Tu n'es pas devant les Aloïdes[71] ou les Lapithes, pour vociférer et rugir ainsi ! Je ne suis plus digne de porter l'égide, je ne suis plus la fille de Jupiter, si je ne crève ton arrogante enflure. Je te ferai, misérable, haïr les clairons et les combats, je supprimerai ton invocation du début des batailles. Pourquoi n'adresses-tu pas, imbécile, les mêmes invectives à ta mère ? Elle les mériterait, c'est sûr, pour avoir donné aux cieux un tel monstre. D'ailleurs, moi-même et Junon, quel mal,

69. Mars s'adresse maintenant à Pallas Athéna.
70. Désignation d'Athènes, la ville de Pallas.
71. Il s'agit de deux Géants, Otos et Éphialtès, qui combattirent les dieux.

quel crime avons-nous commis ? Nous avons aidé un jeune homme qui obéissait aux ordres si durs de son roi, qui a risqué sa vie sur des mers inconnues, et nous l'avons encouragé dans son entreprise inouïe. Devions-nous ne rien faire pour lui, ne pas lui permettre de s'allier avec le roi, mais tout précipiter en d'aveugles combats ? Ce sont les Thraces qui agissent ainsi, et lui aussi, cet agité, chaque fois qu'il veut quelque chose. Bien sûr, je voudrais que cesse ce conflit, cette guerre fratricide. Ô Souverain, accorde-nous la toison et regarde notre vaisseau sur la mer. Mais si Mars nous la refuse, s'il continue, lui seul, à contrarier nos efforts, allons-nous abandonner, déshonorés, après avoir sillonné tant de mers en vain ? Ou alors, qu'un dieu ne soit pas autorisé à faire ce qu'on interdit à une déesse ! »

Mars, furieux, allait répliquer méchamment, mais son père l'arrêta : « Pourquoi t'emportes-tu, espèce de fou ? C'est toujours quand il est trop tard, une fois que vous regrettez vos méfaits, que vous venez me prendre pour arbitre. Continuez donc comme il vous plaira, avec les batailles que vous voudrez : sachez que chaque folie a son destin. Cependant je vous avertis, toi, ma femme, et toi, ma fille : contentez-vous de mettre Persès en déroute. Qu'un espoir chimérique ne retienne pas les Minyens, qu'ils ne s'imaginent pas qu'ils mettront fin à ce conflit. Je vais vous dire ce qui attend Persès : vaincu, il se retirera et renoncera un moment à la guerre, effrayé par l'intervention et la bravoure du chef pélasgien. Ensuite, quand les brises marines ramèneront les Grecs en Thessalie, il reviendra et, vainqueur, obtiendra le trône et le palais, jusqu'au jour où Éétès, après le long exil d'une vieillesse indigente, sera secouru par sa fille sacrilège (telle est la force du Destin !) et rétabli roi par son petit-fils grec. Voilà quelles seront les épreuves et les infortunes des deux frères. Alors que chacun, à son gré, se rue sur ses adversaires ! »

Sur ces mots, il fait préparer un banquet, ramène la paix et fait descendre la nuit de la voûte étoilée. Puis, habitué à narrer les combats de Phlégra[72], paraît le chœur des Muses avec Apollon le citharède, tandis que l'échanson phrygien[73] fait le tour des convives avec un lourd cratère. On se lève pour aller dormir, chacun prend le chemin de sa demeure.

---

72. C'est à Phlégra, une presqu'île de Chalcidique, qu'eut lieu la bataille des Géants contre les dieux de l'Olympe.
73. Ganymède, berger de Phrygie, enlevé aux cieux par l'aigle de Jupiter.

Livre sixième

Mais Gradivus reste éveillé ; il est furieux, piqué au vif et ne décolère pas. Quelle armée, quel camp va-t-il rejoindre ? Il hésite. Il décide enfin de se rendre sur place, pour voir s'il peut abattre les Minyens, les punir d'avoir fait alliance avec le roi et même les anéantir. Il lance alors son char, agite le signal irrévocable de la guerre et se poste au-dessus des tentes scythes. Aussitôt le sommeil abandonne le camp. On court prendre les armes ; les chefs, alarmés, se réunissent. En outre, une vaste rumeur les inquiète : des Achéens[1] auraient abordé sur un vaisseau sacré et réclameraient la toison de Phrixus, leur compatriote ; leur faisant bon accueil et leur proposant un accord, Éétès, ce renard, s'était joué d'eux, et les avait poussés à prendre son parti.

Ainsi, pendant que la nuit profonde permet la concertation, on prend la décision de leur envoyer une délégation de chefs. Ceux-ci iront parler aux Minyens pour les avertir du stratagème du roi. Voici ce qu'ils leur diront : « Quel est donc cet égarement qui les détourne de Persès ? Qu'ils sachent que Persès était d'avis de rendre la toison aux Hémoniens, de renoncer à garder la dépouille sacrée ; d'où la haine, et le déclenchement d'une si grande guerre. Qu'ils rejoignent plutôt son parti et son armée, ou qu'ils rentrent chez eux, car les promesses et la parole

---

1. Autre dénomination des Grecs, désignant ici les Argonautes.

d'Éétès n'ont aucune valeur. Qu'ils épargnent leur sang dans un conflit qui ne les concerne pas : ce n'est pas pour cela qu'ils ont affronté les dangers d'une si vaste mer. Pourquoi se battre contre des inconnus qu'ils n'ont aucune raison de haïr ? » Mais tandis que Persès leur dictait ce message, une lumière rouge et or brilla dans la plaine, on entendit un bruit d'armes, et les trompettes stridentes sonnèrent d'elles-mêmes. Mars, du haut de son char, cria sauvagement : « Alerte ! L'ennemi ! Aux armes, il approche ! », et il lança en même temps dans la plaine les Colchidiens et l'armée de Persès. Alors chaque peuple engagea le combat avec ses armes propres, et la voix du dieu fut entendue partout sur le champ de bataille.

Allons, Muse, révèle-moi maintenant quelles fureurs tu as vues au pays riphéen[2], de quels formidables apprêts Persès bouleversa la Scythie, quels cavaliers, quels combattants il mobilisa pour mener cette guerre. Je ne saurais, moi, les dénombrer ni les nommer tous, eussé-je mille bouches, car aucune contrée n'est plus riche en peuples. Des guerres continuelles ont beau faucher la jeunesse de Méotide[3], ces terres engendrent dans leur ventre fécond assez d'hommes pour emplir les pays des deux Ourses et de l'immense Serpent[4]. Ainsi, dévoilez-moi, déesses[5], uniquement les chefs et leurs peuples.

Les Alains belliqueux et les féroces Hénioques, c'est Anausis qui les avait envoyés avant de les

---

2. L'expression désigne la Scythie, limitée au nord par les montagnes Riphées, de localisation inconnue (peut-être l'Oural ?).
3. Région située autour de la mer d'Azov.
4. Ces constellations boréales servent à désigner l'ensemble des pays du Nord.
5. Adresse aux neuf Muses.

rejoindre lui-même ; il était indigné que Médée fût promise au tyran d'Albanie, mais ignorait à quel monstre, hélas !, il brûlait de s'unir, quelle horreur attendait les villes achéennes : aimé et protégé par les dieux, il vivait ainsi plus heureux, solitaire dans son palais. Le bataillon suivant, celui des Bisaltes, a pour chef Colaxès, lui aussi de souche divine : Jupiter le conçut sur les rivages scythes, près de la verdoyante Myracé et des bouches du Tibisis, fasciné (s'il faut croire ce qu'on raconte) par le corps hybride d'une Nymphe, dont les jambes-serpents ne l'ont pas rebuté. Ce bataillon arbore l'insigne de Jupiter, des flammes d'éclairs à trois pointes, ciselées sur les boucliers : tu n'es pas le premier, soldat de Rome, à faire jaillir de ton bouclier les rayons de la foudre vibrante aux ailes de phosphore. Le chef porte en outre à son cou deux serpents d'or, emblème de sa mère Hora ; les bêtes, face à face, dardent leurs langues qui s'attaquent à une gemme ronde. En troisième vient Auchus, avec des milliers de soldats : ce sont les forces cimmériennes. Dès sa naissance, il eut les cheveux blancs, qu'en vieillissant il a laissé pousser : ils font trois fois le tour de sa tête sacrée, d'où pendent deux bandelettes[6]. Trop gravement blessé dans une bataille contre l'Achéménie[7], Daraps a envoyé Datis comme chef : autour de lui se tient la troupe martiale des Gargarides, et ceux rendus cruels par les eaux du Gérus, et d'autres vivant sur les rives du lac Bycès[8]. Anxur ne s'est pas dérobé, ni Sydon, ni son frère Radalus. Crixus conduit les troupes des bords de l'Acésinus sous le mauvais présage d'une biche prophétique. Elle l'accompagne, le poil et les cornes couverts d'or étincelant, et on porte

---

6. Ce sont les insignes du prêtre.
7. La Perse.
8. Région de la mer d'Azov.

son effigie devant l'armée en haut d'une hampe ; elle semble triste, car elle ne doit pas revoir les bois sacrés de la sauvage Diane. Syénès aussi, avec son peuple d'Hylée[9], s'est laissé convaincre par Persès qui lui montrait les blessures impies reçues de son frère. Nulle part que chez eux on ne voit une forêt plus dense aux arbres plus élevés : la flèche perd son élan et retombe avant [d'atteindre leurs cimes[10].] Des antres d'Hyrcanie[11], Ciris le Titanide a fait sortir ses hommes pour les mener au combat ; les Célalètes ont transporté toutes leurs troupes[12] sur des chariots : ce sont leurs maisons de peaux cousues, dont le cuir brut abrite l'épouse, tandis que les enfants, du bout du timon, lancent des catéias[13]. On laisse le Tyra qui se rue dans le Pont, on laisse le mont Ambénus et Ophiusa, cité riche en venins qui glacent le sang. Les Sindes, nés de l'adultère, s'élancent et forment leurs escadrons ; aujourd'hui encore, en raison du forfait de leurs pères, ils ont peur de recevoir des coups[14]. Au-delà Phalcès pousse dans la plaine une nuée retentissante du bruit de l'airain, et les Coralles en rangs serrés lèvent leurs étendards, où l'on voit figurés des roues barbares, des porcs-épics bardés de fer et des colonnes tronquées, emblèmes de Jupiter. Pour soutenir l'effort du combat, les Coralles n'emploient pas le son rauque des cornes : ils ont coutume de se donner du courage en chantant les chefs de leur pays, les antiques prouesses de leurs

---

9. Région de l'embouchure du Dniepr.
10. Texte conjectural.
11. Région au sud-est de la mer Caspienne.
12. Les Célalètes : peuple thrace pratiquant le nomadisme.
13. Arme de jet qui revient à son point de départ comme le boomerang.
14. Les Sindes sont nés d'épouses scythes et d'esclaves, et donc promis aux coups.

héros et les louanges des ancêtres. Là où les fantassins rapides égalent à la course les chevaux des Sidones, là le pays d'Éa a fait venir les Batarnes, liés par serment. Teutagonus est leur chef ; ils portent un bouclier d'écorce brute et une lance équilibrée, formée de deux parties égales, fer et bois. Près d'eux, frappant avec des aclydes[15] sur des boucliers blancs, il y a ceux qui en hiver cassent à la hache l'échine du Novas et l'Alazon gelé, qui dès lors a perdu sa voix. [... et ceux des rives du Taras et de l'Évarchus, où abondent les cygnes couleur de neige[16].] Ton nom aussi, terrible Ariasménus, je veux le transmettre aux siècles futurs, puissant guerrier qui lance de tous côtés des chars armés de faux sur la vaste plaine qu'ils transforment en désert. Arrive ensuite la phalange des Dranges et, sortis de leurs défilés montagneux, les Caspiens, dont les meutes de chiens ne combattent pas moins rageusement que leurs maîtres, quand sonnent les trompettes perçantes ; d'où le droit des chiens aux mêmes honneurs funéraires : on les dépose dans les tombes des hommes avec leurs aïeux. Voici que, le poitrail et le cou hérissés de pointes de fer, la noire cohorte se précipite en masse, avec des aboiements aussi sonores que ceux de l'horrifiante porte de Dis[17] ou de l'escorte d'Hécate[18] sur terre. Des forêts d'Hyrcanie, un devin sacré, Vanus, a mené son armée : voilà trois générations qu'en Scythie il annonce les valeureux Minyens et les voiles de l'Argo. Se fiant à ses oracles, les riches Indiens, l'Égypte de Thèbes aux cent portes

---

15. Armes de jet mal connues, peut-être proches des masses d'armes.
16. Passage lacunaire.
17. Dis ou Pluton, le dieu des morts. L'entrée des Enfers était gardée par Cerbère, un chien énorme et monstrueux.
18. Déesse des Enfers, qui erre la nuit avec sa meute de chiens.

et toute la Panchaïe[19] se sont empressés de venir, espérant un triomphe en Scythie. L'Hibérie[20], où les hommes ont le teint différent, a déployé ses escadrons armés de lances menés par Otacès et par Latris [... Viennent ensuite[21]] les Neures[22], ravisseurs de filles, et les Iazyges, qui ne connaissent pas l'âge des cheveux blancs : quand leurs forces déclinent, quand l'arc familier leur résiste et que la lance ne répond plus à l'effort, ils suivent la coutume de leurs vaillants ancêtres, de ne pas endurer la lente approche de la mort, mais de mourir par l'épée de la main d'un fils aimé ; le fils et le père rompent le cours d'une vie qui s'attarde, tous deux malheureux de leur courage, tous deux malheureux d'un acte si intrépide. Voici les Mycéens, aux cheveux embaumant les parfums, les Cisséens, les Arimaspes, innocents parce qu'ils ignorent l'or et l'argent qu'ils laissent enfouis dans leur sol, les Auchates, exercés à lancer en larges cercles des nœuds coulants et à saisir ainsi les combattants les plus lointains. Je ne passerai pas sous silence les Thyrsagètes, qui portent des tambourins dans les guerres sanglantes, se ceignent de peaux qui flottent derrière eux, et entourent leurs lances de vertes guirlandes de fleurs. On raconte que Bacchus (du sang de Jupiter et de Cadmus), à la tête de leur troupe, avait défait les Sabéens[23], riches d'encens dans leur royaume heureux, et les Arabes ; le dieu ensuite, avant de traverser les gués de l'Hèbre[24], avait abandonné les Thyrsagètes sous l'Ourse glaciale. Ils ont gardé leurs

19. Région d'Arabie.
20. Région de la Géorgie actuelle.
21. Passage lacunaire.
22. Les Neures avaient des rites de lycanthropie.
23. Peuple du royaume de Saba, en Arabie.
24. Fleuve de Thrace, au sud du mont Hémus, aujourd'hui la Maritza.

anciennes coutumes, qu'il s'agisse de faire retentir l'airain sacré[25] ou la flûte qui rappelle leurs batailles en Orient. Les guerriers d'Émoda sont présents, ainsi que, derrière leurs enseignes, les Exomates, les Torynes et les Satarches aux cheveux blonds. La fierté des Torynes, c'est leur miel ; le lait fait la richesse des Satarches, la chasse nourrit les Exomates, dont les chevaux sont les plus réputés du Nord. Ils s'enfuient sur l'Hypanis[26] et ses glaces fragiles en emportant les petits d'un fauve, tigresse ou lionne farouche ; la mère affligée s'est arrêtée sur le talus du fleuve peu fiable. Le désir de posséder la toison de Phrixus a motivé les Centores hésitants et les Choatres, redoutés pour leur pratique de la magie noire. Tous s'adressent aux dieux par des clameurs sauvages, tous connaissent l'art qui produit des prodiges, comme, au printemps, empêcher les feuilles de pousser, ou provoquer soudain, sous les chariots inquiets, le dégel du Palus Méotide[27]. Le plus grand parmi eux dans cet art occulte, Choastès, est présent. Ce qui l'attire, ce n'est pas le goût de la guerre, mais le renom de Médée, la jeune Colchidienne, experte comme lui en opérations magiques. Il est content, le marais de l'Averne, il est content, le portier des Enfers — les nuits sont enfin tranquilles ! — et la fille de Latone se réjouit d'éclairer un ciel sans embûches[28]. Venaient aussi les Ballonites, dont l'arc ressemble à une paire d'ailes, les Mésiens, qui sautent

---

25. Les cymbales du culte de Bacchus.
26. Aujourd'hui le Boug.
27. Aujourd'hui la mer d'Azov.
28. L'Averne est un lac de Campanie qui communique avec le monde des morts. Charon, « le portier des Enfers », fait passer les défunts, et la fille de Latone est Diane, déesse de la lune. Choastès va cesser, le temps de la guerre, ses pratiques magiques telles que nécromancie, déviation du cours de la lune, etc.

avec rapidité d'un cheval sur un autre courant à côté d'eux, et les Sarmates, dont la longue pique se manie à l'aide d'une courroie. Des bords de l'Océan, Borée[29] n'agite pas un tel fracas de vagues ni ne réplique aux vents avec un tel vacarme, les cris des oiseaux sur les rives des fleuves sont moins assourdissants, que le concert de trompettes qui monte vers le ciel, exaltant la folie de milliers d'hommes, innombrables comme les feuilles et les fleurs au printemps. Sous la trépidation des roues, la plaine pousse des plaintes, le sol tremble et oscille sous les chocs : il semble que Jupiter secoue Phlégra de son foudre furieux et enfonce Typhon dans les profondeurs de la terre[30].

Voici ceux qui tiennent les premiers rangs dans l'autre camp : Absyrtus, qui porte les armes de son père, Styrus, le futur gendre, et les rois redoutables, avec leurs milliers d'hommes. Les Grecs sont regroupés autour du fils d'Éson ; il y a même Pallas, munie de l'égide toujours imparable[31]. Il n'est pas encore temps, se dit-elle, de brandir cette tête hérissée de serpents, cet effroi gorgonien aux cheveux morts-vivants, et laisse le combat s'engager. En face, Mars a fanatisé les hommes de Persès : il y a le Plaisir pervers de tuer, Tisiphone qui, au son des trompettes, hausse la tête jusqu'aux nuages, et surplombant le champ bataille, la Déroute, qui ne sait pas encore quel camp investir.

Dès les premiers engagements, remplis de bruits et de cris, dès que les guerriers, casque contre casque,

---

29. Vent du nord, qui provoque des tempêtes.
30. Typhon (ou Typhée) est un géant qui participa à la bataille contre les dieux olympiens à Phlégra, presqu'île de Chalcidique en mer Égée.
31. L'égide est un bouclier, sur lequel était fixée la tête de Méduse, une des trois Gorgones, qui changeait en pierre quiconque la regardait.

eurent mêlé leurs souffles, il y eut des morts, des armes brisées, des corps lacérés ; des deux côtés du sang et des hommes qui tombent. Les casques roulent sur le sol, des jets de sang fusent des cuirasses. Ici montent des hurlements sauvages de triomphe, là des gémissements, des souffles de vie mêlés à la poussière.

Caspius empoigne Monésès d'Éa par les cheveux et l'entraîne ; Grecs et Colchidiens les accablent de traits, il tue Monésès à la hâte et laisse la dépouille sur place : personne ne s'en soucie plus. Carésus abat Dipsas et Strymon qui, de sa fronde, répandait les blessures sournoisement. Il tombe lui-même, atteint par la lance de l'Albanien Chrémèdon, et disparaît aussitôt sous les chars et les hommes qui marchent et roulent sur son corps. S'avancent Mélas et Idasménus ; la lance de Mélas part la première, mais tous deux sont trompés par le sapin léger. Alors ils s'élancent, l'épée tirée ; Mélas, plus rapide, frappe l'autre au bas du casque, lui broyant la nuque. Dans la mêlée, les faits de courage passent inaperçus : Ochéus ne sait pas qui lui donne la mort, ni Tyrès. Iron se retourne, attentif au sifflement d'un javelot argien, et reçoit dans le flanc une lance pylienne[32].

Castor avait vu deux frères d'Hyrcanie galopant çà et là sur des chevaux semblables, que leur riche père avait nourris à l'écart du troupeau, attirant ainsi la convoitise. Quelle blancheur ! Le Tyndaride, qui combattait à pied, brûlait de les avoir. Leur barrant le passage, il lance son javelot sur Gélas et saute, vainqueur, sur le coursier rapide, dont il a chassé le maître. Son père Jupiter sourit du haut des nues ; il l'avait reconnu à sa façon de saisir les rênes. Fou de rage et de douleur, Médorès veut combattre le fils de

---

32. Armes d'Argonautes venus des villes d'Argos et de Pylos, peut-être Nauplius et Nestor.

Tyndare, priant ainsi les dieux : « Allons, peu importe lequel de nous deux ira retrouver mon frère chez les morts, mais que ce cheval infidèle tombe d'abord sous ma lance, pour n'avoir pas ramené à mon malheureux père le cavalier qu'on lui a confié, et qui m'attaque en offrant servilement son échine. » Il dit, mais le javelot de Phalèrus l'Actéen[33] le devance et le terrasse ; son cheval s'enfuit au galop vers la cavalerie de son camp.

Qui pouvait craindre qu'Amyclées, qu'un petit-fils d'Œbalus[34] te fussent fatals, Rhyndacus, alors qu'il y a entre vous tant de montagnes et de mers ? Avec toi s'effondre, l'aine transpercée, le vaillant Tagès, fils de l'illustre Taulas et d'une demi-déesse ; pour lui, une sœur de sa mère travaille la nuit assidûment à lui confectionner de beaux habits. La fine tunique de lin blanc, la chlamyde ornée d'or, le bonnet de poil fauve, les braies couvertes de broderies ne lui ont été d'aucun secours. Le nouveau cavalier traverse la mêlée des guerriers stupéfaits, prodiguant de sa lance coups sur coups ; son épée frappe comme la foudre, ici puis là, et les hommes s'écroulent. Mais voici, plus terrifiantes, les troupes des Sarmates, qui poussent des cris sauvages. Une cotte de mailles les protège, eux et leurs chevaux. Chacun tient une pique, bloquée au genou, posée sur l'encolure et la tête du cheval, qui allonge son ombre immense sur le champ de bataille. Pour manier cette arme, facile à reprendre, facile à replacer, la force du cheval s'ajoute à celle du cavalier ; sans répit, elle frappe et refrappe l'ennemi[35]. Faisant virer lestement son cheval plus léger, Castor louvoie sur la

---

33. De l'Attique, région d'Athènes.
34. Amyclées est une cité proche de Sparte, d'où sont originaires Castor et Pollux. Le petit-fils d'Œbalus, roi de Sparte, est Castor.
35. Longue javeline garnie d'une courroie de rappel, déjà mentionnée plus haut comme une arme propre aux Sarmates.

plaine en souplesse et se joue des Sarmates ; ils s'essoufflent, oubliant qu'ils sont équipés lourdement. Mais les Colchidiens s'en défendent avec moins d'adresse : ils se précipitent d'eux-mêmes dans la mort. Une pique sarmate transperce Campésus sous les côtes et le soulève ; il meurt en glissant jusqu'à la moitié de la hampe. Œbasus plie les genoux pour esquiver le coup de Phalcès, mais a l'orbite de l'œil gauche défoncé. Ses tendres joues sont arrosées de sang. Sibotès par contre, misant sur sa double cuirasse, veut s'opposer au coup et frappe la pique adverse de son épée, inutilement : la pointe le transperce, et Ambénus, sans s'inquiéter de son arme brisée, avec le tronçon empale Otrée par le milieu du corps. Taxès emporte sur sa lance Hypanis agonisant, le fait descendre au sol et le traîne derrière lui au galop, dégageant ainsi sa pique du cadavre. Castor fonce sur lui et l'attaque, profitant du bref instant où il ramène son arme. Dans son élan, le Laconien projette au passage Onchéus sur une pique sarmate. C'est en vain que, de toutes ses forces, celui-ci retient sa monture : le destrier est touché au côté, Onchéus s'enferre ; il est froid, ses armes tombent. Loin du corps, la pointe dégoutte de sang. Tel l'oiseau qui se fie aux feuilles enchevêtrées d'un peuplier : si on approche de lui discrètement une longue lance de roseaux emboîtés et englués, et qu'ensuite on le ramène, pris dans le piège collant, de sa branche aérienne, il réclame son arbre en pleurant et bat des ailes en vain.

Ailleurs se trouve Styrus, prêt au combat ; Anausis[36] — rencontre due au hasard — le voit avec satisfaction et lui dit : « Voici celui qu'on a promis à la jeune Médée, et qui, s'il est vainqueur, me prendra

---

36. Roi des Alains, il prétendait à la main de Médée, promise à Styrus, roi des Albaniens.

mon amour. Mais non, le père, malgré lui, changera de gendre ! » Ils chargent en même temps, lancent leur javelot. Ramenant les rênes, l'Albanien s'enfuit, blessé ; il ne pense pas avoir atteint Anausis, il n'a pu le voir. Mais, touché par le trait, celui-ci agonise : « Tu fuis, Styrus, chez tes beaux-parents, dans les bras de Médée ; ta blessure, je souhaite qu'aucun charme ne la soulage, qu'aucun philtre ne la guérisse. » Son regard erra dans le vague, le froid étouffa sa voix, sa tête heurta la terre.

De ce moment, Mars exalte en Gésandre[37] une ardeur effrénée et l'emporte dans un grand vent de colère. Il reproche aux Iazyges leur lenteur et, l'épée au clair, les harcèle ainsi : « Tous nos vieillards, tous nos pères sont morts, du moins, c'est ce que je croyais[38]. Quelle ignoble vieillesse vous saisit soudain, brise votre ardeur et votre hargne ? Allons, jeunes gens, entrez avec moi dans la ville, enfoncez les rangs des Grecs, ou périssez de la main de vos fils ! » Il s'élance et, terrible, appelle l'Ombre de son père à soutenir son attaque : « Voraptus, père que je vénère, donne-moi ta bravoure, donne-moi ton courage, s'il est vrai que j'ai obéi sans hésiter à ton désir de mourir, quand tu t'es mis à haïr ta vie qui se prolongeait dans la honte, s'il est vrai que tes petits-enfants ont reçu la même éducation ! » Il dit, et l'Érèbe[39] l'entendit. Exalté, inspiré par son père, il lève alors son épée, brandit ses armes frénétiquement.

Consacré aux eaux de son pays, prêtre du grand Phase, Aquitès marchait çà et là parmi les bataillons

---

37. Chef des Iazyges, peuple sarmate qui avait fait alliance avec Persès.
38. Les Iazyges vivaient sur les bords du Danube inférieur. Il est fait allusion ici à leur coutume d'occire leurs pères âgés.
39. Autre appellation du séjour des morts.

nordiques (on voit autour de ses tempes, insigne du sacerdoce, de verts rameaux de peuplier tressés) : il te cherche, Cyrnus, toi qui as oublié ton père, il veut t'arracher à la dure bataille. Il parcourt indemne tous les corps d'armée et les troupes en tous sens, mais ne te trouve pas. Voici qu'il retourne au milieu des combattants en appelant son fils, qu'il traverse à nouveau le champ de bataille, quand près de ses bandelettes sombres siffle et fuse une lance : le féroce Gésandre s'élançait vers lui à bride abattue. Le prêtre lui tendit la main en tremblant et ses vains insignes sacrés : « Je t'en supplie par mes cheveux blancs, si ton père vit encore, retiens ton bras, et si tu vois mon fils, épargne-le. » Mais son vainqueur le transperce de son épée : « Tu crois que mon père survit à une honteuse vieillesse ! Il a préféré mourir de ma main, mettre fin à sa vie indolente. Si toi aussi tu avais eu un fils aimant, s'il t'avait prêté son bras, tu ne passerais pas ton temps maintenant à supplier pendant qu'on se bat, toi qui bientôt nourriras les chiens. Tout convient à un jeune homme, qu'il fasse la guerre ou meure sans sépulture ! » L'autre en mourant prie les dieux et les cieux, que son fils — le malheureux ! — ne tombe pas sur un guerrier de cette trempe.

Toi aussi, Canthus, elle t'a pleuré, l'Argo qui savait ton destin, quand tu pris malgré elle tes armes dans sa carène[40]. Déjà, hélas !, tu étais parvenu au golfe de Scythie, aux ondes du Phase ; encore quelque temps, et tu aurais vu la toison prise et les feux de ton pays sur les monts de l'Eubée. Gésandre, qui allait l'affronter en un combat inégal, le terrifie ainsi : « Toi qui pensais, Argien, trouver ici des demeures accueillantes et humaines, tu n'y vois — malheur à toi ! — qu'un dur

---

40. L'Argo avait le don de prophétie.

climat, la neige pour nourrice, et un dégoût immédiat de la vie. Nous ne savons pas, nous, manier habilement des rames, nous n'avons pas besoin d'attendre des vents favorables : nous traversons à cheval la plaine gelée de la mer ou les ondes tumultueuses de l'Hister[41] qui gronde. Et nous n'envions pas vos murailles, car je parcours librement les espaces du Nord avec tout ce que j'ai ; ce que j'aime, je l'emporte avec moi. Je n'ai que ma roulotte à perdre – un mince butin pour toi, si tu t'en emparais. Pour me nourrir, je prends n'importe quel bétail, n'importe quelle bête sauvage. Porte donc ce message à l'Asie, porte-le au peuple grec : qu'ils ne s'effraient pas, car jamais je ne quitterai ce froid, ces rocs, ces terres de Mars où nous fortifions nos enfants, nos jeunes fils dans de si rudes eaux, où l'on trouve tant d'occasions de mourir. C'est de cette façon que nous aimons guerroyer et piller dans nos frimas natals. Vois maintenant l'accueil que je te fais ! » Il dit, et lance un dard nourri de brises édoniennes[42]. Le coup, mortel, perce les mailles de bronze et ouvre la poitrine. Inquiet, Idas accourt avec le fils d'Œnée[43], ainsi que Ménétius et le vainqueur au pugilat de l'hôte bébrycien[44]. Mais de loin Télamon a levé son vaste bouclier pour protéger, Canthus, ton corps sans vie : comme un lion cerné de toutes parts pousse ses petits derrière lui, de même l'Éacide se tient près du corps, solidement campé, et oppose à tous les assaillants la masse solide de son bouclier aux sept peaux. La troupe scythe n'en intensifie pas moins son attaque : chacun

---

41. Ancien nom du Danube.
42. Les Édoniens sont un peuple de Thrace, région d'où soufflent les vents du nord.
43. Méléagre.
44. Pollux, qui a vaincu Amycus, roi des Bébryces (livre IV). Plus bas, « l'Éacide » désigne Télamon, fils d'Éaque.

espère pour soi les armes de Canthus et veut se venger sur le cadavre du Grec. D'où le combat acharné qui s'engage autour de la dépouille. Quand au seuil de l'Éolie[45], en une puissante tornade, les Vents s'entre-déchirent — qui va bouleverser la mer, qui rameuter les nuées, qui provoquer le déluge ? —, de même la lutte pied à pied, obstinée, s'éternise, et on ne peut arracher les combattants au mort qu'ils ont saisi. Quand on donne aux serviteurs la peau d'un bœuf à assouplir, imprégnée d'huile, ils la tendent et la tirent chacun de son côté pour la maîtriser, et une graisse épaisse dégoutte du cuir ; ainsi s'acharne-t-on sur le cadavre des deux côtés, le pauvre Canthus est traîné de-ci de-là sur une courte distance : ici on tire dans un sens, là en sens contraire, personne ne lâche prise. D'un côté Télamon a saisi Canthus à mi-corps, de l'autre Gésandre le tient rageusement par le cou et les frêles sangles du casque, qui finit par tomber bruyamment au sol, l'obligeant à lâcher le corps. Mais obstiné, Gésandre frappe encore l'orbe du bouclier aux sept peaux et tente d'attraper Canthus, il réclame Canthus, que ses compagnons emportent en arrière, qu'ils recueillent et déposent sur le char d'Euryalé[46] la vierge. Elle-même s'élance avec les Hémoniens[47], et tous marchent contre Gésandre. Dès qu'il voit cette troupe insolite et les armes des Amazones, il s'écrie : « Faut-il se battre aussi contre des femmes ? Quelle humiliation ! » Alors il frappe Lycé près du sein, puis Thoé, à l'endroit laissé à découvert par la pelte[48]; déjà il avançait vers Harpé, qui commençait à tendre la fine

---

45. Île du roi Éole, où les Vents sont tenus enfermés.
46. Reine des Amazones, femmes guerrières alliées d'Éétès.
47. Les Argonautes, venus de l'Hémonie, ancienne appellation de la Thessalie.
48. Petit bouclier à échancrure.

corde de son arc, vers Ménippé, qui tirait sur la bride de son cheval frénétique, quand la reine, avec sa lourde hache au bosselage d'or, le frappe par deux fois, lui fracassant le crâne sous son casque de cuir. Alors s'abat sur lui une avalanche de lances. Longtemps il résiste à l'assaut, plus ferme que jamais, inébranlable, effrayant même Idas. Puis il s'effondre, comme un pan de montagne, comme une tour de défense qui, longtemps assaillie de pierres et de torches, minée par le feu, finit par s'écrouler et livre une ville immense.

Là, pensant qu'il était temps d'intervenir dans la bataille, Ariasménus envoie son char armé de faux et déploie les terribles attelages de ses troupes, dans le but d'entraîner sans tarder désordre et confusion parmi Grecs et Colchidiens. Si Jupiter, par haine envers les descendants de Pyrrha[49], lâchait à nouveau les eaux de la mer et les brides des fleuves, les hautes cimes du Parnasse ne seraient plus visibles, ni l'Othrys[50] avec ses pins, et les Alpes, s'enfonçant peu à peu, disparaîtraient sous l'eau : c'est un même cataclysme, un même désastre qu'Ariasménus est près de provoquer en lâchant ses chars sans aucune tactique. Alors Pallas leva l'égide et la tête grouillante de Méduse, hérissée de mille serpents féroces – vous seuls, chevaux, vous la voyez ! Une peur panique s'empare des bêtes : les chars sont secoués, les conducteurs tombent à la renverse, et sans le vouloir, les attelages tournent contre leur propre camp l'effroyable fléau. C'est le chaos ; les lames courbes

---

49. Expression désignant l'espèce humaine. Parvenus au sommet du Parnasse, et seuls rescapés du déluge, Deucalion et sa femme Pyrrha furent à l'origine d'une nouvelle humanité.
50. Montagne de Thessalie. Le mont Parnasse se trouve en Phocide, près de Delphes.

dans la tourmente entremêlent et tailladent les chars. Quand Tisiphone[51] cruellement met sur pied les légions romaines et les chefs qui briguent le pouvoir – dans les deux camps étincellent les aigles et les pilums[52] ; les pères des soldats labourent les mêmes champs, un même fleuve, le Tibre, hélas !, les envoie, ils viennent de toutes les campagnes, mais ce ne devait pas être pour cette sorte de guerre[53] ! –, ainsi la confusion suscitée par Pallas s'abat sur ceux qui tout à l'heure étaient alliés contre un même ennemi, ainsi les chars se détruisent mutuellement en dépit des efforts pour les retenir. Moins horribles sont les cadavres que les vents poussent sur le rivage des Laurentes[54], et moins désespérantes les plages libyennes, quand les vagues y roulent des débris de navires. Ici gisent des chevaux attelés, là, des bras, des jambes, que déchiquettent les roues et les timons. Les chars rougis de sang se heurtent et s'entraînent les uns les autres ; dans la poussière noire, des viscères s'accrochent aux chars tantôt ici, tantôt là. L'ardeur des Colchidiens s'accroît ; sans prendre garde aux faux, ils criblent de coups leurs ennemis piégés et empêtrés dans un pitoyable désastre. On assiste au même genre de massacre qu'en une chasse aux cerfs, où l'on ne se sert ni des chiens voraces d'Ombrie ni des plumes[55], mais où le chasseur les trouve entravés par leurs hautes ramures et n'a plus qu'à se jeter sur eux, qu'une colère

---

51. Une des trois Furies ou Érinyes.
52. L'aigle, emblème de la puissance romaine, est représenté sur les enseignes. Le pilum est un javelot propre à l'armée romaine.
53. Allusion probable à la guerre civile de 69 qui mit Vespasien au pouvoir.
54. Désignation des côtes du Latium.
55. Ce stratagème de chasse consistait à tendre entre les arbres des cordes garnies de plumes colorées qui effrayaient les cerfs et les rabattaient dans un lieu convenu.

aveugle a liés l'un à l'autre. Ariasménus rassemble ses armes courageusement et saute de son char. Mis en pièces par le tranchant d'une faux, il passe sous les roues. Son corps, traîné par les chevaux fous, ne toucha plus la terre de Colchide.

Ainsi Minyens et Colchidiens répandaient la mort sur le champ de bataille et mettaient à mal la Scythie. Junon la Souveraine, comprenant que le fils d'Éson s'écartait de son but et qu'il fallait préparer son retour avec d'autres moyens, cherche un ultime stratagème, avant que le roi perfide ne dévoile sa malveillance et son ressentiment. Elle blâme amèrement Vulcain (tardives remontrances !), dont elle voit les taureaux souffleurs de feu dans les prairies du roi, exhalant de leurs flancs la nuit du Tartare. Car elle craint qu'après la bataille, Éétès n'ordonne aux Minyens de mettre ces monstres sous le joug et de semer les dents du dragon de Cadmos[56], et dès lors réfléchit à différentes solutions. Mais seule Médée lui semble à la hauteur, elle met tout son espoir dans cette jeune fille, dont personne, aux autels de la nuit, ne saurait surpasser la puissance. À ses incantations, aux substances qu'elle répand dans l'atmosphère, les astres s'arrêtent, effrayés, et la course du Soleil, son aïeul, s'interrompt. Elle change l'aspect de la campagne, dévie le cours des fleuves, commande au sommeil, qui paralyse pour elle tout ce qui existe, rajeunit les vieillards affaiblis par l'âge et leur ajoute, outrepassant la destinée, des années de vie. Circé, très habile en pratiques occultes, l'admirait ; Phrixus aussi, l'étranger, qui connaissait pourtant la magie thessalienne, capable de faire

---

56. Cadmos, premier roi de la ville de Thèbes, avait tué un dragon dont les dents, semées comme des graines, donnaient naissance à des guerriers en armes, les « Spartes ».

écumer la lune ou d'invoquer les Ombres. Ainsi au chef achéen Junon cherche à lier Médée, redoutable par sa magie et la force de sa virginité. Elle ne voit personne d'autre capable d'affronter les taureaux et les guerriers nés de la terre, de résister à un déluge de feu. Aucun méfait, aucun spectacle ne la font reculer : jusqu'où n'ira-t-elle pas, si un amour aveugle, une ardente passion s'en empare ? Junon alors se rend chez Vénus, une demeure toujours parée de fraîches guirlandes de fleurs. Dès que Vénus l'aperçoit, elle saute de son lit élevé, entourée d'une armée d'Amours ailés. Junon l'aborde en suppliante ; elle lui parle d'un air serein, de peur de montrer ses craintes véritables : « Tous mes espoirs et toute ma puissance sont aujourd'hui entre tes mains. Je mérite d'autant plus ton aide que je vais te parler franchement : depuis que le brutal Tirynthien[57] a dû quitter les rivages argiens, Jupiter n'est plus le même envers moi ; je sens qu'il m'est hostile. Il se désintéresse de mon lit et n'a plus ses ardeurs d'autrefois. Prête-moi, je t'en prie, l'accessoire qui prodigue les appas d'une beauté artificielle, ton ornement souverain sur terre et dans les cieux[58]. » La déesse voit la ruse. Il y a longtemps qu'elle cherche elle-même à anéantir la Colchide et toute la lignée du Soleil qu'elle hait. Et voilà qu'elle peut y parvenir ! Sans se faire prier davantage, elle lui donne la terrible parure, la ceinture fertile en prodiges, qui inspire non pas le devoir, le souci de la réputation et de la bonne conduite, mais le désir volage et impatient, les paroles insidieuses, le doux égarement de ceux qui trébuchent, la peur et la folle angoisse de perdre l'être aimé. « Je

---

57. Hercule.
58. Il s'agit d'une ceinture magique, qui a le pouvoir de susciter l'amour.

t'ai donné tout mon pouvoir, lui dit-elle, et toutes les armes de mes fils[59]. Tu peux maintenant égarer l'esprit de qui tu voudras. »

La Saturnienne, toute joyeuse, se ceint de l'occulte maléfice et se rend dans les appartements de Médée ; elle a pris la voix et l'apparence de sa sœur Chalciopé. Malgré elle, son éclat divin rayonna autour d'elle : aussitôt la peur et un immense frisson traversent la fille d'Éétès. « Ainsi, ma sœur, fit la déesse, tu es la seule à ignorer que les Minyens, naviguant par des mers inconnues, ont abordé ici, et qu'ils ont fait alliance avec notre père ? Toute la ville est sur les remparts à se divertir des exploits divins de ces héros, et toi, tu restes négligemment dans ta chambre, enfermée chez ton père, quand tu pourrais contempler de si beaux fils de rois ? » La déesse, sans la laisser répondre, lui prend la main et profite de sa surprise pour l'entraîner d'un pas alerte. Elle l'emmène jusqu'en haut des murailles ; Médée, la malheureuse, ignore son triste avenir, et fait confiance à sa fausse sœur : ainsi, au milieu des couleurs du printemps, la blancheur des lys brille d'un éclat plus intense – leur vie est brève, leur parfaite beauté ne dure qu'un instant, et déjà les ailes noires du Notus[60] les menacent. Dans sa forêt profonde, la fille de Persès[61], Hécate, pleurait, et disait son chagrin : « Tu quittes, hélas, mes bois et les compagnes de ton âge, pour errer jusqu'aux cités des Grecs ; tu t'en vas sans le vouloir, et pourtant personne ne t'y contraint. Tu m'es chère, je ne t'abandonnerai pas : ta fuite sera semée de

---

59. Les fils de Vénus sont les Amours, divinités qui aident Vénus dans les entreprises de séduction.
60. Un vent du sud qui précède la pluie.
61. Le Titan Persès, père de la déesse Hécate.

souvenirs impérissables. Captive et méprisée de ton mari menteur, un jour tu auras ta revanche. Il saura combien moi, Hécate, j'ai souffert du rapt honteux de ma servante. » Elle se tut. Cependant Junon et Médée parviennent au bout des remparts. Au bruit des armes et des trompettes, elles s'immobilisent et frémissent de peur ; ainsi, quand l'éclair est près de jaillir des nuages, les oiseaux tristement s'abritent dans la ramure et s'agrippent aux branches, apeurés.

Déjà les Gètes, les Hibères, les Dranges tombent en masse. Leurs cadavres recouvrent le vaste champ de bataille. À l'agonie, pliés en deux, entre les faux et les chevaux, les blessés font des efforts pitoyables pour échapper aux machines de mort, et emplissent la plaine de longs râles. Les Gélons, eux, sont victorieux, et font entendre un chant de triomphe de leur pays. Bientôt les vaincus eux aussi retrouvent la joie, là où le dieu et le Spectre de la guerre leur ont été plus favorables.

Raconte-moi, Muse, les morts et les hauts faits, rappelle-toi cette fureur sauvage. Absyrtus[62], avec son bouclier où brillent les rayons et le char du Soleil son aïeul (personne n'a vu de près sa lance vibrante et son casque menaçant : pris de peur, les ennemis font demi-tour, reçoivent des coups dans le dos et s'enfuient en hurlant), écrase les rangs sous le choc puissant de son char, renverse les combattants avec ses hauts chevaux, étouffe les râles de ceux qui respirent encore. Aron près de lui n'est pas en reste : sur son armure bosselée et ses bras armés de bronze flamboie une chlamyde colorée, aux broderies barbares, qui

---

62. Petit-fils du Soleil et frère de Médée.

ondule au vent et couvre son cheval – tel Lucifer[63] avec ses ailes couleur de roses, que Vénus se réjouit de montrer dans le ciel du matin. Mais Rhambélus et l'ardent Otaxès non loin de là mettaient les Colchidiens en fuite. Ils avaient avec eux le peu glorieux Armès, habitué à voler impunément, à dévaster bergeries et troupeaux au moyen d'une ruse insolite : il se vêt d'une peau velue et fixe des cornes à son front, évoquant la terreur du dieu Pan. C'est ainsi qu'il avait effrayé l'ennemi stupéfié. Dès qu'Aron[64] vit que l'homme, habillé d'une fausse épouvante, était prêt à combattre : « Tu crois donc t'attaquer à des bergers craintifs et du bétail stupide ? Ici, tu ne trouveras ni pâturages ni enclos ! Garde ton déguisement pour tes pillages nocturnes, ne te borne pas à jouer au dieu : bats-toi aussi en dieu contre moi ! » Il dit, et, tendant la jambe, projette son javelot. La peau de bête a glissé à terre, on put voir la blessure. Les petits-fils d'Éétès, fils de Phrixus, se battent aussi courageusement ; ils sont fiers de montrer leur vaillance aux Colchidiens et à leurs cousins Grecs. Quand Jason les vit au plus fort de l'impitoyable combat accomplir des exploits, il s'en réjouit : « Courage, leur dit-il, hommes de mon sang ! C'est donc vrai que vous êtes des descendants d'Éole ! Voilà une belle récompense pour ma peine, et qui me dédommage de tout. » Il dit, et se précipite sur Suétès, puis met à mort le grand Céramnus : d'un coup épée volant, il coupe le jarret au premier, et fait dans l'autre une large trouée. Argus étend sur le sol les cavaliers Zacorus et Phalcès, puis abat Amastris, un fantassin comme lui, qui tente de contenir le flux de son sang et ses entrailles qui se répandent ; criant vainement sa

---

63. Lucifer, l'étoile du matin, est la planète Vénus.
64. Un roi allié d'Éétès.

colère dans sa langue barbare, il s'affaisse. Calaïs tue Barissas et Riphéus qui, toujours présent dans les guerres entre voisins, se louait comme mercenaire. Là, son prix était de cent bœufs sélectionnés et de cent chevaux — voilà ce qu'il demandait en échange de la vie sous le soleil, ce fou ! Vainement il lève enfin les yeux vers la douceur des brises, vers le ciel, qu'aucune richesse ne peut lui racheter. Peucon[65] tombe ; le roseau maternel couvrait encore sa tête et ses boucles noires. Alors du fond de sa grotte méotide, sa mère fait résonner le marais de ses pleurs et appelle son fils. Jamais plus il ne s'élancera sur ses rives, dans ses eaux onduleuses, jamais plus il n'abattra de cerfs sur la nappe gelée du lac. Eurytus chasse les Exomates du champ de bataille. Par la lance de Nestor le jeune Hélix meurt ; il disparaît à la fleur de l'âge ; il ne pourra rendre à son père aimé les bienfaits de son éducation. Daraps attaque Latagus et Zéla : de sa lance, il atteint le premier ; l'autre s'enfuit, mais voit soudain fuser son sang et sortir par sa poitrine une pointe luisante.

Médée, du haut des murs, regarde les combattants. Elle reconnaît au loin, dans l'épaisse poussière, certains princes, se fait dire par Junon le nom des autres, et distingue aussi le fils d'Éson. Elle le fixe aussitôt du regard, reportant sur lui sa sympathie et son intérêt. Elle suit attentivement tous ses déplacements, compte combien de chevaux, de guerriers il terrasse à lui seul, regarde comment, multipliant les coups, il arrête ceux qui l'assaillent. Quand, silencieuse, elle cherche à repérer parmi les combattants son frère ou son promis, c'est encore Jason, hélas, qui s'impose à sa vue. Alors, faisant

---

65. Peucon est fils d'une Nymphe du Palud Méotide (mer d'Azov).

l'ignorante, elle demande à sa sœur : « Quel est ce guerrier qui, depuis un moment, fait montre de sa vaillance sur tout le champ de bataille, que je regarde et toi aussi ? Tu es surprise aussi, je crois, d'une telle bravoure. » Junon est sans pitié ; elle veut la piquer au vif et l'influencer insidieusement : « C'est le fils d'Éson en personne, ma sœur ; il a franchi plusieurs mers pour réclamer son dû, la toison de son parent Phrixus. Personne aujourd'hui ne le surpasse par la naissance ou le lignage. Vois-tu comment il se distingue et brille parmi les Minyens et les princes de Colchide, combien de morts il foule aux pieds ? Bientôt il va reprendre la mer, il va nous quitter pour les richesses de sa fertile Thessalie, ce pays cher à Phrixus. Puisse-t-il partir et triompher de ses épreuves ! » Ces quelques mots suffisent : Médée redouble d'attention, autant qu'elle peut, et ne quitte plus des yeux les rudes combats de Jason. La déesse les exaltait tous deux en même temps, Médée par des paroles, Jason par des victoires et des forces renouvelées. Dès lors, sous son casque élevé, ses yeux brillent sauvagement et, signe néfaste pour toi, Persès, autant que pour toi, jeune fille, son panache achéen, tel un astre, flamboie dans sa course, comme l'âpre Chien de l'automne[66] ou les comètes envoyées par la colère de Jupiter, qui annoncent la fin des temps d'injustice. Jason comprend que la déesse lui vient en aide ; il sent dans ses membres une vigueur nouvelle et domine les rangs de guerriers, aussi impressionnant que le Caucase en hiver, blanchi par les glaces et une neige épaisse, qui se dresse jusqu'à toucher les Ourses[67]. Comme un lion dans d'opulentes étables donne libre cours à sa férocité, et sans rassasier

---

66. La constellation du grand Chien, où brille l'étoile Sirius pendant les chaleurs tardives de l'automne.
67. Constellations de la grande et de la petite Ourse.

sa faim, court d'une victime à l'autre, de même Jason, dans son accès de violence, ne s'attarde pas dans un seul lieu ni à un seul meurtre, mais s'en prend furieusement à l'un ou à l'autre sans distinction, et sous les coups tantôt de son implacable épée, tantôt de sa lance funeste, il dépeuple les rangs. Le voici frappant Hébrus, effrayant avec sa chevelure flottante, et le Gète Prion ; il tranche la tête et les bras d'Auchus et envoie le corps rouler sur la vaste arène.

Colaxès, un fils de Jupiter, avait atteint le terme de ses jours. Déjà son père, attristé, assombrit la voûte céleste et tourmente en vain son cœur en deuil : « Hélas, si j'essayais de soustraire mon fils à sa dure destinée, si j'osais me prévaloir de mon pouvoir, mon frère, qui pleure encore la mort d'Amycus, et tous les dieux dont les fils sont tombés ou tomberont protesteraient bruyamment. Alors, que chacun ait son destin. Je dois me refuser, ce que j'ai refusé à tous. » Il dit, et prépare pour son malheureux fils les plus glorieux exploits, et l'anime avant sa mort d'un immense courage. Colaxès vole sur le champ de bataille, faisant des morts sans nombre, comme un déluge d'hiver jailli d'un arc-en-ciel emporte des rochers, des arbres, des décombres, et dévale en torrents la cime de la haute montagne, puis se brise, s'affaiblit et forme une nouvelle rivière. Ainsi, à l'heure de sa mort, le fils de Jupiter se déchaîne, envoie à terre, ici les vaillants Hypétaon et Géssithous, là-bas Arinès et Olbus. Maintenant blessé, sans cheval, il tue de sa lance Aprus et Tydrus, dit « fils du Phase », car pendant que son père Caucasus, selon son habitude, gardait le troupeau paternel, il naquit sur une rive du Phase. De là, le surnom de l'enfant, considéré comme un serv[68]teur du Phase, et dont les parents laissèrent inutilement pousser la chevelure[69]. Colaxès s'en prenait déjà sauvagement à d'autres, quand l'injuste déesse[70] coupa le fil ultime de sa vie : Jason s'approchait de lui, triomphant. Colaxès l'accueille avec ces mots rageurs : « Êtes-vous venus ici, misérables, pour servir de pâture aux chiens et aux oiseaux de Scythie ? » Il s'empare d'un rocher — le sol en tremble (un tel poids, son bras pouvait le soulever, chose courante à l'époque) —, il le lance, et Junon détourne le coup sur la tête de Monésus, un inconnu regretté de personne, qui tombe. Mais le trait destiné à son fils, Jupiter ne l'a pas dévié : le coup mortel du fils d'Éson traverse le bouclier, transperce la poitrine. Jason accourt, ivre de sang, près de l'homme qui s'effondre, et trouble son agonie par d'acerbes paroles. Puis il s'éloigne pour marcher contre les malheureux Alains, qui déjà avaient éprouvé sa valeur.

Médée cependant suit passionnément du regard les mouvements de Jason, ses yeux ne le quittent pas — et la déesse se garde d'étouffer sa flamme. Elle a maintenant moins de plaisir à regarder la bataille. Elle se sent inquiète et mal à l'aise sans savoir pourquoi, elle se demande si c'est sa vraie sœur à côté d'elle, mais n'ose croire le contraire et se laisse aller encore à son ravissement, à la douceur d'un feu qui la dévore. Comme badine d'abord, dans les cheveux de la forêt, dans les hautes cimes des arbres, un vent léger au

---

68. On laissait croître les cheveux d'un enfant pour les consacrer à une divinité, ici le dieu du Phase, en échange de sa protection.
69. On laissait croître les cheveux d'un enfant pour les consacrer à une divinité, ici le dieu du Phase, en échange de sa protection.
70. Une des trois Parques, nommée Atropos, qui met fin à la vie des mortels.

souffle caressant – mais bientôt pour leur malheur les navires éprouvent sa force prodigieuse, ainsi Médée est entraînée au plus haut degré de la passion. Ayant pris un collier à la charmante déesse, elle le tâte par moments, puis essaye à son cou – la malheureuse ! – le bijou brûlant, et là où l'or qui rend fou a touché sa tendre chair, là pénètre une langueur qui la fait défaillir. Quand la jeune fille rend le bijou à Junon, son désarroi ne vient plus des pierreries ni du noble métal, mais du brasier, mais de la force du dieu qui étreint maintenant tout son cœur. Un reste de pudeur erre sur ses joues de rose. « Crois-tu, ma sœur, dit-elle, que notre père tiendra sa promesse, lui qui doit à une nouvelle faveur des dieux l'aide de cet Argien ? Combien de temps va durer cette guerre affligeante ? Quels risques il prend, hélas !, pour des gens qu'il ne connaît pas ! » Elle parlait encore, quand Junon s'éclipsa, rassurée sur l'effet de sa ruse. Enhardie, Médée se penche plus résolument du haut des remparts, sans plus penser à sa sœur qui a disparu, et chaque fois que des chefs redoutables et leurs hommes en rangs serrés chargent brusquement Jason et qu'une averse de coups s'abat sur lui, elle se sent comme frappée par les pierres et les lances. Surtout elle a tremblé, quand Lexanor a tendu son arc, mais la flèche a volé trop haut et atteint Caïcus, qui abandonne, à peine marié, sa malheureuse épouse et sa maison inachevée.

Myracès, ambassadeur royal, était venu d'Orient négocier une alliance entre les Parthes, Éétès et les Colchidiens, apportant de l'or en garantie. Les Parques[71] alors retinrent le jeune homme en Colchide,

---

71. Divinités qui octroient à chaque homme son temps de vie.

qui se prit de passion pour cette guerre soudaine. Il avait avec lui son valet d'armes, un eunuque, qui montrait une jeunesse impubère et stérile. Myracès, assis dans son char à côté des rênes sur des tapis de Pharos, tantôt chargeait à vive allure les lignes ennemies, tantôt, faisant demi-tour, les criblait de flèches en feignant de s'enfuir. Il porte, attachée sous le menton, la tiare traditionnelle en soie, ornée d'émeraudes. On remarque ses manches, son cimeterre au côté droit, et d'invraisemblables chaussures de barbare, plus longues que son pied. Ces riches objets sont vite repérés par le cruel Syénès : la fine peau de tigre tachetée de pourpre est traversée par son javelot rapide. Soudain un flot de sang coule de la gueule du fauve, qui exhale la vie de son maître ; le valet d'armes, lui, s'affale, la tête coincée dans l'arc brisé. Un sang noir trempe sa chlamyde couleur de feu, souille sa figure et son épaisse chevelure, que sa mère avait nourrie de parfums sabéens[72] et parée d'or pur. Comme un olivier qui grandit dans un humus fertile et irrigué, bercé de brises fécondes – ni les soins incessants, ni l'espoir qu'il donne ne déçoivent le jardinier, qui voit déjà sur la frêle cime pousser un tendre feuillage, quand soudain surgit un vent de tempête avec ses nuages, qui arrache et abat l'arbre sur la terre noire –, ainsi Myracès tombe devant les remparts, sous les yeux de Médée. Mais malade de peur pour un seul homme, elle n'en est pas affectée, non plus que par tes prouesses, Méléagre, par les tiennes, Talaüs, ou les combats d'Acaste. Quant aux autres spectateurs, ils regardaient avidement ces guerriers qui, tels des tornades d'égale force

---

72. Le pays de Saba, qui désigne une région d'Arabie, était renommé pour ses épices, ses baumes et ses parfums.

s'abattaient sur les troupes en déroute. Elle voit la fuite honteuse des chefs, le massacre de ceux qui tombent, et les chars, vides de leurs terribles cochers.

Persès ne put supporter les cris et la défaite. Voyant la fuite des siens, il fait retentir le ciel de ces plaintes : « Dieux célestes, pourquoi, me bannissant de mon pays, vous êtes-vous joués de moi avec de vains oracles qui m'ont incité à faire la guerre et à soulever la Scythie ? Pourquoi des présages, Jupiter, m'annonçaient le juste châtiment de mon frère ? Tu nous réservais – c'était sûr – le soutien des Argiens, une alliance avec ces puissants guerriers ! Il est dur, certes, pour les malheureux, de rester en vie, mais je prie les destins de m'accorder ce jour, où je verrai les Achéens trompés comme ils le méritent, et le fils d'Éson, qui est si imbu de sa valeur, pleurer sur tant d'efforts privés de récompense ! » Il dit, et de ses armes se frappe la poitrine, emplissant son casque de larmes et de sanglots. Il allait s'élancer au plus fort des combats, si Pallas, du camp adverse, ne l'avait aperçu. « Voilà Persès, se dit-elle, qui cherche fièrement à mourir, alors que mon père a décidé de lui donner le trône son frère, de faire de lui le roi des Colchidiens. J'ai peur qu'il me reproche de l'avoir fait mourir perfidement et de subir un châtiment terrible. » Elle répand alors sur Persès un sombre voile de brume, écarte les lances qui sifflent autour de lui. Un bienveillant tourbillon l'élève au-dessus de ses alliés, le porte un court instant dans l'air léger et le dépose à l'arrière des troupes, là où les Hibères nonchalants et les phalanges des Issédons se tiennent à l'écart et se contentent d'aider les autres en criant.

À cet instant la nuit si désirée enfante ses ombres semées d'étoiles. Le fracas des combats cesse soudain, et Médée, souffrante, qui sort d'une longue frayeur, s'éloigne des murailles. Comme les Thyiades, au cours du rite sauvage en l'honneur de Bacchus, prennent un bref repos, avant de se retrouver prêtes à tout sous l'emprise du dieu, Médée, saisie d'un délire semblable, revient sur ses pas. Dans son insatiable passion, elle reconnaît, parmi les Grecs et les troupes de son père, Jason et ses armes, et son visage qui se dessine dessous son casque creux.

Livre septième

Le soir qui descend, jeune fille, te sépare toi aussi du Thessalien, et dès lors, ta joie t'abandonne. La nuit est là, éprouvante pour ceux qui aiment. Ainsi, quand Médée, fébrile, ayant hésité sur le seuil de sa chambre, eut enfin retrouvé son lit, et que l'obscurité eut embrasé son âme, elle ressent dans sa longue insomnie une grande détresse. Elle cherche à savoir ce qui la tourmente, et se l'avoue enfin : « Par quel mal, quel égarement je me laisse entraîner sans résister, au point de ne plus pouvoir dormir ? Mes nuits étaient bien plus paisibles avant de te connaître, intrépide jeune homme. Quelle est cette folie, toujours penser à lui, alors qu'une si vaste mer nous sépare, pourquoi être obsédée par cet étranger ? Qu'il prenne maintenant la toison de Phrixus, cela vaut mieux, puisque il n'est venu que pour ça, c'est la seule raison des peines qu'il endure. Car reviendra-t-il un jour ? Et mon père, ira-t-il chez lui ? Heureux les audacieux qui se sont lancés en haute mer, sans craindre un aussi long voyage, qui ont suivi jusqu'ici un héros tel que lui ! Mais, si valeureux soit-il, qu'il s'en aille ! » Elle ne cessa de s'agiter sur son lit, se tournant ici ou là, jusqu'au moment où elle vit la faible clarté de l'étoile du matin éclairer le seuil de sa chambre. La naissance du jour apporta un apaisement à l'amoureuse, malgré sa nuit sans sommeil, telle une pluie fine redressant les épis affaiblis, ou telle une brise bienvenue qui descend sur les rameurs fatigués.

Mais les Minyens n'ont pas oublié le but de leur périple, et le jour même de leur joie et de leur succès, ils tentent d'aborder le roi, vainement. Jason attend qu'il finisse de brûler les offrandes promises aux dieux, dépouilles prises à l'ennemi. Il regarde au loin, par-dessus les têtes, au cas où quelqu'un apporterait la peau d'or et que le palais en fût illuminé. Il apprêtait son visage et préparait ses mots, quand Éétès prit les devants, coupa court à ses hésitations en se jetant sur Jason silencieux, et laissa parler sa colère : « Hommes d'un autre monde, qui avez vos terres et vos royaumes à vous, quelle folie vous a fait traverser tant de mers pour venir jusqu'ici, quel grand amour envers moi ? C'est toi Phrixus, mon gendre, le premier artisan de mes maux ! Que n'as-tu péri en mer, comme ta sœur ! Comme je serais heureux aujourd'hui, de ne jamais avoir entendu parler des Grecs ! Qui est ce Pélias, qui sont les Thessaliens, qu'est-ce que la Grèce, d'où sortent ces Minyens, où sont les roches Cyanées ? Voilà qu'arrive en Scythie un étranger : avec cinquante bannis (quelle honte !) Jason débarque en Asie. Et un simple bateau, une poignée de pillards me mépriserait plus que personne au monde, au point de me dépouiller, moi, un roi vivant ? Et je devrais lui donner la toison moi-même, violer moi-même mes bois sacrés, sans qu'on daigne se battre pour me vaincre ? Allons, bandit, ne veux-tu pas arracher à tous mes sanctuaires leurs offrandes, et enlever aussi nos filles à leurs mères ? Comment croire que vous avez des maisons, des foyers, vous qu'un vaisseau et des tempêtes repaissent d'ignobles rapines, et que, selon vos propres dire, votre roi a envoyés sur les mers en espérant ne pas vous voir revenir ? Ai-je coupé les arbres, rasé le Caucase pour m'emparer avant vous de cet or[1]? Ai-je traversé les mers pour l'enlever à l'Hémonie ? Ce n'est pas moi qui ai mené Hellé à l'autel du sacrifice ! Mais si tu ne veux pas partir sans la toison, si tu te sens honteux de rentrer les mains vides, et s'il y a, caché au fond de ce bateau, je ne sais quoi de supérieur à des mortels, je ne vous empêcherai pas d'obtenir ce que vous demandez ; mais tu dois d'abord te plier à mes exigences. Devant la ville se trouve une plaine vouée à Mars, en friche depuis plusieurs années, où vivent des taureaux qui exhalaient du feu même quand c'était moi qui venais labourer, car ils hésitaient parfois à me reconnaître. Ils profitent aujourd'hui de ma vieillesse, pour s'adonner davantage à leur rage, à leur fougue, et le feu gronde à leur gueule avec plus d'arrogance. Succède à ma gloire, courageux étranger, et laboure mes champs à nouveau. Les graines, que je semais autrefois, ne te manqueront pas, ni la récolte, dont moi seul je me chargeais. Une nuit te suffira pour prendre ta décision. Examine, seul et avec tes dieux, ce que j'attends de toi. Et s'il se trouve quelque virilité dans ta coque flottante, tu viendras dans le champ de l'épreuve. Pour moi, je ne sais pas encore ce que je préfère : que tu sois tout de suite embrasé de ténèbres et de flammes, ou que tu survives un peu, juste le temps d'ensemencer les sillons et de voir naître, issus des dents de l'hydre cadméenne[2], de jeunes guerriers fleurissant la jachère. »

Médée, d'abord surprise par les dures paroles du roi, resta pétrifiée ; puis, livide, elle regarda Jason : elle tremblait. Elle avait peur que l'étranger, ignorant le danger, n'osât accepter et se crût capable, le

---

1. Allusion à la construction de l'Argo avec des arbres du mont Pélion, en Thessalie.
2. L'hydre tuée par Cadmos.

malheureux !, de surmonter l'épreuve. Lui-même saisi d'épouvante, il se tenait figé, sombre et furieux. Moins stupéfait est le pilote Tyrrhénien ou Ionien, qui t'aperçoit déjà, Tibre, près de ton phare brillant dans l'air serein, quand brusquement il ne voit plus le fleuve, il ne voit plus la terre d'Ausonie[3], mais de funestes bas-fonds qui se rapprochent. Pourtant Jason réfléchit à ce qu'il va répondre à l'odieux souverain, puis se redresse, le regardant de haut : « Ce n'est pas ce retour-là, Éétès, que tu fis espérer aux Minyens, quand nous avons pris les armes pour défendre tes murs. Que fais-tu de la parole donnée ? Vous autres, quels pièges cachez-vous dans vos ordres ? Je vois ici un autre Pélias, d'autres sortes d'épreuves. Alors, tyrans, accablez-moi de votre haine et de votre pouvoir : jamais je ne manquerai de courage ni d'espérance. J'ai l'habitude d'obéir aux ordres et de ne pas reculer face aux épreuves. Je ne te demande qu'une chose : que la moisson dont tu parles m'ensevelisse sous les lances, ou qu'un feu jailli de gueules hostiles me dévore demain, envoie un messager annoncer à l'insensible Pélias que mes hommes ont péri en ces lieux et que, si vous aviez été loyaux, j'aurais pu m'en retourner et revoir mon pays ! » Il laisse là père et fille abasourdis par ces mots, et sort précipitamment du palais déloyal.

Mais tremblante, esseulée au milieu de ses proches, Médée ne dit mot, et ne put, pas même un instant, tenir les yeux baissés et s'empêcher de suivre Jason tristement du regard : elle le vit s'éloigner vers les portes. Pauvre amoureuse ! L'étranger lui sembla encore plus beau ainsi : quelles épaules, quelle

---

3. Ancien nom du Latium et de la Campanie.

carrure ! Elle veut s'en aller, passer les portes, mais retient ses pas impatients devant le seuil. Comme Io, marchant à l'aventure, voyant qu'elle a atteint la limite des sables, s'avance dans la mer puis recule, tandis que l'Érinye la pousse à s'engager dans les remous de l'onde, et que, de l'autre côté, l'appellent les femmes de Pharos[4], ainsi Médée va et vient devant les portes ouvertes : peut-être que son père s'est calmé, qu'il va rappeler les Minyens. L'étranger lui manque, et seule sur son lit, anéantie, elle se désole, ou court se réfugier dans les bras de sa sœur aimée, s'en écarte, essaie de lui parler, mais se tait, revient auprès d'elle, et lui demande comment l'étranger Phrixus s'est établi au pays d'Éa, comment des dragons ailés ont emmené Circé[5]. Au milieu de ses amies, elle est joyeuse et se sent triste, la malheureuse !, puis elle reste avec ses parents, plus aimante que d'habitude, couvre de baisers la main de son père. De même, accoutumée au lit et à la table de son maître, une chienne choyée, malade depuis peu de la rage près de se déclarer, parcourt toute la maison en gémissant avant de prendre la fuite. Médée finalement s'adresse ces douces réprimandes : « Tu t'entêtes, folle ! Sa pensée te tourmente et tu t'inquiètes pour lui, alors qu'il a sans doute fui en haute mer sur son navire et qu'il ne se souviendra même pas de ton nom, une fois chez lui ? Pourquoi m'intéresser à lui, pourquoi me demander s'il pourra triompher des épreuves ou s'il mourra, mettant la Grèce en grand deuil ? Du moins, si son destin était de disparaître bientôt, que n'a-t-il reçu l'ordre d'aller voir des rois inconnus, pour mourir

---

4. Allusion aux dernières errances d'Io, au moment où elle se jette à la mer pour rejoindre l'île de Pharos en Égypte.
5. Circé, tante de Médée, s'était enfuie de Colchide sur un char attelé de dragons, après avoir empoisonné son mari, roi des Sarmates.

ailleurs que chez nous ! Mais il est du sang divin de notre Phrixus, dit-on, et j'ai vu ma chère sœur s'apitoyer sur lui. Il dit qu'on l'a obligé à traverser les mers. Mais peu importe, qu'il rentre chez lui comme il pourra, qu'il ignore cette prière et ne prenne pas mon père en haine. » Elle se tut, et se jeta de tout son poids sur son lit, espérant les bienfaits du repos, mais le sommeil et le rêve sont plus cruels encore : ce n'est que trouble et agitation. Ici, elle voit à ses pieds l'étranger qui la supplie, là, c'est son père. Une épouvante inouïe la réveille et la fait se dresser sur son lit. Elle reconnaît ses servantes, sa demeure familière, elle qui se voyait à l'instant emportée à travers les cités thessaliennes. De même Oreste, effaré par les Furies et de fantasmagoriques visions d'effroi[6], empoigne une épée et frappe la troupe de sa terrible mère ; mais ce sont les serpents, c'est le fouet punisseur au sifflement strident qui suscitent sa démence, et il croit qu'il poursuit l'impure Laconienne[7], qu'il s'échauffe de nouveau à son meurtre ; alors, épuisé, il revient du fallacieux carnage des divinités et s'écroule sous les yeux de sa malheureuse sœur.

Quand Junon voit que la Colchidienne, malgré ses tourments, ne se résout à rien et n'a toujours pas cédé à la plus extrême fureur, elle cesse d'emprunter le visage et la voix de Chalciopé. La passion de Médée s'étiole, s'affaiblit devant sa pudeur, sa raison résiste à l'égarement. Alors Junon monte dans l'air léger, et va trouver Vénus dans l'Olympe vermeil. « Je n'oublie pas l'aide que j'ai reçue de toi récemment, mais la jeune

---

6. Scène de folie d'Oreste harcelé par les Furies, leurs serpents et leurs fouets, pour avoir assassiné Clytemnestre, sa mère adultère.
7. Clytemnestre, mère d'Électre et d'Oreste, qui trompa son mari Agamemnon pendant la guerre de Troie et le fit tuer à son retour.

Médée est trop dure. Elle est passée par la colère et le délire et maintenant hésite ; dès lors elle échappe à mes projets. Va auprès d'elle, je t'en prie, impose-lui cet amour qu'elle me refuse — tu en as le pouvoir. Qu'elle ait l'audace enfin de quitter le palais de son père et de préserver mon cher Jason de tout malheur. Qu'avec les sortilèges, les philtres auxquels elle se fie, elle trompe le serpent qui veille toute la nuit, qui enserre de tant d'anneaux et de replis son arbre jusqu'en haut avec la toison d'or — regarde là-bas ! —, qu'elle lui fasse lâcher l'immense frêne et l'endorme. Voilà ta mission ; le reste, Médée elle-même et les Furies s'en chargeront. »

La mère des Amours ailés lui répond : « Lorsque tu as tenté d'influencer d'abord les sentiments de Médée et de toucher son âme par un trouble nouveau, je ne t'ai pas refusé mon aide, mais je t'ai donné (et à toi seule) ma ceinture sans discuter, qui a fait son effet : elle a été émue, bouleversée, affaiblie. Mais ce n'est pas suffisant, je dois intervenir : c'est moi qu'il faut à son cœur indécis et à sa pudeur vacillante. Je l'obligerai à s'allier elle-même avec le fils d'Éson et à ne plus tergiverser. De ton côté, amène Jason rapidement au temple de Diane la Lumineuse[8], où la Colchidienne a coutume d'allumer les torches sacrées et d'adorer la déesse avec des filles de son âge. N'aie pas peur d'Hécate, si tu crois qu'elle peut contrarier mes projets : qu'elle ose un peu pour voir ! Sur-le-champ elle attraperait le mal d'amour et se verrait contrainte de soumettre elle-même, avec sa triple incantation, les taureaux lanceurs de feu. » [... Junon[9]] l'embrasse, et aperçoit Iris la rapide ; elle lui ordonne de mettre en

---

8. Diane luciférienne ("qui porte la lumière") est un avatar d'Hécate, dont Médée est la prêtresse.
9. Il y a une lacune dans le texte.

œuvre immédiatement le plan de Vénus, d'attirer le jeune fils d'Éson dans les bois d'Hécate. Voici Iris partie auprès des Minyens, et Vénus chez Médée. Junon part faire le guet sur les rochers du Causase, les yeux rivés, entre l'espoir et la crainte, sur les remparts d'Éa, ignorante de l'avenir.

Vénus, devenue invisible, avait à peine jeté un coup d'œil à la citadelle, qu'une langueur nouvelle s'insinue dans l'âme de Médée, que ses plaintes avivent les flammes de la passion. Ainsi, elle éprouve à nouveau des sentiments contradictoires envers l'étranger, s'afflige et adresse d'inutiles paroles à l'absent : « Si par des sortilèges thessaliens, ta mère ou ton épouse − si tu es marié, hélas ! −, pouvaient te venir en aide aujourd'hui ! Que puis-je faire, moi, une jeune fille, sinon verser des pleurs sur tes malheurs ? Il suffit que je [...[10]] Hélas, puissé-je ne pas être obligée d'assister à ses derniers instants, et d'accompagner encore ma sœur sans cœur. Et lui, il croit que personne n'est touché de son sort, que personne n'a de compassion pour lui. Il me hait, moi et tous les autres. Mais si j'en ai la possibilité, je n'hésiterai pas, moi, à recueillir ses cendres mêlées à l'affreux labour, et aussi ses os, qu'auront épargnés le feu terrible des taureaux, afin de leur donner une sépulture. Je pourrai alors chérir l'Ombre du héros et prodiguer mes soins à sa tombe. »

Elle se tut. Voici que Vénus s'assoit à l'improviste sur son lit, transfigurée : elle avait l'apparence de Circé la Titanide, avec ses habits colorés et sa baguette magique. Se croyant abusée par un songe issu d'un lourd sommeil, Médée l'observe, perplexe, mais peu à

---

10. Le texte est corrompu.

peu elle croit reconnaître la sœur du roi son père. Alors, dans la joie et les larmes, elle s'élance et embrasse spontanément la sauvage déesse : « Te voilà enfin, farouche Circé, tu es enfin revenue chez les tiens[11]! Pourquoi as-tu fui loin d'ici avec ton char attelé de dragons ? Quel pays a pu te plaire davantage que ta terre natale ? Avant que tu n'éprouves la nostalgie de ta patrie, un vaisseau thessalien est parvenu au Phase, le malchanceux Jason, franchissant tant de mers en vain, a abordé chez nous... » Là, Vénus l'interrompt et réplique : « C'est pour toi seule que je suis venue, à cause de ta jeunesse depuis trop longtemps inactive. Pour le reste, épargne-moi tes reproches, j'ai simplement cherché une meilleure vie. Songe plutôt – ceci dit pour que tu n'oublies pas la bienfaisance des dieux – que ce monde est commun à tous les êtres vivants, et le ciel aussi. Considère donc que tout pays que le soleil éclaire peut être une "patrie". Pour nous, mon enfant, le Phase insalubre ne doit pas nous confiner dans son hiver éternel. J'ai été libre – toi aussi tu es libre – d'abandonner ces Colchidiens mal embouchés. Aujourd'hui je suis une reine, mariée à Picus d'Ausonie[12]. Là-bas, il n'y a pas de pâturages où règne l'épouvante de taureaux lanceurs de feu. Telle que tu me vois, je suis la souveraine de la mer d'Étrurie. Mais toi, malheureuse, promise à des Sarmates ! À quel Hibère, pauvre de toi, à quel sauvage Gélon, tu vas être unie, pour être sa femme parmi les autres ! »

Médée repoussa aussitôt de tels propos : « Je n'ai pas oublié la divine Perséide[13], pour me laisser aller, dans mon malheur, à un tel mariage. Je t'en prie,

---

11. Circé, tante de Médée, vivait en exil sur une île de la côte italienne, en mer Tyrrhénienne.
12. Roi du Latium (Ausonie), que Circé métamorphosa en pivert.

abandonne cette vaine inquiétude pour moi. Délivre-moi plutôt de ces tourments qui me rendent malheureuse (car tu en as le pouvoir), de ces peurs, de ces émois, et de l'âpre embrasement qu'endure depuis quelque temps mon esprit hésitant. Mon âme ne connaît plus la quiétude, mon corps ne connaît plus le repos. Cherche un remède à ces maux, apaise mon esprit, rends-moi le jour, rends-moi la nuit, accorde-moi de toucher tes vêtements dispensateurs de sommeil, ferme-moi les yeux avec ta baguette magique. Mais toi non plus, ma tante, tu ne peux rien pour moi. Je me sentais plus forte quand j'étais seule. Je vois un mariage triste, des ennemis partout, je vois tes cheveux se dresser comme des serpents[14]. » Médée pleurait, affaissée sur Vénus, son ennemie, lui dévoilant le poison qui coulait dans ses veines et le feu enfoui dans son cœur.

La déesse la serre dans ses bras, lui donne des baisers porteurs de folie, lui insuffle un amour mêlé de haine. Elle lui parle de tout et de rien pour tromper son chagrin, et fait semblant de vouloir la distraire : « Lève la tête, et écoute donc ceci. » Alors Vénus, les larmes aux yeux, de lui faire ce récit : « Comme je glissais dans les airs, légère, des bords de l'Hespérie[15] pour venir jusqu'à toi, j'aperçois par hasard sur la grève un splendide vaisseau, [au point que jamais mon île, qui retient toujours les marins, ne l'aurait laissé quitter le port[16]]. Là, un jeune homme, qui me parut plus beau que tous les autres — c'était leur chef, que même moi, et de loin, je trouvais admirable — accourt vers moi,

---

13. La déesse Hécate, fille du Titan Persès. Ses prêtresses devaient conserver leur virginité.
14. Vision prémonitoire.
15. L'Hespérie, pays du soleil couchant, désigne l'Italie.
16. Vers interpolés.

croyant voir une de tes amies : "Je t'en prie, me dit-il, si tu es horrifiée à la pensée de voir quelqu'un mourir bientôt, qu'on force injustement à affronter des monstres, rapporte mes paroles, oui, va les redire à ta jeune maîtresse. Révèle-lui mes larmes ; c'est le seul moyen que j'ai de lui parler, et je la supplie, comme je peux, depuis ce rivage. Même les divinités qui m'ont suivi à travers mille dangers m'ont abandonné. Mon seul espoir de salut ne peut venir que d'elle, si elle veut bien me porter secours. Qu'elle ne repousse pas ma prière, non, et tous ces héros, qui sont tels qu'elle n'en verra plus, demande-lui de les aider et de sauver la gloire de leurs noms. Je ne peux, hélas, lui exprimer ma gratitude en ce lieu. Qu'elle sache cependant que mon corps, arraché à une mort sauvage, et mon âme lui appartiennent ! Aura-t-elle pitié de moi ? Réponds-moi, ou alors..." Il semblait prêt à se jeter sur son épée tirée. Je lui en fis la promesse : ne me fais pas mentir, je t'en prie. Ses paroles, son malheur m'avaient ému, et je ne me suis pas sentie offensée qu'il t'implore toi, plutôt que moi : à ton tour maintenant de te faire un nom, tu mérites ce suppliant, il est digne de toi. Ma renommée est faite aujourd'hui. Si avant toi Hippodamie a secouru Pélops dans ses dures épreuves, si, voyant les têtes de ses prétendants égorgés, elle eut enfin horreur du char de son père[17], si la fille de Minos livra elle-même son frère à la mort[18], pourquoi n'aurais-tu pas le droit, toi aussi, de secourir

---

17. Le père d'Hippodamie, Œnomaüs, avait promis sa fille à l'homme qui le vaincrait à la course de char. Mais comme il avait des chevaux d'origine divine, il l'emportait toujours et tuait le vaincu. Hippodamie, amoureuse de Pélops, fit saboter le char de son père, qui mourut dans l'accident.
18. Ariane, qui aida Thésée — un étranger — à tuer le Minotaure, son demi-frère.

de valeureux étrangers, pourquoi refuserais-tu de pacifier la campagne d'Éa ? Que tombe enfin la moisson de Cadmos[19] dans un massacre mutuel, que périssent les taureaux qui fulminent dès qu'ils voient un inconnu ! »

Depuis un certain temps, Médée, l'air sombre, avait détourné le regard, et contenait difficilement sa colère. Elle faillit même frapper la déesse au visage, tant elle se sentait blessée dans sa pudeur. La voici sur son lit, abattue, prise de tremblements ; elle se bouche les oreilles, pour ne plus rien entendre. L'horreur envahissait sa frêle jeunesse. Où fuir, que faire ? Elle est prise au piège. Que maintenant la terre s'entrouvre, l'ensevelisse et la recouvre, pour échapper à ces paroles épouvantables ! Mais Vénus lui ordonne de la suivre et va l'attendre à l'entrée. Comme l'impitoyable Bacchus, avec des bandelettes enroulées à ses cornes humectées de rosée, abandonne Penthée dans le palais d'Échion au moment où, enfiévré par le dieu, il s'empare soudain, le malheureux, du vêtement honteux de sa mère, du tambourin et du thyrse des femmes[20], ainsi Médée, restée seule, a peur, regarde tout autour d'elle et refuse de quitter ses appartements. Mais l'implacable amour, la mort imminente de Jason la travaillent, et les paroles de la déesse germent dans son esprit. Hélas, que faire ? Elle sait qu'elle trahit odieusement son père pour un étranger, elle pressent déjà le scandale de ses crimes et harcèle de ses plaintes

---

19. Il s'agit des guerriers appelés "Spartes", qui naissaient des dents du dragon tué par Cadmos, une fois semées en terre.
20. Penthée, fils d'Échion, voulut s'opposer au culte de Bacchus à Thèbes. Celui-ci, pour se venger, l'incita à se déguiser en Bacchante, afin d'assister à leur délire rituel. Les Bacchantes, parmi lesquelles se trouvait Agavé, la mère de Penthée, le tuèrent en le prenant pour une bête sauvage.

les dieux du ciel, les dieux des enfers. Elle frappe le sol du pied, murmure dans le creux de ses mains, appelle Pluton et la reine de la Nuit : qu'ils lui donnent la mort, qu'ils fassent de même pour l'homme qui lui fait perdre la raison. C'est pour Pélias, bien qu'il soit loin, qu'elle réclame à présent les plus durs châtiments, parce que, mu par tant de colère, il veut la mort de Jason. Plusieurs fois elle se promet de secourir l'infortuné de ses pouvoirs magiques, puis s'y refuse, préférant mourir avec lui, criant qu'elle ne cédera pas à un amour si infâme, qu'elle n'accordera pas l'aide de son art à un inconnu. Elle était allongée sur son lit, quand elle eut l'impression qu'on l'appelait encore. Elle entendit les portes grincer, comme si quelqu'un les poussait.

Alors elle sent qu'une puissance indéfinissable la maîtrise entièrement, que les conseils de sa pudeur se sont tus ; elle va chercher au fond de ses appartements, pour le chef du navire hémonien, les meilleurs moyens de protection qu'elle connaisse. Dès qu'elle ouvrit la porte de la pièce secrète, l'odeur des philtres se répandit partout, et quand elle eut devant elle les substances recueillies dans la mer, dans les tombeaux ou prélevées sur la face d'une lune sanglante : « Tu recherches l'opprobre, tu es prête à vivre dans la honte, se dit-elle, alors que tu disposes de tant de poisons, si efficaces pour échapper à ton odieux forfait ? » Là-dessus, roulant les yeux, elle examine en hésitant le plus foudroyant de ses poisons, s'y attarde, décide d'en finir et concentre pour cela toute sa colère contre elle-même. Ô trop désirable lumière du jour, plus douce encore à l'instant de la mort ! Médée s'est ressaisie, s'étonne de sa folie : « Hélas, tu veux mourir au printemps de la vie – n'est-ce pas insupportable ?

Oublies-tu les joies de l'existence, de la jeunesse, ne veux-tu voir les douces joues de ton frère s'ombrager de duvet ? Ne sais-tu pas, cruelle, que Jason — quel qu'il soit — va mourir de ta mort, lui qui aujourd'hui s'adresse à toi personnellement, qui t'implore, hélas, parce tu es la première personne qu'il a rencontrée à son arrivée ? Pourquoi, père, as-tu conclu un accord mensonger avec lui, au lieu de le faire périr tout de suite en le livrant à tes monstres ? Sur le moment, c'est ce que je voulais moi aussi, je l'avoue. Ô fille du Soleil, chère Circé, je m'en remets à tes paroles : tu es mon guide, je te suivrai. Les conseils de ton expérience m'ont convaincue. J'ai moins de sagesse que toi, je ferai ce que tu me recommandes. » Alors elle retrouve son inquiétude et ses craintes pour le héros thessalien, et se réjouit à la pensée de vivre ou mourir pour lui seul, selon ce qu'il décidera. Elle prie Hécate d'augmenter la puissance de ses formules et de son art, car elle doute maintenant de ses philtres habituels. Puis elle serre sa robe et prend la fleur du Caucase née du sang de Prométhée : rien n'a plus d'efficacité. Plante nourrie du supplice du dieu, le sang divin l'engendre et la fait croître parmi les neiges et les tristes frimas. Car le vautour, repu du foie de Prométhée, laisse tomber de son bec des gouttes de sang, au moment où il s'envole du rocher. Cette plante ne se fane pas, elle reste toujours fraîche. Touchée par la foudre, elle ne meurt pas, et elle fleurit dans le feu. Hécate, la première, avec sa faux durcie dans les eaux du Styx, a arraché aux rocs ses tiges résistantes. À sa prêtresse ensuite elle a montré l'endroit de la récolte. Quand Phébé allume son dixième flambeau, Médée vient faucher furieusement le sommet où cette plante abonde parmi les déchets et la sanie du dieu. Lui, il gémit en regardant la Colchidienne, car cette moisson le fait souffrir. Tous ses membres se contractent et ses chaînes tremblent à chaque coup de faux.

Tel est le sortilège dont se munit la malheureuse contre son propre pays. Tremblante, elle marche dans la nuit noire ; Vénus lui tient la main, la cajole, la calme par de douces paroles et l'entraîne avec elle par les rues de la ville. Quand leur diligente mère fait sortir du nid pour la première fois ses oisillons encore frêles, qu'elle les encourage à la suivre en se soutenant de leurs petites ailes, d'abord le ciel d'azur leur fait peur, et ils demandent à rejoindre leur arbre familier ; ainsi Médée, en traversant la ville enténébrée, se sent défaillir et s'effraye des maisons silencieuses. Alors de nouveau, sur le seuil de la dernière poterne, inutilement elle s'arrête, et sa fière détermination l'abandonne. Montrant son hésitation, elle regarda la déesse : « Est-ce bien Jason qui me réclame, est-ce vraiment lui qui me supplie ? N'y a-t-il pas une faute, une atteinte à mon honneur, un motif caché, n'est-ce pas honteux de me mettre au service d'un homme qui me demande de l'aide ? » La déesse ne répond rien, ce qui met fin à ce vain bavardage. Déjà la Colchidienne dans le silence obscur de la nuit s'était mise à marcher en murmurant une incantation : les divinités des monts ont caché leur visage, les rivières et leurs sources ont détourné leurs eaux. Sur les étables, sur les troupeaux, la peur a bondi, les tombeaux résonnent de grands coups. La Nuit même, frappée de stupeur, va moins vite dans sa pesante obscurité. Vénus frissonne et marche derrière Médée. Quand elles entrèrent sous la haute futaie, dans l'ombre de la triple déesse[21], soudain Jason apparut devant elles, qui ne pensaient

---

21. La déesse Hécate, avec ses avatars Artémis et Phébé, avait les trois mondes en attribution : souterrain, terrestre et céleste.

pas le voir si vite. Médée eut un sursaut d'effroi. Alors Iris s'enfuit de son aile rapide, Vénus lâcha la main de Médée. Comme à la nuit noire la panique s'abat sur les bergers et les troupeaux, ou comme dans le vide abyssal se rencontrent les Ombres sans visage et sans voix, de même, cette nuit-là, dans les ténèbres de la forêt, Jason et Médée étaient tombés brusquement l'un sur l'autre et se tenaient face à face, apeurés, tels des sapins silencieux ou des cyprès immobiles, que la violence des vents n'a pas encore troublés.

Les voici donc tous les deux, figés et muets. La nuit achevait sa course. Médée voudrait que Jason lève les yeux et prenne la parole. Lui, remarquant son effroi, ses larmes, ses joues en feu et sa honte pitoyable, voulut rassurer l'amoureuse : « Viens-tu m'apporter un espoir de salut ? Es-tu là par compassion ou seras-tu satisfaite, toi aussi, par ma mort ? Je t'en prie, jeune fille, ne te comporte pas comme ton horrible père. On ne peut être sans cœur, avec un visage comme le tien. Était-ce le remerciement, la récompense attendue pour mes efforts ? Fallait-il, Médée, être ainsi humilié sous tes yeux ? Écoute sans partialité ce que j'ai à dire. Qu'ai-je fait, dis-moi, pour que ton père veuille m'exposer à ses monstres innommables et m'infliger un tel châtiment ? Est-ce parce que mon ami Canthus a péri, tué par une lance étrangère, parce que mon cher Iphis est mort pour défendre vos remparts ou parce que sont tombés tant de combattants scythes ? Il aurait dû, le traître, m'enjoindre de partir, de quitter sans délai son royaume ! Tu vois quels obstacles, quelles conditions il m'impose pour honorer sa parole donnée. Eh bien, je vais me battre, c'est décidé, je ne faillirai pas aux ordres de ton père. Je ne partirai pas d'ici sans la toison, et le jour n'est pas venu, où l'on me verra montrer de la couardise. »

Médée tremblait ; elle voit que celui qui l'implore a cessé de parler et qu'il attend sa réponse. Affolée, elle ne sait par où commencer, ni dans quel ordre, ni comment finir : elle veut tout dire à la fois, la honte et la crainte l'empêchent même d'ouvrir la bouche. Elle n'ose pas bouger, lève à peine les yeux : « Pourquoi, Thessalien, es-tu venu chez nous ? Comment peux-tu espérer quoi que ce soit de moi ? Pourquoi ne pas poursuivre tes si rudes efforts en ne comptant que sur tes forces ? Est-ce à dire que, si j'avais eu peur de quitter le palais de mon père, tu étais un homme mort ? Ainsi tu prévoyais pour demain un horrible trépas ? Et Junon, et Pallas, où sont-elles à présent ? Tu es surpris aussi, me semble-t-il, qu'en un si grand péril, je sois seule à tes côtés, moi, une princesse d'une maison étrangère. Et ces bois maintenant ne reconnaissent plus la fille d'Éétès, car ton destin m'a vaincue : tu es mon suppliant, prends donc mes présents, et si Pélias cherche encore à te perdre, s'il t'envoie affronter d'autres dangers, dans d'autres villes... – ne compte pas, hélas, sur le pouvoir de ta beauté ! » Déjà elle commençait à tirer de sa robe la plante de Prométhée et les philtres d'Hécate : « Toutefois, s'il te reste un espoir d'être aidé par les dieux, ou si par hasard ta vaillance peut t'arracher à la mort, je t'en supplie encore, étranger : oublie-moi, et renvoie-moi, innocente, chez mon malheureux père. » Elle se tut. Sans attendre (car les étoiles parvenaient à la fin de leur course, et le Bouvier, au bord du ciel, chavirait), dans les soupirs et les larmes, elle offre au jeune homme les charmes occultes, comme si elle livrait à la fois son pays, sa réputation et sa dignité. Jason avance les mains et prend toute cette puissance talismanique.

Dès lors fautive, toute pudeur définitivement bannie — l'Érinye s'est approchée, elle s'insinue dans son être —, Médée déploie ses sortilèges en les liant à chaque membre du fils d'Éson. À son bouclier, elle applique sept sorts et rend sa lance plus efficace. Déjà, malgré l'éloignement, les taureaux sentent leur feu faiblir. « Maintenant, lui dit-elle, reprends ce casque à aigrette, que la Discorde vient de tenir dans ses mains meurtrières. Quand tu auras labouré la plaine, lance le casque au milieu des combattants. Aussitôt la phalange en fureur se détruira elle-même. Mon père sera étonné, il en frémira et peut-être me lancera un regard. » Sur ces mots, son esprit vagabonda, se représenta la pleine mer. Elle voyait déjà les Minyens déferler leurs voiles, seuls, sans elle. Elle ressentit alors une souffrance intense, attrapa la main du fils d'Éson et lui dit d'un air humble : « Je t'en prie, ne m'oublie pas ; moi, tu peux en être sûr, je ne t'oublierai pas. Dis-moi, de quelle largeur est la mer qui te séparera d'ici ? Vers quelle région du ciel devrai-je regarder ? Garde-moi toujours, en tous lieux, dans ton esprit. Souviens-toi de notre rencontre, reconnais ce que j'ai fait pour toi et ne sois pas honteux de devoir la vie sauve à une jeune fille. Hélas, pourquoi ne vois-je aucune larme dans tes yeux ? Fais-tu semblant d'ignorer que bientôt je serai mise à mort, punie par la juste colère de mon père ? Mais toi, un règne prospère t'attend, une épouse et des fils ; moi, je vais mourir, abandonnée, mais je ne m'en plains pas. Je quitterai la vie pour toi, contente de mon sort. » Aussitôt Jason (elle l'avait ému par un envoûtement silencieux, lui inspirant un amour semblable au sien) : « Crois-tu que le fils d'Éson, s'il t'abandonnait, puisse vivre et voyager sans toi ? Livre-moi au tyran, je préfère, et détruis tes sortilèges malvenus, désenvoûte-moi ! À quoi bon vivre et revoir mon pays, si mon père Éson ne doit pas t'embrasser, toi, avant tout autre, s'il n'a pas le bonheur de te voir arriver, portant la toison resplendissante, si la Grèce n'accourt pas sur le port pour te voir ? Écoute ce que j'ai à te dire : donne-moi ton accord aujourd'hui, je t'en prie, sois mon épouse. Au nom de tes pouvoirs, qui surpassent ceux des dieux célestes et infernaux, par ces astres qui, sur un signe de toi, rebroussent chemin, et par ces heures de détresse commune, je fais ce serment : si jamais j'oubliais ton bienfait et notre rencontre de cette nuit, si j'oubliais que tu as quitté pour moi ta couronne, ton palais, tes parents, et si un jour tu voyais que je manque à mes promesses, alors je veux perdre le bénéfice d'avoir échappé aux taureaux et aux féroces fils de la Terre, je veux, dans ma propre maison, être détruit par tes flammes et tes pouvoirs. Ajoute ce qu'il y a de plus abominable, abandonne-moi au comble de la terreur ; et que personne ne puisse porter secours à l'ingrat que je serai devenu[22]. » La Furie a entendu le serment et voue aussitôt Jason, s'il se parjure, à des châtiments mérités, car elle venge toujours l'amour bafoué.

Aucun d'eux ne parle ni ne bouge. Tantôt ils lèvent les yeux où brille leur jeunesse intrépide — et chacun en profite pour admirer la beauté de l'autre —, tantôt une gêne pudique leur fait baisser le regard et les retient de parler. Mais la jeune fille à nouveau épouvante Jason : « Sache à quel danger, une fois les

---

22. Prémonitions de la vengeance de Médée : les maléfices qui consumeront Créuse (seconde femme de Jason) et son père, roi de Corinthe, le feu qui incendiera le palais, le meurtre de ses propres enfants.

taureaux subjugués, tu vas t'exposer, à quel gardien de la toison thessalienne. Je ne t'ai pas tout dit, je l'avoue. Plus effroyable encore, crois-moi, sera l'épreuve, face à l'arbre immense de Mars... Puissé-je avoir une aussi grande confiance en moi, en Hécate nocturne et dans ta force ![23] » Elle veut lui montrer ce qui l'attend : elle excite le reptile aux interminables replis en faisant surgir devant lui une image du chef hémonien. Il se dressa, comme jamais auparavant, émit des sifflements stridulants. Affolé, il se souleva, s'enroula autour de la toison et de l'arbre en le recouvrant de ses anneaux, et se mit à vouloir happer l'image, faisant claquer rageusement ses mâchoires dans le vide. « Quel est ce bruit, ce formidable écroulement ? » s'écrie le fils d'Éson, figé de peur, l'épée tirée. Médée apaise le dragon[24], le fait reculer : « Voilà ce que la colère de mon père te réserve pour la fin. Hélas, infortuné, quels dangers tu vas devoir encore affronter ! S'il m'est donné de te voir monter sans effort dans le frêne hérissé d'écailles vertes et marcher sur les anneaux du monstre qui ne dort jamais, alors je veux bien mourir, et même deux fois ! » Là-dessus, elle s'enfuit et regagna la ville, tandis que pâlissaient les ombres de la nuit.

Au lever de l'aube vermeille, un espoir illusoire réveilla le roi : au bout d'une nuit, le fils d'Éson n'est-il pas déjà loin sur la mer, l'horizon n'est-il pas dégagé, la mer de nouveau silencieuse ? Comme il se disposait à aller voir la mer, Échion l'Arcadien se présente devant lui, disant que Jason se trouve en ce moment dans la plaine de Mars, que le roi n'a plus qu'à lâcher ses

---

23. « Puissé-je avoir... et dans ta force ! » : traduction conjecturale d'un passage lacunaire ou corrompu.
24. « Médée apaise le dragon » : traduction conjecturale.

taureaux aux sabots d'airain. « Voilà qu'on me provoque ! » dit le roi, et il quitta le palais. [...[25]] « Allons, terribles taureaux, retournez-moi cette plaine, faites voir la puissance de toutes vos flammes ! Que s'élèvent pour le laboureur thessalien des épis dont on se souviendra ! Et toi, ma fille, détruis les Grecs avec ton dragon, qu'ils trouvent la mort devant la toison, l'éclaboussent de leur sang haïssable, qu'elle m'en garde elle-même les traces ! » Il ordonne de lâcher les taureaux librement dans la plaine. Il fait apporter l'horrible semence, les dents du dragon cadméen, et le chêne pesant de la dure charrue. Les jeunes de Pagases[26] accompagnent leur chef intrépide et l'entourent. Chacun le soutient de ses plus vaillantes sentences, puis on s'éloigne du champ dangereux. Jason s'est arrêté ; le voilà seul et immobile, comme un aurochs solitaire aux confins australs de la terre, qui sous un vent de sable torride s'efface dans le jour déclinant, ou comme dans le grand Nord un bison debout près des montagnes Riphées, disparaissant dans la neige sous l'âpre glace d'un vent noir. Soudain sur tout son cours le Phase étonné se met à scintiller ; les forêts du Caucase et tout le pays d'Éétès s'éclairent de reflets, et des étables fusèrent de flamboyantes ténèbres. De même, quand la colère étincelante de Jupiter, d'un unique nuage lance sur les mortels un double foudre, ou quand deux vents brisent leurs chaînes et prennent la fuite ensemble, ainsi les deux taureaux ont surgi de l'enclos en exhalant, la tête haute, un formidable tourbillon de flammes, en soufflant les noires vagues d'un brasier. Ils ont frémi, les Argonautes, il a frémi, le téméraire Idas, qui

---

25. Le texte est lacunaire.
26. Les Argonautes, partis du port de Pagases, en Thessalie.

récemment déplorait qu'il fallût s'en remettre aux artifices d'une jeune fille. Malgré lui, il regarda la Colchidienne. Sans attendre, dès qu'il vit les taureaux se séparer, Jason s'élance ; il agite son casque hostile, avance, provoque de la main les feux mouvants. La bête qui, la première, a vu les armes de son adversaire, s'arrête enfin, l'œil féroce, hésite un instant, et brusquement écume de rage. C'est avec moins de fureur que la mer irritée se rue sur les récifs, s'y brise et reflue. Deux fois le monstre, soufflant sa foudre, se précipite sur Jason et l'enveloppe de fumées, mais la Colchidienne le protège des brûlures ; le feu frappe le bouclier et devient froid, la flamme faiblit face au sortilège. Le fils d'Éson lance les mains et empoigne les cornes brûlantes puis, penché en avant, les tient de toutes ses forces. Voilà le taureau qui, repoussant même tes pouvoirs, Médée, malmène le héros, se débat violemment, le soulève, mais sans parvenir à s'en débarrasser. Enfin il commence à céder, meugle plus sourdement, se baisse : il est harassé, il est vaincu. Alors Jason, se tournant vers ses compagnons, leur demande l'énorme joug. Déjà il comprime le mufle ; la bête l'entraîne, il la retient, la bloque du genou ; il a le dessus et force le cou tremblant du taureau à recevoir le joug d'airain. Alors la Colchidienne, inquiète, met hors de combat le deuxième taureau : il devient lent, craintivement agressif, et dès qu'il est près de Jason, elle le couvre de ténèbres. L'animal tombe, épuisé, sur le mufle et les flancs, vaincu par sa masse même et sa colère. Jason bondit, pèse sur lui autant qu'il peut, maîtrise le taureau qui s'affaiblit lui-même par ses exhalaisons. Une fois subjugués et attelés à la solide charrue, il les fait se lever d'un coup de genou et les aiguillonne sans pitié avec sa lance : ainsi, sur le dos du cheval tout juste sorti de terre, le Lapithe a sauté, bridant le premier hennissement du monde, puis se montra au sommet de l'Ossa[27].

Comme s'il déchirait les plaines de Libye et les riches terres du Nil fertile, Jason, joyeux, lance à poignées la semence, remplissant les sillons d'une future armée. D'abord, à trois reprises, du soc même de la charrue, s'éleva l'appel de la trompette martiale, et dans tous les sillons retentirent des sonneries de cor. Ensuite on vit remuer la glèbe belliqueuse ; une phalange se forme, tout armée, et commence à pousser partout dans le champ. Jason recule et se rabat un peu du côté de ses compagnons, attendant de voir à quel endroit vont surgir les premiers bataillons. Mais dès que les cimiers commencent à crever la terre toute brillante de casques ennemis, il court vers eux et, à la naissance du cou — les épaules n'apparaissent pas encore —, il tranche les têtes au ras du sol. Puis il part moissonner les cuirasses étincelantes des autres guerriers ou leurs mains à peine sorties de leur mère. Mais ensuite, aux milliers d'autres, il ne peut pas plus faire face, que devant l'armée de l'hydre abominable le Tirynthien épuisé, qui finit par utiliser le feu de Pallas[28]. Alors il recourt une nouvelle fois à l'art de la Colchidienne, son alliée. Il dénoue les courroies qui attachent son casque, et pourtant il reste indécis : il a l'idée de combattre seul tous les guerriers. Mais c'est impossible. Venant de tous côtés, les sauvages fils de la

---

27. Allusion à la création du premier cheval par Neptune, qui fendit la terre pour le faire naître. Les Lapithes (peuple de Thessalie) étaient des cavaliers réputés. L'Ossa est une montagne de Thessalie.
28. C'est Pallas Athéna qui avait conseillé à Hercule de brûler les tronçons de l'hydre de Lerne, afin d'empêcher que les têtes du monstre ne repoussent au fur et à mesure qu'il les coupait.

Terre rassemblent en grand tumulte leurs enseignes au son de la trompette. Tous marchent contre Jason, sur lui se concentrent tous leurs tirs. Affolé par un si grand danger, il jette le casque au milieu d'eux, que Médée récemment [lui avait donné, chargé[29]] d'un maléfice infernal : aussitôt les lances se détournèrent de lui. Comme les Phrygiens chaque année, mus par la colère de Cybèle endeuillée, entrent en transe et se lacèrent, ou les Comanes balafrés, sectateurs de Bellone[30], ainsi Médée suscite soudain le chaos dans les rangs des guerriers qu'elle excite, poussant les malheureux frères à se livrer bataille. Chacun d'eux, dans un délire meurtrier, s'imagine frapper le fils d'Éson. Éétès est stupéfait ; il veut lui-même rappeler à l'ordre ces fous furieux, mais pris dans la mêlée, ils s'entre-tuaient. Ensemble sont tombés les premiers, ensemble les derniers. Brusquement ils disparurent, engloutis par leur mère la Terre.

Aussitôt le fils d'Éson, les épaules fumantes, se jette dans le fleuve. On dirait Mars qui, laissant la poussière gétique, entre dans l'Hèbre[31] avec ses chevaux et, couvert de sueur, s'y désaltère, ou bien, fuyant sa caverne et la chaleur étouffante des foudres étincelants, un Cyclope noir de suie, qui se délasse dans les eaux de Sicile[32]. Rendu enfin à ses compagnons qui exultent, Jason les serre dans ses bras. Il ne daigne plus rappeler sa promesse au monarque menteur, et même si Éétès respectait son

---

29. Il y a une lacune dans le texte.
30. Cybèle pleure la mort de son amant Attis. Allusion aux flagellations et aux mutilations pratiquées dans les cultes de Cybèle et de Bellone, déesse de la guerre.
31. Fleuve de Thrace, l'actuel Maritsa en Bulgarie. Des Gètes y étaient établis.
32. Les Cyclopes forgeaient les éclairs dans les profondeurs de l'Etna.

engagement et lui apportait la toison, il ne voudrait plus de sa paix ni de son alliance. Ils se séparent, tous deux fiers, tous deux hostiles.

Livre huitième

Mais tremblante dans sa chambre, effrayée de ce qu'elle a fait, la Colchidienne se sent assaillie de tous côtés par la colère et les menaces de son père. La mer profonde ne lui fait plus peur, aucun pays ne lui semble trop lointain : maintenant elle veut fuir sur les mers, quelles qu'elles soient, par n'importe quel moyen. Elle pleure, donne un dernier baiser à ses bandelettes de vierge[1], étreint le lit qu'elle abandonne, le lit de ses sommeils d'enfant, lacère de ses ongles ses cheveux et ses joues. Allongée sur sa couche, elle se désespère : « Éétès, mon père, à l'heure où je suis prête à m'enfuir, si tu pouvais être là pour me serrer dans tes bras, si tu pouvais voir mes larmes ! Ne va pas croire, père, que l'homme avec qui je pars m'est plus cher que toi. Que la tempête m'engloutisse avec lui ! Je prie que tu gardes la royauté dans la paix et la sécurité, que tu vives encore longtemps, et que tes autres enfants t'apportent plus de joie ! » Elle dit, et retire de leurs coffrets funestes les philtres qu'ils dissimulaient, que son mari d'Hémonie jamais n'aurait dû mépriser[2]. Elle les met dans les plis de son vêtement virginal, en imprègne les pierres d'un collier et prend ensuite une épée d'épouvante. Alors se dressant comme sous le coup de l'onduleux fouet des Furies, elle s'élance, telle

---

1. Ces bandelettes sont l'insigne de sa virginité et de sa consécration à la déesse Hécate.
2. Allusion à l'usage que Médée fera plus tard de ces substances pour se venger de Jason.

Ino, hagarde, se jetant à la mer sans penser, tellement elle a peur, à l'enfant qu'elle tient, tandis qu'à la pointe de l'Isthme, son mari laisse éclater sa colère, inutilement[3].

Déjà Jason, pressé par l'inquiétude, l'avait devancée dans les bois, se glissant sous la nuit sainte des arbres ; son visage, tel un astre, rayonnait de jeunesse. De même que le chasseur du Latmus, tandis que les pisteurs sont dispersés dans les halliers, s'est assis à l'ombre dans la chaleur de l'été, digne d'être aimé d'une déesse – et justement la Lune, cornes voilées, le rejoint[4], de même Jason, qui attend son amoureuse sous le couvert des arbres, fait resplendir les bois de sa fraîche beauté. À la façon d'une colombe affolée, qu'enveloppe et poursuit l'ombre immense d'un rapace, et qui s'abat, tremblante, sur le premier venu, voici que la jeune fille, prise d'une peur intense, s'élance sur Jason, qui la reçoit dans ses bras et lui tient ces doux propos : « Toi, qui seras la plus grande fierté de mon foyer, tu es l'unique raison de mon si long voyage. Je ne désire plus la toison, il me suffit de t'avoir rencontrée. Mais allons, puisque tu en as le pouvoir, à tes bienfaits, à ton soutien, ajoute encore ceci : on nous a ordonné de rapporter la toison d'or, et cet honneur glorieux concerne aussi mes compagnons. » Il se mit à genoux et lui donna des baisers sur les mains. Médée sanglotait : « C'est pour toi que j'abandonne le palais de mon père et ma riche

---

3. Ino, épouse d'Athamas, voulut faire périr les enfants qu'il avait eus de Néphélé en premières noces, Phrixus et Hellé. Fuyant la colère d'Athamas, elle se jeta dans la mer face à l'Isthme de Corinthe et s'y noya avec son jeune fils Mélicerte.
4. Il s'agit d'Endymion, berger aimé de Séléné, déesse de la lune. La scène se passe en Carie, près de Milet, dans les forêts du mont Latmus.

famille. Je n'agis plus désormais en princesse : je laisse la royauté pour ne suivre que mon désir. N'oublie jamais la fidélité que, de toi-même — tu en es conscient, n'est-ce pas ? —, tu as promise à une fugitive. Les dieux sont témoins de nos paroles, et les astres nous regardent, toi et moi. Avec toi je vais prendre la mer, avec toi j'irai partout, pourvu que jamais, chassée de ta maison, je ne sois contrainte de me retrouver devant mon père. Voilà ce que je demande aux dieux, et à toi aussi, Thessalien. »

Elle dit, et s'élance, hagarde, sur des sentiers écartés en marchant d'un pas vif. Jason l'accompagne, la serre de près, et ressent de la pitié pour elle. Soudain il aperçoit, perçant l'obscurité, une flamme immense, une violente clarté qui fait vibrer les ténèbres. « Quel est ce feu dans le ciel, dit-il, quel astre jette un éclat si lugubre ? » Médée le rassure : « Ce sont les yeux du dragon, la lumière de ses regards terribles. Crête hérissée, il lance des éclairs. Il a peur, parce que je ne suis pas seule. Contrairement à son habitude, il ne m'appelle pas, ne me réclame pas son repas en me caressant de sa langue. Dis-moi maintenant si tu veux lui prendre la toison, pendant qu'il est réveillé et qu'il te voit, ou si je dois l'endormir et le rendre inoffensif ? » Jason ne dit rien. Médée lui inspirait une muette épouvante. Les yeux et les mains levés vers le ciel, la Colchidienne t'invoqua, Sommeil vénérable, en modulant une incantation sur un rythme barbare : « Tout-puissant Sommeil, moi, la Colchidienne, du monde entier je t'appelle. Je te demande de concentrer ton pouvoir sur ce seul dragon. Souvent, grâce à ta corne[5], j'ai maîtrisé les vagues, les nuages, la foudre, et tout ce qui scintille dans le ciel, mais à présent, allons,

---

5. Le Sommeil agit en versant un soporifique d'une corne creuse.

aide-moi de toutes tes forces, sois semblable à ton frère Trépas. Pour toi aussi, très fidèle gardien du bélier de Phrixus, le moment est venu de relâcher enfin ta vigilance. Quelle ruse peux-tu craindre, quand je suis avec toi ? Je veillerai moi-même sur la forêt. Repose-toi de tes longs efforts. » Le monstre, malgré sa fatigue, ne veut pas laisser sans surveillance l'or du descendant d'Éole ni s'accorder le repos qu'on lui offre, bien qu'il en ait envie : à peine atteint par la première vague du sommeil, il se hérisse et chasse de son arbre les songes caressants. Mais la Colchidienne ne cesse de faire écumer les charmes du Tartare et d'agiter un rameau trempé dans l'eau dormante du Léthé[6]. Elle alourdit ses paupières qui luttent contre l'action de l'incantation, elle épuise en formules et en gestes tout le pouvoir du Styx. Enfin le sommeil s'empare des yeux fulminants du dragon. La haute crête s'est affaissée, la tête oscille, et l'énorme échine s'écarte de la toison, tels le Pô qui reflue, le Nil divisant sa force en ses sept bras, ou l'Alphée qui débouche en terre d'Hespérie[7]. Quand elle vit sur le sol la tête de son cher dragon, elle se jeta sur lui, l'embrassa et, s'accusant de dureté, pleura sur la bête qu'elle avait élevée : « Dans quel état je te vois ! Quand la nuit je t'apportais les offrandes et de quoi te nourrir, tu étais bien différent ! Moi aussi je suis tout autre aujourd'hui, que celle qui te donnait du miel et qui te nourrissait fidèlement d'élixirs. Comme te voilà pesamment étendu à terre, comme tu respires faiblement ! Et je ne t'ai même pas

---

6. Fleuve des Enfers, qui procurait l'oubli aux âmes avant leur réincarnation.
7. On pensait que le fleuve Alphée, qui a sa source en Élide (Péloponnèse), ressurgissait dans l'île d'Ortygie, près de la Sicile (Hespérie). Le relâchement du dragon est comparé au ralentissement du débit des fleuves.

tué, malheureux. Tu vas devoir supporter la vie cruelle, hélas ! Bientôt tu sauras que la toison t'a été enlevée, cette offrande qui brillait sous ton ombre. Quitte cet endroit, va dans d'autres bois finir tes jours, oublie-moi, je t'en prie ; ne me poursuis pas de tes sifflements hostiles sur les mers. Et toi, fils d'Éson, ne perds pas de temps, prends la toison et fuis. Je suis coupable d'avoir étouffé le feu des taureaux paternels, coupable d'avoir tué les fils de la Terre, et voici mon dragon, étendu à mes pieds ! J'espère que mes crimes s'arrêteront là. » Jason lui demanda comment parvenir jusqu'en haut de l'arbre immense où pendait la toison : « Eh bien, lui dit-elle, utilise l'animal, monte dans l'arbre en marchant sur son dos. » Aussitôt, se fiant à son conseil, il foule les écailles et se hisse à la cime du frêne, dont les branches retenaient la dépouille étincelante, pareille aux nuées rougeoyantes, à Iris glissant, robe dénouée, vers l'ardent Phébus[8]. Le fils d'Éson s'empare de cet objet de gloire tant désiré, sa dernière épreuve. Ce souvenir de la fuite de Phrixus, gardé si longtemps, l'arbre eut du mal à s'en séparer. Il fit entendre un soupir, et de tristes ténèbres l'ensevelirent. Sortis des bois, ils traversent la plaine à nouveau pour gagner l'embouchure du Phase. La toison illumine la campagne. Tantôt Jason se revêt de la peau, dont les flocons rutilent d'une lumière astrale, tantôt il la plie sur ses épaules ou l'enroule autour du bras : tel, au retour du vallon de Némée, marchait le Tirynthien, qui s'essayait à faire tenir sur sa tête et son dos la dépouille du fauve[9]. Quand les Argonautes, qui attendaient comme prévu à l'embouchure du fleuve, virent au loin dans la nuit un halo d'or, ils poussèrent

---

8. Iris est la déesse de l'arc-en-ciel, qui se montre lorsque le soleil (Phébus) paraît.
9. Scène où Hercule vient de tuer à Némée un énorme lion.

des cris. Joyeuse aussi, la nef s'avance tout près de la rive, au-devant du jeune homme. Celui-ci hâte sa marche, fait passer la toison à ses compagnons, puis saute à bord avec la jeune fille stupéfaite ; il prend une lance et, tel un vainqueur, s'y appuie.

Entre-temps le roi apprend la dure nouvelle, le malheureux destin de sa maison, la trahison et la fuite de sa fille. Alors son fils se dresse aussitôt, revêtu de ses armes[10], puis toute la ville se rassemble. Éétès, oubliant son âge, accourt ; le rivage se couvre de guerriers, mais en vain : le vaisseau fuit déjà, toutes voiles dehors. La mère de Médée, Idyia, tendait ses mains vers le large, la sœur aussi[11], et toutes les femmes du pays, les mères, les brus, et les filles de ton âge, Médée. Plus que les autres, c'est la mère qu'on entend ; elle remplit l'air de ses cris : « Arrête-toi ! Fais revenir le navire ici, tu le peux, ma fille ! Où vas-tu ? Ta famille, ton père, qui n'est pas encore en colère, sont tous ici ! Et ton pays, ton royaume ! Pourquoi te livrer, toute seule, aux terres des Achéens ? Quelle place espères-tu, toi, l'étrangère, parmi les épouses argiennes ? Est-ce donc là le foyer que tu voulais, le mariage que tu attendais ? Ai-je mérité cela pour mes vieux jours ? Je voudrais pouvoir me jeter, comme un rapace, à la face du voleur avec mes serres crochues, survoler son bateau et réclamer mon enfant à grands cris ! Elle était promise, fils d'Éson, au roi d'Albanie, pas à toi. Ses pauvres parents n'ont pris aucun engagement envers toi ! Pélias ne t'a pas ordonné de t'emparer de Médée, d'enlever des filles aux Colchidiens : garde la toison, et prends ce que tu veux dans nos temples ! Mais

---

10. Absyrtus, frère de Médée.
11. Chalciopé, sœur aînée de Médée.

pourquoi chercher un coupable et faire d'injustes reproches ? C'est elle qui s'enfuit, elle brûle – malheur ! – d'un amour sans mesure. Voilà pourquoi, ma pauvre fille – je m'en souviens maintenant –, du jour où les princes thessaliens ont abordé chez nous, tu perdis le plaisir de manger et de boire ; tu étais blême, fatiguée, le regard fuyant, et ta joie paraissait toujours contrariée. Pourquoi ne m'as-tu pas confié ta détresse ? Le fils d'Éson, comme gendre, aurait trouvé sa place au palais, et tu aurais évité cette fuite honteuse, ou du moins, je serais chargée maintenant d'une part de ta faute sacrilège et nous serions parties ensemble, n'importe où. Je t'aurais accompagnée volontiers en Thessalie, dans la ville, quelle qu'elle soit, de l'insensible étranger. » Telles furent ses paroles ; la sœur de Médée hurle les mêmes mots de douleur, les servantes, en une ultime clameur, lancent leurs appels dans le vide des vents et crient le nom de leur maîtresse. Mais toi, au loin, Médée, les vents et ton destin t'emportaient.

Durant un jour et une nuit, le vaisseau file sur la mer. Les Minyens ont le vent pour eux ; ils longent des terres qui ne leur sont plus inconnues. Soudain Erginus, sur la poupe élevée[12], leur dit : « Vous, compagnons, et toi, fils d'Éson, vous voilà satisfaits d'avoir pris la toison, mais vous ne pensez pas au voyage qui nous reste ni aux dangers qui nous attendent. Demain, nous serons à l'entrée du Pont mal accueillant, aux roches Cyanées, et je me souviens, vénérable Tiphys, de tes durs efforts pour franchir ces écueils. Il nous faut changer de route, sortir du Pont par un autre passage, que je vais vous indiquer. Non

---

12. C'est la place du pilote. À la mort de Tiphys, Erginus fut chargé de la conduite de l'Argo.

loin d'ici se déverse l'immense embouchure de l'Hister scythe[13], qui forme plusieurs bras, à ce qu'on dit : sept fleuves, sept bouches épanchent ses eaux. Tâchons d'atteindre cet endroit, qui se situe face à nous, là où le fleuve s'écoule, dans la partie gauche du Pont. Puis nous remonterons son cours, jusqu'à ce que notre navigation nous porte et nous amène infailliblement dans une autre mer[14]. Allons, fils d'Éson, mieux vaut tous les retards, que d'affronter encore les monts terribles, que de forcer le passage des Cyanées. Il me suffit que l'Argo revienne avec la poupe endommagée. » Car il ignorait que les îlots, fixés par les dieux, étaient désormais immobiles, qu'ils ne heurtaient plus leurs parois ennemies. « Ta crainte, habile timonier, répond Jason, ne me semble pas vaine ; je ne refuse pas d'allonger le trajet, et d'être vu au retour par toutes les nations. » Alors ils font aussitôt virer la nef vers des royaumes et des contrées nouvelles et entrent dans une mer habituée à la circulation des chariots[15].

À l'écart sur la poupe, derrière le pilote vigilant, Médée s'était agrippée aux genoux de la statue dorée de Pallas. Assise là, cachant ses yeux sous un pan de sa robe, elle pleurait ; quoiqu'elle fût avec les princes d'Hémonie, elle restait seule et s'inquiétait de son mariage proche. Les bords de la mer des Sarmates la prennent en pitié, et la Diane de Thoas, tandis qu'elle longe son temple, se désole. Il n'y a pas un lac, pas un fleuve en Scythie qui, à son passage, ne s'afflige de son sort. Les neiges du Nord aussi sont émues de voir celle

---

13. Il s'agit du Danube, frontière entre la Thrace au sud (rive droite) et la Scythie au nord (rive gauche).
14. Les Anciens pensaient que le Danube constituait une voie fluviale entre la mer Noire et la mer Adriatique.
15. Allusion au gel de la mer Noire en hiver, vers les côtes thraces.

qui régnait il y a peu de temps sur un si grand royaume. Même les Minyens ont cessé de murmurer à son sujet et semblent accepter sa présence à bord. À peine regarde-t-elle la nourriture que parfois son cher Jason, le soir, lui apporte lui-même ; il lui montre le cap Carambis entouré de nuages ou le royaume de Lycus. Que de fois n'a-t-il pas trompé sa souffrance, en l'invitant à se lever pour tenter d'apercevoir les montagnes de l'Hémonie !

Il est une île, portant le nom d'une Nymphe sarmate, Peucé, située au débouché de l'Hister, dont le cours redoutable menace sur chacune de ses rives les peuples sauvages qu'il nourrit. C'est là que le chef osa se libérer enfin de ce qui le tourmentait, et révéler à ses compagnons sa promesse de mariage, son engagement nuptial envers Médée. Sans hésiter, tous l'encouragent gaiement, et reconnaissent qu'elle en est digne. Lui-même dresse un autel à la vierge Pallas et décide de ne plus mépriser les pouvoirs de la déesse idalienne[16]. Jamais sa beauté ne parut plus sublime au milieu des Minyens qu'au moment de ses noces : tel Gradivus victorieux, revenant de l'Hèbre[17] ensanglanté, qui se glisse furtivement dans Idalie ou sa chère Cythère[18], ou tel Alcide, dès lors admis à la table des dieux, que la fille de Junon, Hébé, réconforte de sa vie de labeurs[19]. Vénus approuve leur union, et Cupidon[20] entraîne Médée, la fait sortir de ses tristes pensées qui l'empêchent d'agir. Vénus la revêt de ses propres

---

16. Vénus, particulièrement honorée à Idalie, une ville de Chypre.
17. Fleuve de Thrace.
18. Mars se rend dans ces lieux pour voir Vénus, son amante.
19. Après ses épreuves terrestres, Hercule fut marié à Hébé, déesse de la jeunesse.
20. Un des fils ailés de Vénus.

habits couleur de safran, elle lui offre sa double couronne, qui s'embrasera sur une autre vierge[21]. Une grâce nouvelle éclaire son visage, sa rousse chevelure retrouve son éclat. Elle se déplace, libérée de ses angoisses. Ainsi, lorsque l'Almo[22] sacré a lavé les blessures phrygiennes[23], quand Cybèle se réjouit enfin et que brûlent dans les villes les flambeaux de la fête, qui penserait au sang versé si sauvagement dans les temples ? Même les prêtres ne s'en souviennent plus. Alors Jason s'est avancé avec la mariée jusqu'à l'autel du sacrifice. Ils s'en approchent ensemble et se mettent à prier. Quand Pollux eut apporté le feu et l'eau nuptiale, ils accomplissent en même temps un tour à droite. Mais la flamme n'a pas brillé dans l'air chargé de fumées, et Mopsus ne voit dans l'encens ni bonne entente, ni longue fidélité : le temps de l'amour sera bref. Il ressent pour eux aversion et compassion ; alors il souhaita, étrangère, que tu n'aies pas d'enfants. Bientôt ils préparent le repas et les sacrifices : à leur grande joie, une chasse facile dans les bois leur procure une abondante venaison. Sur des broches ou dans un chaudron bouillonnant, les viandes rendent leur graisse. Puis on s'allonge sur des lits d'herbe, à l'entrée de la grotte où l'Hister autrefois a violé Peucé hors d'haleine. Les mariés, rayonnants de fraîche jeunesse, sont étendus en hauteur parmi les Argonautes, sur l'or de la toison.

---

21. Allusion à la vengeance de Médée, qui fera périr sa rivale, la princesse de Corinthe, à l'aide d'un charme incendiaire lié aux pierreries de sa couronne de mariée.
22. Rivière des environs de Rome.
23. Les cérémonies du culte de Cybèle, déesse orientale originaire de Phrygie, étaient spectaculaires et sanglantes.

Quelle frayeur nouvelle arrêta les noces commencées, interrompit le banquet et les sacrifices fumants ? Absyrtus soudain apparaît avec la flotte de son père, naviguant à vive allure. Il brandit vers les Grecs en fuite une torche hostile, accable sa sœur de cris terribles : « Si vous êtes en colère, Colchidiens, hâtez-vous. Le ravisseur qui fuit sur la mer n'est pas Jupiter, nous ne poursuivons pas un taureau surnaturel[24]! Avec un simple bateau ce voleur emporte la toison de Phrixus — sacrilège ! —, et rentre chez lui avec la fille qui lui a plu, sans même avoir daigné se battre contre nous ! Quel dédommagement pourrait me satisfaire ? Je ne veux pas de la toison, et encore moins de toi, ma sœur, même si on te livrait à nous : aucun arrangement n'est possible, et ma colère est sans limites. Comment retourner chez mon père, avant de m'être vengé ? Cinquante vies d'hommes et un unique navire envoyé par le fond, est-ce que cela suffira à me rendre traitable ? C'est toi, Grèce perfide, que je poursuis, c'est contre tes remparts que je lève ce feu ! Je suis venu, ma sœur, à ton digne mariage. Vois, je suis le premier à porter et à agiter une torche à vos noces, le premier à célébrer cette cérémonie, qui sera toute ta dot. J'ai pu venir, mais pour notre père, pardonne à sa vieillesse. Et tous les autres, gens du peuple et nobles, sont ici avec moi. Pour qu'une jeune princesse, descendante du grand Soleil, entre avec les honneurs qu'on lui doit dans la chambre nuptiale d'un époux hémonien, il convenait de rassembler toute cette flotte, d'allumer tous ces flambeaux ! »

Là-dessus, il invoque les vents, supplie ses hommes en parcourant le bateau et les bancs de rameurs, lève les enseignes pour rallier les autres

---

24. Allusion au rapt d'Europe, portée sur la mer par Jupiter transformé en taureau.

embarcations[25]. Les rameurs creusent l'onde avec de grosses branches encore pourvues de feuilles. Construit à la hâte en un jour avec des arbres tout juste coupés sur la montagne (de quoi ne furent pas capables la rancœur et la colère des hommes d'autrefois ?), le bateau barbare n'est plus loin et va rejoindre le rapide vaisseau de Pallas : ils voient les bouches du Danube et, au seuil de l'estuaire, la verdoyante Peucé, puis reconnaissent les vergues de l'Argo. Tous de pousser des cris de joie haineuse, tous de redoubler d'efforts, et les rostres se dirigèrent tous sur un unique navire. Le premier, Styrus empoigne un crochet d'abordage en chêne noueux et regarde au loin, de nouveau exalté à la pensée de son mariage et de l'amour de sa promise. Déjà certains préparent leur bouclier et leur lance, lourde comme une poutre, d'autres trempent des torches dans la poix. Les lances tremblent d'impatience ; bientôt ils pourront atteindre de leurs tirs les Argonautes. En attendant, ils crient plus fort, frappent du pied les planches du pont et grondent.

Quand ils voient surgir ces bateaux, et les flots étinceler de feux, les Minyens se lèvent, pris d'une grande frayeur. Le premier, Jason, quittant la jeune fille, saute dans le navire et attrape son casque fiché au bout de sa lance ; aussitôt brillent sur lui son épée et son bouclier. Les autres ne sont pas moins rapides à se retrouver armes au poing sur le rivage. Mais toi, Médée, sous quel aspect tes crimes t'apparaissent ! Quelle honte en revoyant ton frère, les Colchidiens et tout ce que, te croyant hors de danger, tu pensais être effacé par l'étendue des mers ! Alors elle alla se cacher

---

25. « ... en parcourant le bateau... les autres embarcations » : traduction conjecturale d'un passage lacunaire.

dans la grotte néfaste, sans autre résolution que de mourir, que succombe son cher Jason ou son frère, vaincu par un javelot grec.

Junon cependant, assise en haut des cieux, n'est pas aussi découragée et ne laisse pas les Minyens engager un combat sans espoir contre les Colchidiens supérieurs en nombre et en forces. Aussi, quand elle voit approcher les bateaux ennemis, elle descend sur terre et brise les portes qui tiennent enfermés les Vents et les Tempêtes. L'engeance turbulente des frères ailés jaillit. De sa droite, Junon leur désigne la flotte. Ils la repèrent et aussitôt se ruent ensemble sur ce coin de mer en poussant des huées d'hostilité, forment une armée de vagues qui déferlent sur les bateaux depuis le rivage.

L'embarcation de Styrus s'élève dans les airs au-dessus des Minyens et des voiles de l'Argo, puis dévale dans une vaste béance, jusqu'au bas d'une montagne d'eau. Tous les bateaux maintenant montent vers les astres puis refluent et tombent avec les lames qui s'écroulent. Un tourbillon avale les uns, le gouffre, de toute sa violence, entraîne les autres. De tous côtés, la terreur de la foudre fait briller leurs visages. Les écluses du ciel cèdent, des torrents de pluie s'abattent sur eux. Pourtant la violence de l'ardent Styrus ne se relâche pas. Il exhorte ses compagnons en pleine attaque des Vents : « Ainsi la Colchidienne emportera mes cadeaux de fiançailles dans la ville qu'elle veut, son amant thessalien prendra ma place, et parmi tant de grands princes qui la demandaient, l'accord immédiat que m'a donné son père sera sans effet ? A-t-elle préféré cet homme pour sa valeur, pour un courage supérieur au nôtre ? Moi, je subjuguerai sans maléfices les taureaux souffleurs de feu, j'abattrai par l'épée la récolte sauvage de l'hydre d'Échion. En attendant, Médée, assiste de ton rivage à notre duel : tu appartiendras au vainqueur ! Voilà un digne spectacle ! Tu vas voir la tête de ton amant rouler dans la mer ensanglantée, et le corps de ta femmelette achéenne ne sentira plus le parfum mais la poix et les flammes, et ses cheveux exhaleront le soufre ! Vous, les vagues, jetez-moi, tout seul, sur le rivage : tu n'auras pas à rougir de ton gendre, noble Éétès, ni toi, puissant Soleil. Mais c'est vrai, j'oubliais ! N'est-ce pas elle qui suscite avec ses sortilèges les Vents contre nous, qui par ses maléfices soulève ces flots énormes, et qui protège encore et encore le fils d'Éson avec ses artifices habituels ? Ces incantations, ces murmures frivoles ne le sauveront pas. Allons, navires, brisez cette onde qui obéit à une jeune fille ! » Il se tut ; appuyant sur les rames avec tout l'équipage, il donne de l'élan au bateau. Mais le reflux des vagues ébranle l'embarcation et la disloque, jetant l'équipage et Styrus à la mer, qui n'en continue pas moins de menacer, et qui, la main droite levée, veut s'approcher du rivage. Il nage avec ses armes, l'épée en main, et commence à chercher une rame, une planche parmi les débris et à lancer des cris de détresse vers les autres bateaux. Mais dans une telle tourmente, personne ne peut l'aider, ni même l'entendre. Chaque fois qu'il progresse, une nouvelle lame le repousse. Le voici faisant surface, puis il disparaît ; se débattant furieusement, il émerge du gouffre à nouveau. Lors une vague l'assaille et l'immense remous l'enfonce sous la masse des eaux : c'en est fait, il a cédé sa promise.

Absyrtus, paralysé par ce spectacle affligeant, est au désespoir : hélas, que faire ? Et comment investir le port et l'accès au delta, par où attaquer les Minyens repliés sur leur coin de terre, eux qu'il aperçoit et reconnaît, la rage au cœur ? Il a les vagues contre lui, la tempête sauvage, la mer qui s'élève en montagnes. Il doit renoncer ; il étouffe sa colère impuissante et fuit l'énorme désastre. Il vire alors à gauche avec ses alliés et gagne au loin la côte opposée de Peucé : en effet deux bras incurvés du Danube partagent l'île ; d'un côté il y a la rade où, depuis quelque temps, les Minyens et la nef de Pagases sont immobilisés, de l'autre le fils d'Éétès assiège et surveille avec sa flotte le camp des Thessaliens. Il s'impatiente, mais il ne peut engager le combat. Nuit et jour la mer déchaînée dresse d'immenses vagues entre les ennemis, en attendant que Junon prenne une décision, qu'elle trouve, malgré son inquiétude, une issue au conflit.

Les Minyens cependant, réfléchissant aux conséquences d'une si dure guerre, harcèlent et fatiguent le fils d'Éson de prières et de reproches : maintenant qu'ils sont bloqués sur un coin de terre, pourquoi les met-il en danger pour une fille étrangère ? Pourquoi les force-t-il à subir un tel risque ? Qu'il songe à la vie de tous ses compagnons, à leur plus grande destinée : ils ne l'accompagnent pas sur les mers, eux, pour un amour fou et scandaleux, mais seulement par force d'âme. Peut-il s'adonner égoïstement aux plaisirs d'un mariage, d'une union obtenue par un rapt ? C'est bien le moment ! Avoir la toison leur suffit ; en livrant la fille, ils peuvent régler le conflit. Qu'il permette à chacun de rentrer chez soi, et que cette Furie de Médée ne soit pas celle qui doit provoquer un conflit sanglant entre l'Europe et l'Asie[26]. Mopsus en effet leur prédisait que cette guerre aurait

---

26. Allusion à la guerre de Troie motivée par le rapt d'Hélène.

lieu : inquiet, il priait pour qu'elle tombe plus tard, sur leurs descendants, que la cause d'un si terrible embrasement fût le rapt d'une autre femme.

Jason soupire ; il résiste difficilement à de si pressantes paroles. Il connaît pourtant les lois divines, la nature sacrée de son engagement, et n'est pas insensible aux douceurs d'un mariage à ses débuts, mais il est partagé. Il veut se battre contre les Colchidiens et pense aussi à la compagne de ses dangers. Finalement, il cède aux Argonautes[27]. Leur décision prise, ils attendent le moment favorable et l'accalmie des flots. Pour le moment, ils laissent l'amoureuse ignorante de son sort, ils gardent secrète leur sombre résolution.

Mais si le pitoyable amour se laisse troubler par des craintes absurdes, il en éprouve souvent de justifiées : Médée, malgré son jeune âge, n'est pas dupe. Elle a perçu d'emblée la tromperie, les signes, quoique dissimulés, de la trahison de son mari, et elle suspecte le silence forcé auquel ils se sont tous soumis. Mais elle n'oublie jamais qui elle est : cette menace soudaine ne la trouble pas. Elle aborde seule à seul le fils d'Éson, l'entraîne à l'écart et lui dit : « Ce que les Minyens, ces jeunes gens très héroïques, trament nuit et jour avec toi, j'ai aussi le droit de le savoir, à moins que je ne sois captive de la nef du Pélion[28], qu'on m'ait trompée en faisant de moi une esclave à qui on interdit de connaître les décisions des maîtres. Je sais bien, mon très fidèle mari, que je n'ai rien à craindre, mais sois compatissant, respecte ta promesse de mariage au moins jusqu'à notre arrivée en Thessalie, attends d'être

---

27. « Il veut se battre... il cède aux Argonautes » : traduction conjecturale d'un passage lacunaire.
28. Les arbres du mont Pélion ont servi à construire l'Argo.

chez toi pour me chasser. Toi, tu t'es engagé par serment, tu le sais, mais tes compagnons l'ignorent. Ils ont peut-être le droit de me livrer, alors que toi, tu es lié. Je t'entraînerai avec moi : je ne suis pas la seule coupable qu'on recherche. Tous les deux, nous avons fui sur ce navire. Mais peut-être que tu as peur des troupes de mon frère et des bateaux de mon père, tu te vois assailli par un ennemi plus puissant. Imagine d'autres navires encore, des troupes encore plus nombreuses : la foi jurée en est-elle annulée, ne doit-on plus me protéger ? N'ai-je pas mérité que toi et tes compagnons, vous vous battiez pour moi ? J'aurais préféré en vérité qu'ils abordent en Colchide sans toi, sous un autre chef, n'importe lequel. Maintenant ils rentrent chez eux, et voilà — quelle infamie ! — qu'ils exigent que tu me livres, c'est le seul espoir qu'il leur reste. Mais toi, écoute au moins mon avis, et ne cède pas à la crainte excessive de tes hommes : qui t'a cru capable, il y a peu de temps, de subjuguer les taureaux lanceurs de flammes, d'entrer dans l'espace sacré du féroce dragon ? Ah, si mon amour n'avait pas pu tout faire pour toi, s'il avait eu quelques hésitations ! Tant s'en faut ! Même maintenant, je cours pour faire tes volontés. Hélas, tu n'as pas de cœur, tu ne dis rien, et ton silence laisse présager je ne sais quoi d'inhumain. Qui aurait pensé, noble fils d'Éson, qu'un jour j'en serais réduite à prier et à supplier ? Mon père aujourd'hui ne saurait l'imaginer, ni que je paie déjà mon crime et que j'endure un maître. » Jason allait répondre, mais elle s'enfuit en criant, hagarde. Comme une Thyade[29], à qui Bacchus fait gravir les pentes du Cithéron en la frappant du thyrse d'Aonie[30], telle apparut Médée courant vers les hauteurs de Peucé,

---

29. Une Bacchante.

[épouvantée, elle fuit les fils de la Terre qui la menacent de leurs lances, elle fuit, terrifiée, les taureaux lanceurs de feu[31]] dans l'espoir de voir enfin de là-haut le port de Pagases, les nuages du Pélion et Tempé, la vallée, diaprée d'une brume légère : il lui plairait de mourir devant un tel spectacle. Elle passe alors la journée à se lamenter et à pleurer, et sous les étoiles elle prolonge, solitaire, ses plaintes, comme si la nuit profonde, peuplée de loups, résonnait de sombres hurlements, comme si des lions féroces grondaient et secouaient leur gueule affamée, ou que des vaches, privées de leur petit, poussaient de longs mugissements. [Médée[32]] s'avance. Elle n'a plus la noble beauté de sa famille, l'aura[33] de son aïeul le Soleil, elle n'a plus cet éclat de la jeunesse barbare, qu'elle avait le jour où elle portait fièrement sur la nef de Chaonie[34] la toison radieuse, où parmi les Grecs aux grands noms elle s'était dressée, nouvelle Vierge, à la proue de Pallas.

Jason cependant, attristé par les menaces et la colère de la Colchidienne, ne sait que faire. D'un côté, il éprouve une honte mordante, de l'autre, la dure résolution de ses hommes pèse sur lui. Il essaie toutefois, comme il peut, d'apaiser le dépit de Médée, et se plaignant lui aussi, pense calmer sa colère : « Crois-tu que je sois coupable, que je veuille de telles [...[35]]

---

30. « en la frappant du thyrse d'Aonie » : traduction conjecturale. Le thyrse est un bâton entouré de vigne, emblème du dieu Bacchus honoré sur le mont Cithéron en Béotie (ou Aonie).
31. Ces deux vers semblent hors contexte.
32. Il y a une lacune dans le texte.
33. « L'aura » : traduction conjecturale.
34. Une poutre de l'Argo avait été taillée dans un chêne prophétique de la forêt de Dodone en Chaonie (Épire).
35. La suite manque.

Avant-propos..5

Livre premier..11

Livre deuxième...51

Livre troisième...81

Livre quatrième...111

Livre cinquième..143

Livre sixième...173

Livre septième..203

Livre huitième...229